LOCUS

LOCUS

LOCUS

LOCUS

文字與繪畫 文學與美學

together

Together 02

那麼多的草葉哪裡去了？

그 많던 싱아는 누가 다 먹었을까

作者： 朴婉緒

繪圖者：姜銓喜

譯者：安金連

責任編輯：林毓瑜　美術編輯：蔡怡欣

法律顧問：全理法律事務所董安丹律師

出版者：大塊文化出版股份有限公司

台北市105南京東路四段25號11樓

www.locuspublishing.com

讀者服務專線：0800-006689

TEL：(02) 87123898　FAX：(02) 87123897

郵撥帳號：18955675　戶名：大塊文化出版股份有限公司

總經銷：大和書報圖書股份有限公司

地址：台北縣五股工業區五工五路2號

TEL：(02) 89902588　FAX：(02) 22901628

排版：天翼電腦排版印刷有限公司　製版：源耕印刷事業有限公司

初版一刷：2005 年2 月

定價：新台幣 280 元

Printed in Taiwan

那麼多的草葉哪裡去了?

朴婉緒 著

姜銓喜 繪

安金連 譯

酸模草

一種多年生草，高一米多，六到八月份開白花，
一般長在山腳下，春天有嫩葉可食，味道酸甜。
鄉下小孩常拿來吃。

目錄

導讀

美麗又痛苦的成長記憶

曾天富（政治大學韓文系教授）

《那麼多的草葉哪裡去了？》這本書是韓國著名小說家朴婉緒的自傳性成長小說。她挖掘六七十年前的兒時記憶，從一九三〇年代在故鄉開城那夢境般美麗的孩提時期，到一九五〇年代遭到韓戰摧殘而化爲廢墟的漢城所經歷的荒蕪青年時期，時而有如畫水彩般地輕描淡寫，時而又如拍活動照片似地娓娓道來。因此，這篇小說可以說是作家朴婉緒個人及她家族的歷史，同時也反映了歷經政治意識形態尖銳對立和民族分裂的整個韓國現代史，以及處於其間備受折磨的韓國民衆苦難史。

朴婉緒於一九三一年出生在漢城北方的京畿道開豐，一九五〇年進入漢城大學國文系就讀，但由於韓戰的爆發而被迫中斷學業。相較於一般作家，她踏上文壇從事創作顯得相當遲晚，不過，一九七〇年她以不惑之年的高齡在《女性東亞》雜誌中發表長篇小說《裸木》以來，直至七十餘歲的今天，仍然維持著旺盛的創作活動力。她的作品有《裸木》、《搖晃的下午》、《口渴的季節》、《都市的荒年》、《慾望的陰影》、《傲慢和夢想》、《站著的女人》、《你還在作夢嗎》、《未忘》、《那麼多的草葉哪裡去了？》、《那兒眞有那座山嗎？》、《非常長久的玩笑》等長篇小說，以及《敎以羞恥》、《背叛的夏天》、《媽媽的釘子》、《尋找花朶》、《黃昏的揷畫》、《非常寂寞的您》等短篇小說集，並先後得過「韓國文學作家獎」（一九八〇）、「李箱文學獎」（一九八一）、「大韓民國文學獎」（一九九〇）、「中央文化大獎」（一九九三）、「現代文學獎」（一九九三）、「東仁文學獎」（一九九四）、「大山文學獎」（一九九七）、「萬海文學獎」（一九九九）等多座韓國的重要文學獎項。

一般而言，朴婉緖的作品主題主要在於探索戰爭的悲劇、中產階層的生活境況及女性問題等方面。不過我們綜觀她的衆多作品，可知她的寫作題材涵蓋深廣，包括像超越狹隘女權意識的女性文學，尖銳地批判庸俗惡劣的資本主義和都市文明的世態文學，觀照底層社會庶民文化的風俗文學，以及解剖戰爭帶來慘狀和痛苦的分裂文學等等，因而評論家盛讚她豎立了更新韓國文學史脈絡和歷史的功績。尤其是她那淸麗閃爍的語言文字，交織緊密和靈活暢捷的行文思路，極富動感活潑的敍事技法，以及敏銳犀利的心理描寫，都可說是小說創作上的具體成就。其影響所及，韓國的年輕作家在學習創作之初，多將她的作品奉爲必讀的經典。

衆所周知，在小說作品中，我們多少都可以從中找出作家自身影子的蛛絲馬跡。朴婉緖的小說也不例外，我們在她的小說中特別容易發現屬於她個人的各種人生經歷。例如，失去丈夫之後，獨自茹苦含辛養育小孩的母親形象，以及由於戰爭而經歷苦痛的家人生活等故事，在朴婉緒的小說中不斷地反覆出現，因此，她的小說常被評爲含有「私小說性格的眞實感動」。不過，可以這樣說，我們在朴婉緒文學中看到她自己和母親、哥哥、嫂嫂、祖父、祖母等家人故事的同時，也能看得出那是經歷過殖民地時代和戰爭、民族分裂、獨裁政權統治的所有韓國人的故事。它既是屬於個人的，也是屬於時代的，屬於同時代韓國人的共相共貌。

《那麼多的草葉哪裡去了？》這本小說記錄著作家朴婉緒從童年期到二十多歲青年期的成長過程，其時代背景爲從殖民地末期，歷經光復，到韓戰開打的二十五年左右，主要內容爲作家美麗的幼時記憶和搬到大都市漢城後所經歷的現代性體驗。小說可分爲下面四個階段來探討：

第一個階段爲與大自然渾然一體的幼時記憶。她的故鄉朴籍村所象徵的幼時記憶就如巴舍拉（Gaston Bachelard）所命名的「幸福家屋」，也就是我們稱爲美麗追憶的那種記憶形式。追憶之所以美麗，是因爲我們動用自己的想像力，將過去的形象按照我們所希望的樣貌——「原型」——來加以改變的緣故。在小說的第一個階段中所出現的故鄉，它本身象徵著安逸又充滿歡笑的原型世界。在擁有廣闊的農地，清澈河川流經原野的故鄉，農夫在自己的田地裡辛勤耕種，孩童在豐饒的大自然裡盡情玩耍，那裡沒有特別有錢的富翁，也沒有特別困頓的窮人。在那種足以讓百姓安居樂業的故鄉村莊，主人公小女孩雖然三歲時頓失父親，卻也並不可憐，她仍有個能夠讓她依偎撒嬌的爺爺呵護著她。爺爺每次出遠門到開城辦事時，小女孩總會在夕陽西下前，跑過村口，爬上山崗，遙望著爺爺的歸來。而爺爺的白色韓服口袋裡總會裝滿糖果和糕點，滿足她的期待與口腹之慾。這種今日看來微不足道的糖果糕點，象徵的卻是爺爺對孫女的疼愛，也是兒時的美好記憶。「幾乎不會欠收的廣闊農地」，「沒有富翁和貧窮人家區別的生活」，這些美好又讓人懷念的田園生活，讓主人公從離開朴籍村來到漢城進入學校唸書後，留下的已只是無法喚回的追憶而已。

第二個階段是主人公跟著已搬去漢城居住的媽媽，離開故鄉進入大都市就學的過程。由於祖父母的盲目迷信，因而造成罹患盲腸炎的父親錯失醫治時機。母親內心在埋怨之餘，了解到追求新文明的必要性，雖然身爲長媳，但仍以兒子的教育爲由，執意要搬到漢城去住。小女孩從隨著媽媽離開故鄉開始，就將自我認同的對象，逐漸從爺爺移轉到母親的身上，並在這一階段中有了深刻的現代性體驗。經過象徵文明的剪短髮，開城折射陽光的琉璃窗，以及初次搭乘的火車和綿延伸展的鐵道等等，從朴籍村進到大都市漢城的旅程，對原本是在大自然法則裡充滿安逸的一種存在者的小女孩來說，等於是經歷了一場顚倒所有認識體系的經驗。這個旅程，意味著故鄉的失去，以及原本充滿的存在感覺被剝奪，同時也意味著所有東西突然在空中揮發消失不見的現代經驗。「射進眼睛」的玻璃反射光線，它既是對文明覺醒的一種現代體驗，同時也是能夠讓所有東西瞬間消失不見的強光，它象徵的是讓我們失去方向感覺的一種矛盾過程。

因此，進入漢城小學就讀的小女孩，看著荒蕪的漢城山野，反覆喃喃自語的說出「那麼多的草葉哪裡去了？」的問題，我們或可理解爲這並不是爲了重建作家個人記憶中的故鄉，而是對於所有東西消失不見的現代性經驗，提出的一種質疑和探索。

第三階段爲以殖民地規律權力爲代表的現代性體驗。在漢城成功地打下根基過活的母親，爲了讓女兒將來能夠擺脫傳統社會的女性生活，把自己內心一向憧憬的「新女性」角色注入女兒身上，寄一切希望於她。而母親心目中新女性的代表對象，就是主人公小學的班級女老師。不過以主人公的立場來看，突然要從自己的世界移轉到肩負母親期望的世界，內心雖然還能認同接受，但排斥抗拒依然隱約成形，造成她始終有著主體性經驗受到壓抑的矛盾心理。此外，始終無法得到老師關愛眼神的主人公，在慢慢成長懂事之後，透過學校這個規律化的制度，逐漸對形成殖民地國民的這股殖民權力，感到了壓抑性的恐懼與不安。另一方面，由於母親的床邊故事和圖書館閱覽室的讀書經驗，這個階段也可說是成爲主人公構成自律性主體的時期。如果說母親講的故事代表著舊世界，那麼在閱覽室的讀書經驗就可以代表新世界。年幼的女孩在這個階段，從母親的世界走進現代的世界;從韓文的世界步入日文的世界;從他者的存在走到自律又獨立的存在，逐漸經歷了脫胎換骨的轉換經驗。

第四階段是對解放和自由的預期及不安的時期。主人公成長爲夢想著個人自由的中學女生，但是民族光復的短暫喜悅沒能持續多久，隨即變成美軍和蘇聯軍隊輪流駐進開城的夢魘。

由於哥哥思想轉向社會主義，致使家人終日惶惶不安，而且必須過著隨時得搬家的生活。韓戰的爆發也讓主人公深刻體會到戰爭和政治意識形態的可怕。而這個破壞人性的戰爭和意識形態的弊害，在往後朴婉緒的小說創作中，一直是被她拿來探討的主題，同時也成爲她的文學中一貫省察人內心所存在的信任體系的契機。

本篇小說係以自傳的形式，採用按照時間先後的「順序法」敍述，因此得以上面的方式來說明各個階段的內容。不過詳細閱讀小說的整體內容，當能發現小說並不是以這麼簡單的方式作線性發展。例如，作家以不少篇幅敍述童年時期母親解構爺爺的權威而開的各種玩笑，以及母親說給她聽的傳統故事，對於主人公的自我形成和世界認知，提供了相當的他者性經驗；至於對母親、哥哥、叔父和嬸嬸，甚或主人公最爲敬愛的爺爺，必要時作家還是堅持以辛辣的批判角度處理。由此，朴婉緒不僅讓我們見識到她揭發現實矛盾的一面，而且也讓我們看到她一一剖開自己內在虛僞意識的另一面文學力量。

相信透過這篇成長小說的閱讀，我們在目睹作家朴婉緒的自我成長過程和屬於她的現代性經驗的同時，也有機會了解到前世紀中葉的韓國歷史，以及在歷史浪潮當中，所有個人和家族所經歷的混沌和苦難生活。此外，透過這篇小說，我們也能徹底領悟到對於不在現實基礎上紮根的意識形態的執著，將會把個人或整個社會推進悽慘的恐怖世界當中。

山野歲月

啊！那真是歡騰的喜悅。

我們向著天空瘋狂地歡呼，我們盡情地淋雨，喧嘩的田野也隨著我們歡舞。

那時，我們已分不清飄曳的玉麥、蓖麻，還有自我。

我那時經常流著鼻涕。不是鼻水，而是那種又黃又黏，想吸都吸不回去的濃鼻涕。不只是我，那個年代的小孩子都一樣。大人把小孩子統統叫作「鼻涕鬼」就足以證實這一點。以至於當我為人母後，我對小孩子感到最奇怪的就是，除非得了感冒，否則他們絕不會流鼻涕。不僅我家的小孩子這樣，別人家的小孩也如此。所以上學或去幼稚園時，孩童在胸前別手帕的習慣也消失了。如今，我對現在的小孩子不流鼻涕已經司空見慣，反而覺得當年我們那麼會流鼻涕才奇怪。

我童年時候，紙張和布料都很珍貴。我們根本不曉得世上還有手帕這種東西。當鼻涕就快要流進嘴巴時，我們就用袖口擦一擦。這樣過了一個冬天後，袖口上就像貼了凝固的膏藥，積著黑漆漆的汚垢。過冬只需一件棉花絮打得鼓囊囊的棉襖❶。每次媽媽幫我拆換上新衣領時，也會使勁地搓一搓袖口，可還是搓不掉那黑漆漆的汚垢。我下半身穿的是棉褲，褲子上面還套著筒裙。衣料則是先把土布染成紅紅綠綠的再上漿，然後將它搗捶平滑。

在鄉下，染料是非常貴重的東西，是爺爺從松都❷買來的。我出生在開城西南方約二十里外的開豐郡青橋面❸默松里朴籍村——一個人口不足二十戶的偏僻小村莊。村裏人將開城稱作松都。對於年幼的我來說，松都是夢的天堂。不僅是染料，就連膠鞋、筐子、金絲辮帶、廚刀、薅鋤、鐮刀，都要到松都才買得到。

別人家都是由女人去松都，而我家只有爺爺和叔叔才能去。這是我家和別人家不同的地方。除了我家，整個村莊裡還有一戶人家女人也是不可以去松都的。我們兩家都姓朴，而且是親戚。除我們兩戶人家之外，別戶人家都姓洪，他們也是親戚。可是我們村子卻叫「朴籍村」。爺爺常說我們是貴族兩班❹，而別人則是下賤平民。

不知道村裏人對爺爺的兩班舉止是怎麼評價的。開城這一帶歷來就沒有把什麼兩班當作一

❶指韓國傳統服飾。
❷現在韓國開城的舊稱。
❸面是韓國的地方行政區域之一，通常由幾個里（村子）構成，同屬於郡。
❹韓國舊時貴族階級。

回事，所以我想爺爺可能是被排斥的。我們家裏的女人因爲爺爺禁止而不能隨便地出入松都，但這不表示她們就對爺爺心服口服。有一次我問奶奶什麼是兩班，她噗哧一笑說：「一隻狗才賣二兩半（班）呢。」奶奶膽子有點大，也經常說這些逗趣的話。不過在爺爺面前，她總是一副唯命是從的樣子。爺爺不僅嚴禁家裡的女人去松都，還不許她們下田幹農活。這也是我家與別人家不同之處。可能爺爺認爲這樣才夠得上兩班的體面。

朴籍村就這樣住著兩戶兩班家族和不是兩班的十六、七戶人家，但這兩者間並不是地主與佃農的關係。整個村莊被坡度和緩的小山丘環抱著，連一塊大岩石都看不到。前方是開豁的平野，潺潺小溪任穿平野，正如鄭芝溶❺詩中「傾訴著古老往事蜿蜒流去」所寫的那樣。從我家到茅房就要邁過一個小溪呢。小溪流著流著碰到水田就會形成一個水窪，爲了和飲用的泉井區分開來，我們叫它「多餘的井」。現在回想起來，它似乎是個小水庫。幾乎沒有荒年的遼闊農田是屬於我們村裏所有人的。沒有人獨佔田地，家家戶戶都有份。每戶都是一年四季餓不著肚子的勤勞的自耕農。

我在這樣的村子裏生活八年，未曾知道這世界上還有貧富之分。我和夥伴們手牽著手去其

❺鄭芝溶（一九〇二——）：韓國著名的現代詩人。

他村子遊玩的機會也很少，往前方開闊的田野走再遠也到不了另一村，只有過了後山才能看到別的村莊，可是那裏的景致也沒有什麼特別的，也是小山環抱著村子，那些房屋的脅下夾有菜園，前方也是宛如一片大摺裙般展開的田地。當時我還以爲世上的人們過的都是這種日子。

我當時一直以爲，不管爬山越水走到哪裡都是朝鮮的國土，並且只有朝鮮人，後來我聽到了一個陌生的國名，那就是德國。又過了好久以後，我才明白當時聽到的「德國」和我們現在所知道的「德意志」是同一個國家。但即使不知道，最初聽到的外國也足以讓我感到神秘至極。爺爺通常會在中秋或春節快來時去松都買染料。「這可是德國染料。」爺爺一邊說著，一邊拿出裝在四方紙袋裏的東西。紅色的染料就用紅紙作爲標記，藍色的染料則用藍紙作標記。紅藍色標記的大小大概有郵票按照對角線對折的三角形，既光滑又鮮明，好似銜著一片色彩濃豔的花瓣。雖然我什麼都不懂，但只要看到德國染料，心就怦怦直跳，可以說它使我第一次感受到了文明的氣息和文化的暗示。

家裏的女人——奶奶、媽媽還有幾位嬸娘都被德國染料迷住了。所以每次爺爺買染料回來之後，他顯得比任何時候都有威嚴。兒媳婦對他的恭敬也近乎卑屈和奉承，她們並非一直打心眼裡裏尊敬公公，有時也會把他當作笑柄。當爺爺昂首疾步走進裏屋就說明他又要大聲呵叱了。但是他舉止輕浮的形象卻令人不敢恭維。兒媳們慌張地放下手頭的細活，心裏納悶著爲何又要大發雷霆。可在這瞬間惶然的等待中，她們還是要順便開開玩笑。

其中屬我的媽媽最能說笑話。「我說，是不是飯燒焦了呀？」每當媽媽對著嬸娘這樣交頭接耳時，嬸娘就會忍笑忍到臉色發青。因爲並不是飯眞的燒焦了，而是由於爺爺有個笑死人的綽號——「撅下巴」。短短的鬍鬚硬硬地擠在一起，使他略微向前突出的下巴更像個飯勺子。因此，每次他買來德國染料後，兒媳們對爺爺表示最大敬意這件事其實與爺爺的人格毫無關係。用現在的時髦話來說，她們或許只是喜歡洋貨罷了。

我從來都不怕爺爺。我三歲就失去了爸爸，所以爺爺特別寵我。在我幼小的心靈深處也能夠深切地體會到，爺爺望著我時那微垂的鳳眼裏，有難以名狀的東西在沸滾著。可能那就是爺爺對孫女的一種碎心的憐惜吧。而我呢，好似抓住了爺爺嚴重的「弱點」，覺得無論自己怎樣任性、賴皮，爺爺都會袒護我。不過我倒從來沒有無理取鬧、惹事生非過。只是爺爺不在時，我會明顯的無精打彩。

有一次，奶奶跟爺爺發牢騷說：「都怪您把她寵壞了。您不在的時候別提她有多乖。」聽了這話，爺爺大發雷霆：「孩子覺得無依無靠而消沉的樣子那麼好看嗎？嗯？難道就那麼好看嗎？」爺爺竟然還指著奶奶大發脾氣。

爺爺總是頻繁地外出。不僅是去松都，親戚和朋友家的大小事，他都一次不漏地代表家族參加。因爲爺爺向來只穿素白衣裳，所以打理他的衣著自然成爲了女人家的大事，特別是縫補布襪的細活非同一般。我每次睡醒都能聽到媽媽和嬸娘圍坐在陰暗的燈火下，一邊縫補丁，一邊嘰嘰咕咕地說話。爺爺的布襪很大，足以讓我拿它來套頭。

有時，爺爺外出一次要幾天後才能回來。但對幼小的我來說，等待爺爺是莫大的樂趣。廂房檐下的廊子❻面對著沒有籬笆的院子。廂房有兩間，加上廊子也長，所以中間有柱子。抱著柱子或是背坐著柱子，就能看到通向村口外的鄉村小道隱隱約約地消失在遙遠的山彎處。

素白衣裳眞好。黃昏時分，家家茅草屋噴冒出的炊煙像墨汁一樣一團一團地散開，將小路、田地、樹叢、山丘柔和地連在一起，最終結成一片頂著灰濛濛的天空。即使是這樣，還是能清楚地分辨出在那山彎處繞行的白衣人。村裏其他人也穿白衣，特別是去松都的時候都會以一塵不染、乾淨的白衣裝束自己，可我從來都不會認錯爺爺。

爺爺獨特的步態雖然難以言表，但它就像強烈的光芒直刺著我。「是爺爺！」只要一看到爺爺，我就飛也似地向村口跑去，一次也沒有認錯過。我氣喘吁吁而激動地拽著爺爺的長袍❼，

❻韓式傳統房屋的結構大致分爲裡屋（供家族裡的女人住，廂房屬於裡屋的一部份，多爲長輩或大家長居住，廂房開放性高，也用來接待客人）、外屋（多爲男人住）。較爲富裕的人家還有靠近大門口的下房，多由下人居住，故名。廊子是沿著裡屋用木板搭成的平台，供人閒坐、乘涼，或做針線活。

❼這裏指的是韓國傳統服飾。

爺爺的袍角總是捶得光滑平貼，如刀刃般鋒利，而且還沾著松都的氣息。我喜歡那種氣味。接下來爺爺就會說「來來來，我的乖孩子！」然後，一下子把我抱起。他的胸膛結實、氣息溫和。爺爺的氣息裏總是帶有酒味。溫和的氣息，還有那酒味，我一樣喜歡。

爺爺把我放下後，總是不會忘記從衣袋裏慢騰騰地掏出吃的東西放在我的手中。包在黃色信封裏的糖果啦，或者是不顧顏面從喜宴上拿來的爆米花、茶點之類的。爲了品嘗這些好吃的零食，我放下爺爺的手，蹦蹦跳跳地跑在前面，心裡可不知有多得意，以至於回家後還被奶奶斥責，說我看起來眞討厭。用現在的話來說，有爺爺當靠山的我，在奶奶的眼裏可能多少有點討厭吧。但當時我的心情卻是充滿了等待的收穫感。

並非每次等待都有結果。等啊等，可山彎處只出現別人，或者根本不見人影時，我的委屈和傷心就會湧上心頭。隨著季節更替，有時我也會冷得嗦嗦發抖。家裡人從屋裏出來叫我好多遍也拿我無可奈何。大人說我是在裝可憐。媽媽咂嘴說，別一副倒楣相。奶奶竟然還打我的頭。「一定要告訴爺爺，非要告訴他不可！」我就這樣一心盼著，一邊忍受著所有的欺負。可是我從來沒有向爺爺告狀，那只是一種等待的樂趣。

等待的樂趣並非僅此一種。「如果爺爺現在已經到了老鷹崗，那麼我的大拇指就會點到中指上。」❽可是如果點不到就改口說：「如果爺爺現在已經到了櫃岩崗，那麼我的大拇指就會點到中指。」我知道許多山崗和小溪的名字，可是並不知道它實際位於何處，所以隨便點到什麼地方總比點不到好。如果手指正好點到了，我的心思就飄出去從那個地方偷偷地緊跟著爺爺翻過山嶺、穿過田野、越過小溪。

爺爺的回程有時是伸手不見五指的夜裡，有時是皓月當空。即使是只有星星的黑夜，只因爺爺的長袍實在是雪白且有威嚴，所以即使只是在幻想中跟著他也不用擔心趕不上。快步的爺爺一眨眼就到了村口。我的心思一面上氣不接下氣地追趕著爺爺，一面在焦急地等待著爺爺。在那山彎處還是不見爺爺的身影，而在心裏追趕爺爺的我只覺得爺爺只是在原地踏步。盯著盯著，緊張的情緒就鬆懈下來，眼前一片朦朧，隨即進入睡鄉。大人抱著累睏的我回屋時，我明明是半睡半醒，可還裝出酣睡的樣子。

可以說我童年最初的記憶裏全是等待，但是這等待並沒有持續多長時間。有一天，爺爺跌倒在茅房起不來，就大聲地喊人。我家的茅房在菜園地頭，要從廂房走下三重階石，穿過寬敞的院子，再往圍著院子的桑樹下走過，最後還要跨過一條小溪。不知是哪個過路人告訴我們的，家裏人都慌慌張張地跑出去，好不容易把爺爺扶到廂房，讓他躺下來。說是中風，而且那時都

❽一種小孩子用輪流數手指的方式玩的占卜遊戲，大多是講一句話，然後大拇指從食指輪流點數，如果恰巧點到指定的某一指，願望就能成真。

說中風是治不好的病。特別是在茅房中風，大家似乎都認爲更是無藥可救。

爺爺和那個時代的讀書人一樣，對中藥的素養超過了一般的常識，所以小孩子的藥方都是由他親自來開，而且自己採藥製成藥丸後保管在藥箱裏。鄉裡突然有了患者，就把它拿給人家。可是爺爺對自己的病卻早已死心，只是成天乾發火。每次奶奶拿著糞便壺從廂房走出來，就會對爺爺喜歡喝酒、好結交朋友，以及到處遊走等所有的惡行嘀嘀咕咕地掏出來冷嘲熱諷。家裏烏雲籠罩，特別是我，就像斷了翅膀的小鳥一樣狼狽。爸爸去世那年我才三歲，所以什麼都記不得了。可眼睜睜地看到爺爺因中風而變得無能爲力，對我來說等於是第二次失去爸爸。

雪上加霜的是，同一年媽媽爲了照料哥哥而去了漢城。哥哥在面所在地的四年制小學畢業後，去松都繼續讀了兩年，按當時修訂的學制來說已經接受了六年的小學教育。幾位叔叔都只畢業於四年制小學，但在村裏已經被認爲是唯一接觸新學問的青年，所以爺爺認爲哥哥到松都多上兩年學是了不得的高學歷。讓哥哥到漢城繼續上學，以家裏的經濟來說也有點承受不了，而更重要的是這有負於老人家對長孫的期待。

那時，兩個叔叔都已成婚住在一起，但卻沒有孩子。爺爺經常把我們兄妹比喻成掌中寶，現在突然中風，可能就想把既是長孫又是獨一無二的孫子留在身邊，讓他早點傳宗接代。

媽媽卻沒有和長輩商議就把哥哥送到了漢城的商業學校。松都也有商業學校卻偏把哥哥送到漢城的媽媽簡直是大逆不道。家裏因爲這件事鬧翻了天。一個守寡的長媳以兒子的學業爲藉口，放棄贍養公婆的義務，在當時來說是不可饒恕的。老人家心理受到了極大的創傷，更嚴重的是丟盡了家族的顏面。爺爺在這個小村子裏想要做個像樣的兩班就得好好地掌管家庭，而不應該發生有損兩班體面的事情。管它別人是怎麼想的，爺爺認爲樹立典範是我們家在這個村子裏義不容辭的責任。結果爺爺氣得火冒三丈，媽媽也因此付出了代價，她放棄了很多。

無論如何也要在漢城培養孩子，是媽媽無可阻擋的信仰。媽媽深信如果我們生活在城裏，爸爸就不會那麼早去世。後來，等到我懂事了也不得不贊成媽媽的想法。聽說爸爸本來是兄弟姐妹中身體最強壯的，而且健康到從不生病。有一天，爸爸突然因腹痛而不停地打滾，爺爺根據他的藥方用草藥來治療。奶奶則在巫婆家舉行祭祀的跳大神儀式，這麼一來爸爸終於不治。

直到這時，媽媽才能斷然地作主用牛車把爸爸送到松都的醫院。爸爸的闌尾炎已經引起了腹膜炎，腹腔裏全是膿水。雖然做了手術，但那時沒有抗生劑，結果因病情加重而離開了人世。媽媽堅決認爲爸爸的死亡與生辰八字無關，而是因爲鄉下的愚昧無知，所以千方百計地想把我和哥哥弄出鄉下。這又與她未出嫁時的漢城體驗不無關係。

據說媽媽的娘家也在鄉下，但是她的外婆家卻在漢城，家境還不錯，所以媽媽嫁到朴籍村之前曾在漢城與表兄妹生活過一段時間。那時，媽媽的表兄妹在進明、淑明等學校讀書，媽媽可能是太羨慕他們了，那些套著筒裙，穿著皮鞋，接受新式教育的女性，媽媽統稱爲新女性，而且她也想把我塑造成那個樣子。但是我還小，條件還不允許，所以她先把兒子送到漢城的學校，並且以照料兒子爲由，擺脫掉長媳的義務自己也去了漢城。不僅是奶奶和爺爺，就連嬸娘也唧唧咕咕地指責媽媽。

但因爲我仍是獨一無二的孫女，所以在嬸娘面前擺足了主子的派頭，再加上爺爺半身不遂、媽媽不在身邊，我就享受到了更多的自由。開城一帶住屋的特點就是外屋低而樸素，裏屋則高而清潔，又特別重視庭院的佈置。面向廂房的前院只是寬敞開闊，兩邊由桑樹或者用拿來做掃帚的胡枝子樹圍著，種幾棵芍藥和菊花而已。可是後院卻下了很多功夫，佈置得很美麗。

我家的後院是除了冬天外，其他季節都能看到花開的小花園，又是足夠大的遊樂場地。醬缸台也在後院，供奉土地爺的祭壇也在後院。籬笆是用迎春花樹圍成的，種了一棵果實味道不怎麼樣，卻花姿妍麗的山梨樹。還有一棵山杏樹、幾棵櫻桃樹，地上的草莓是年年自己長出來的，祭壇周圍的韭菜也是自生的，營造著陰森森的氛圍。迎春花籬笆下面到處都是燈籠草，有醬缸台的土堆弄成一層層的臺階，可以用來種植一年草。

曾經是獨自寂寞玩耍的後院，現在我卻可以把夥伴都帶回來，或者跟著她們在全村大搖大擺地跑來竄去。爺爺的身不由主就意味著家規有漏洞可鑽，這一點不是誰告訴我的，是我自己察覺出來的。於是，我就盡情地享受著無拘無束的自由，哪怕是茅房也成了我遊戲的場所。因爲爺爺是在茅房跌倒後半身不遂的，所以我有一度也會怕在茅房摔倒，可是茅房是我童年記憶裏許多玩耍場地中最富幻想的地方。

在我們家鄉流傳的跟茅房有關的傳說全都是鬼故事，但不是恐怖的妖怪，而是長得有些醜且讓人開心的小鬼。據說因爲鼻塞而聞不到氣味的小鬼在茅房裏一整夜地用糞便揉捏黃米糕，小鬼還以爲灰堆是豆麵或豆沙，就把捏得漂亮的黃米糕在灰堆上蘸來蘸去而捨不得品嘗一口。等到黎明全部捏完以後，才吃上一口卻呸呸作嘔，一氣之下把它變回原貌就離開了。如果小鬼聚精會神地捏著米糕時，有人悄無聲息地打開茅房門，小鬼就會因爲被發現而難爲情，而立即說聲「嘗一個黃米糕吧」，還挑個最大的給來的人吃。如果不吃的話，說不定還會遭殃呢。

除了鬼故事還有這樣的故事。有一個媳婦在冬至熬了香噴噴的小豆粥❾，吃了一碗後還是饞涎欲滴，於是又盛了一碗背著家人偷偷地去茅房吃。沒想到公公在兒媳之前也想偷偷地多吃一碗而去了茅房。兒媳突然出現，公公驚慌失措，竟然把那碗小豆粥扣在自己的頭上。兒媳也隨機應變地說：「爹，請用小豆粥。」一邊說一邊把手中的大碗伸給了公公。公公答：「孩子啊，你看我不吃小豆粥也流出像小豆一樣的大汗哪。」大人經常拿這兩個故事訓誡我們，去茅房時一定要先在門前發出聲響。

現在的小孩子一提起鄉下的茅房就毛骨悚然，聽了這些可能會覺得噁心。其實我們鄉下的

❾冬至吃小豆粥是韓國民俗。

茅房眞是乾淨到可以在那裏吃小豆粥。有三四個隔間那麼寬，一邊是大人解手的地方用木板搭了個架子，而小孩子則是在地上直接解決。小孩子拉屎的泥地因爲後邊地勢低，所以糞便會自然地往後面滾下去，後面的小坑不很深。這裏還兼用來倒灰燼。鄉下經常將傻大個比喻成掏糞的長棍，茅房裏就放著這樣一根棍子，長長的木棍一端釘著方板，小孩子可以利用長棍把糞便推進灰堆裏。如果不知道茅房的這些構造，自然就無法理解小鬼拿黃米糕蘸豆沙的故事了。

大人按照他們的習慣，早晚用胡枝子掃帚掃茅房，地上都掃出了印子。那個年代還是把堆肥和人糞當肥料的時候。人口跟耕地面積比起來相對很少，所以人糞總是不足。把灰倒入茅房一來是爲了蓋住糞便，另一個目的則是爲了提高人糞的肥效和經濟性。

有的時候甚至要去松都買人糞。每當這時候，村裏的人們就會咒罵開城吝嗇鬼往糞便裏摻水好多出幾擔糞便。這樣咒罵的人也一樣是吝嗇鬼，他們到別人家串門子，想要小便的話也會回到自家的地頭，從來不在別人家的地裏小便。

小時候倒沒有計較這些，每次去茅房總是和夥伴結對成群一起去。只要有誰說我們去茅房吧，那麼即使沒有便意，大家也會一起去，全都露出圓圓的屁股在用力。就好像是正玩著扮家家酒，一個小孩子說我們玩捉迷藏吧，那麼大家就呼啦啦地跟著玩起捉迷藏一樣。那時，小女孩在裙裡還穿著方便蹲下的開襠褲。雖是大白天，可是茅房裏卻有些昏暗，小女孩白白的屁股從茅房頂往下看就像映在月光下尙未熟透的匏瓜，既白淨又朦朧。

即使蹲了下來還是不想大便，也並沒有白蹲。我們排成一行，一邊蹲著一邊談天說地，眞不知道那些話題怎會那麼有意思，其中的樂趣眞是無窮無盡。比如說，甲順家的大黃狗吃了玉米後，拉了玉米粒一樣的狗屎，可牠生的六隻小狗卻沒有一隻是黃的，有黑的、白的、白底黑點的，眞是太奇怪了。那些不值一提的瑣碎話題竟讓我們在一個陰陰暗暗、與世隔絕的空間裏瘋狂地驚叫，也讓我們浮想聯翩。

但重要的是，在茅房要拉出漂亮的糞便。因爲我們知道糞便不是髒東西，它會重新回到大地裏使黃瓜和南瓜結實累累，也讓西瓜和香瓜香甜。所以我們不僅能從生理上享受到排泄後的快感，而且一想到是有益的生產，還不覺會生起自豪感。

蹲茅房固然有意思，可蹲了好長時間後走出茅房時所看到的世上萬物格外美麗。自留地的蔬菜、草叢、樹木、小溪，都沐浴著耀眼的陽光，這景象簡直像是初次面對般的讓人覺得陌生，於是我們就瞇著眼歎了口氣，似乎還有一種從禁止的歡愉中釋放出來的感覺。在後來的日子裏，把校服的白領塞進去看完一場禁止學生觀看的電影後，走出來所看到的世界同樣明亮、陌生，每當這時就感覺是重演著童年的茅房趣事。

又過了好久以後，我有幸拜讀了李箱[10]的隨筆《倦怠》。是講沒有玩具可玩的五六個鄉村小

[10] 李箱（一九一〇—一九三七）：韓國現代著名的詩人、小說家。

孩子，不知道拿什麼玩又要怎麼玩，先是玩著石踐草，可馬上就厭倦了。於是又敞開胸懷向著天空陡然嘯出怪聲來，最後並排蹲著拉起了堆堆的屎。李箱把這個情景形容成一籌莫展的最後的創作遊戲。即使沒有作者的陳述，憑他無出其右的文筆，就能讓我深切地體會那到達極點、無懈可擊的厭倦感。

但這畢竟是在漢城土生土長的李箱憑自己的感受幻想出來的遊戲，實際狀況並非如此。鄉下的孩子要是每天無聊怎麼生活呢？漢城人這樣憐憫鄉下孩子當然是他們的自由，但對我來說，萌發無聊感並承受著沉重的壓抑卻是在去了漢城以後。然而若硬要說比起漢城孩子的玩具，大自然的奇妙是更有益的玩具，這也是在強詞奪理。

那時，我們只是大自然的一部分。大自然無時無刻不在運轉著，無時無刻不在變化著，所以我們也無暇閑著。播撒種子、生根發芽、開花結果，無論莊稼人怎樣辛勤勞作也趕不上大自然匆匆忙忙的變化。

小孩子也一樣。自小我們就是從大自然中自己尋找三餐外的零食和消遣。白茅嫩芽、野薔薇嫩芽、馬林果、葛根、旋花根、酸模草、橡實隨處可見。大自然不僅讓小孩子解了饞，還有令大人開心的事。那就是採山菜和採蘑菇。尤其是釘子蘑菇和胡枝蘑菇長得特別快，我們一轉身沒看，就好像有誰在地下用手指把它們一下子推上來似的。

每當在村子隨處可見的小溪裏打水仗時，只要誰帶來一個破爛不堪的篩子，就可以用它抓

很多活蹦亂跳的對蝦，晚上就能做頓香噴噴的醬湯。我們的玩具也全是活的東西。爲了舔一舔大螞蟻酸溜溜的肛門，就被紅蟻群啃了小腿，還有抓了蜻蜓後，把牠頎長的尾巴插上更長的麥秸心，然後再放飛。

用草紮出一個新娘子，出嫁時替她綰上髮髻，拿蟹殼當鍋子，用松針下麵，用賽金草來淹泡菜。最後連根拔起馬齒莧。「洞房裏點燈！洞房裏點燈！」我們一邊認眞地唸誦咒文，一邊用手指把馬齒莧搓得紅豔豔的算是點上燈火。可以玩的東西無窮無盡，每天都有新鮮的東西可以玩，所以我們不需要重複昨天的遊戲。

烈日當空的盛夏裡，我們還遠征到小溪匯成河的村口外。這時候遇到的午後驟雨非常壯觀。漢城的小孩子可能知道驟雨是從天而降，我們則認爲是大部隊從前面不遠的田野處攻進來了。我們玩耍的地方雖然直射著火辣辣的炎陽，可是我們還是能夠看到前方田野籠罩著一層陰影，驟雨帷幕逐漸向我們逼近。我們喊著、叫著，朝村子裡逃跑。因爲我們知道這帷幕移動得有多快，所以就拼命地跑啊跑。

不知是不安還是喜悅，我們心潮澎湃，似乎馬上就要炸開，田裏的莊稼、蔬菜、小草也都從酣睡中醒來，開始沸騰喧嘩。但每次在我們藏身飛簷前，驟雨就襲來。驟雨像鞭子一樣猛烈、像瀑布水一樣涼快，無情地撲打我們因伏暑和奔跑而滾燙的身體，讓我們終於禁不住爆發。

啊！那眞是歡騰的喜悅。我們向著天空瘋狂地歡呼，我們盡情地淋雨，喧嘩的田野也隨著我們歡舞。那時，我們已分不清飄曳的玉麥、蓖麻、還有自我。不僅是歡喜，連悲傷也是來自大自然。

我記憶中最初的悲傷純粹是因爲當下的景物，沒有前前後後的事件。我被媽媽背在背上。因爲是家裏的老么，所以大了以後長輩們也經常背著我。那次應該是我五歲左右。晚霞格外火紅，彷彿天空正在滴著鮮血。村子的風景不暗也不亮，感覺像是他鄉。就像隔著篝火看人，親密的人也顯得陌生。

我不由地大哭起來。媽媽無法理解我突如而來的哭泣，我也說不清。那純粹是悲哀。類似的體驗後來也有過。黃昏時分，風涼颼颼的，我與夥伴告別獨自一人回家，夕陽在山坡上還留著餘暉，我看到田地兩端的高粱以山坡爲背景搖曳著，這時的悲哀如何形容呢？

這時我還和在媽媽背上的時候不一樣，爲使悲傷達到高潮還使了小聰明。要怎樣看，那些搖擺的高粱才能更顯得悲傷與寂寞呢？爲了把握適當的視線，我把個子壓低，又把頭轉來轉去，最後索性就躺在草叢上。然後靜靜地等待著心中的積鬱化作淚水流淌出來。

爺爺中風，家裏冷冷清清，家規也鬆懈，這期間就是我的鼎盛時期。爺爺矍鑠的時候不許家裏的女人去松都，不許她們下田幹活，爺爺也同樣討厭我和夥伴在一起亂跑亂竄。幸虧爺爺只是左邊的手脚癱瘓，起初不能自由行動，鬱火上升就痛苦地折磨家裏人，等到逐漸接受現實後就找一些力所能及的事情來做。

那就是召集村裏的小孩子教書，我們家的廂房成了私塾。幾個叔叔畢業於四年制小學就被村人認爲是接受了新學問，可見這裏開化甚晚，所以一直留存著視漢文爲眞書⓫，崇尚漢文的風氣。稱韓文爲諺文⓬，輕視韓文，其中諺文好學就是它受人輕視的原因之一。

爺爺的私塾還挺受歡迎，不僅是朴籍村，就連嶺那邊山村的人們也把孩子送到爺爺的私塾來。廂房裏的琅琅書聲整天不斷。和以前爺爺擺兩班的架子、自以爲是的時候比起來，現在村人對我們家族的態度也改變了許多，我有時感覺村裡老人甚至在我面前也都畢恭畢敬似的。

有一天，爺爺也把我叫到了廂房，從那天開始我不得不學習千字文。幸虧爺爺留給我的一本千字文上面還有諺文標注。當時雖然還不知道諺文就是我們民族的文字——韓文，但我畢竟學過一些，媽媽教過我韓文，可是她採用的是強制性的方法。因爲媽媽只用一個晚上就學會所有字母，所以也要求我跟她一樣。

媽媽經常爲村裏的女人代筆寫信，在村子婦女中也算是有知識的。村裏的婦女一般都在夜晚過來拜託媽媽寫信。我從睡夢中醒來，就會看見在陰暗的燈火下，媽媽一邊解開卷紙，一邊

⓫在韓國崇拜漢字而來的稱謂。
⓬舊時韓文的貶稱。

握筆寫信的身影。可能因爲一個人來不好意思，所以大家都是趁媽媽淸閒的時候一起來。

每當媽媽爲她們讀信時，她們就用飄帶拭淚，有時如同失魂的人一般齜牙咧嘴。被女人圍坐在中心的媽媽就像陌生人一樣，表情威嚴，聲音莊重。每當這時，我就對媽媽心生畏懼和自豪，心怦怦直跳，第二天醒來後似乎做了場夢。

媽媽能夠讀寫諺文，所以在村子裏多少有些自以爲是，但是她對諺文的來歷實在太無知，無知到愚蠢。媽媽知道韓文是由朝鮮時代的第四代國王世宗大王創制的，可是她竟然說這是世宗大王在茅房解手時，看著隔板靈機一動當場創制出來的。

可能因爲文字看起來好像是用隔板隨便組合而成的，所以才有那樣的說法。媽媽還一再強調，學習這麼簡單的文字花太長的時間會被視爲蠢才。我還信以爲眞，直到解放以後才知道韓文不是諺文，是我們引以爲豪的民族文字，而且是世宗大王和很多學者費盡心血創制的。

如果不能即學即會就是蠢才，由於這樣的壓力，我把媽媽叫我記憶的基本字母背得滾瓜爛熟，但根本沒能理解，也無法用來措辭造句，而且家裏也沒有讀物。裏屋有幾本媽媽手抄下來的話本，可是一行一行從頭到尾像流水一樣潦草，如果跟媽媽一筆一劃寫的基本字母比起來簡直像外國字。別說是理解，我連一個字都看不懂。

媽媽去了漢城以後是奶奶經常提醒我，ka和k相拼是kak，和n相拼是kan，要不我有可能連那些都會忘掉。也不知道媽媽是固執還是傲慢，她希望我能舉一反三，也深信這是我能做到的。我也只能裝作全理解了。可是原本學的馬馬虎虎的諺文卻在跟著爺爺讀千字文的期間茅塞頓開。漢字下面的諺文標注就是它的音，從此我對諺文產生了濃厚興趣。

那是件一舉兩得的事情。兩個相異的文字可以互相參考，而爺爺卻誇我的記憶力特別好。那個年代，就算是即將娶媳婦的小夥子，只要沒背書小腿肚也要挨打。這時候，爺爺就以我的聰明爲例而大聲嚴厲地呵斥他們。我得意極了，但也隱隱害怕，學完千字文以後，別的書沒有諺文標注怎麼辦？那我的技倆不就會全部暴露了嗎？

爺爺的私塾沒能維持多久。他再次中風了。這次中風不像在茅房跌倒時那麼戲劇化，卻使爺爺完全的癱瘓。因爲右邊的手脚直發抖，連茅房也不能自行出入，也無法靈便的使用勺和筷子，所以喝湯時淌得全身都是。說話時也流口水，所以家人特地爲他準備了麻布巾墊在膝上。

雖然爺爺說話口齒不太清楚，可一天好幾次仍嗓音鏗然的叫我、差使我、要我陪他說話。我幼小的心靈覺得爺爺可憐，不忍看他，可是爺爺呆呆的發愣，累了或是鬱悶了就叫我。

有時爺爺寫信，讓我磨墨。他顫抖的手好長時間才留下了歪歪斜斜的筆跡。簡直是誰都看不懂的天書，所以我就想肯定是爺爺耍心機叫我磨墨。爺爺不僅寫信，也是村裏唯一的收信人。有來自媽媽和哥哥的問候信，也有許多來自其他地方的信。

我家廂房自然就成爲郵差歇脚的地方。即使沒有我家的信，郵差也會來看看我家是否有要寄的信。如果有就可直接交給郵差。爺爺也盼著郵差來，他喜歡拉著郵差一起說話，第二次中風後更是如此。

郵差在每個村子裏的所見所聞比他包裏的信件還要豐富。爺爺拉著郵差，讓他坐著歇一會兒，我就馬上通知廚房準備好吃的。這就是爺爺和我之間的默契。爺爺說我是他的心肝寶貝，更疼愛我了。

爺爺經常把煮熟的栗子和糕塊窩存在他的麻布巾裏獎賞給我，可是我不喜歡。用來擦菜湯和口水的麻布巾總是潮潮的，而且發出餿味兒。

不過我也曾因差事沒做好而受過責備。有一次，爺爺很急切地叫我，我就跑了過去，原來是因爲火盆裏的火已燒盡，無法點菸，爺爺就叫我幫他點火柴。我長到那麼大還沒有點過火柴。在過去，兒媳婦若把火盆裏的火種弄滅就會被趕出家門，雖然我小的時候已經過了那個年代，但即使是熱天，我們家也會有火盆，所以就不那麼需要火柴了。我偶爾也看人家點過，可對自己點火柴卻一點自信都沒有。爺爺看我哭喪著臉，就叫我抓住火柴盒，由他來劃，可是因爲他手顫抖的厲害，每次都失敗。

爺爺這個模樣實在太可憐，叫我看得心裏難受極了。又不是別的什麼事情，大不了就別吸菸嘛，可是爺爺這下叫我來劃火柴，由他抓著火柴盒。我胡思亂想著如果自己使勁劃，手指尖著了火，我一定會嚇得馬上把它扔掉。那麼動彈不了的爺爺不就會當場被燒死？一想就令人毛骨悚然。我越想越覺得自己已經闖下了這個大禍，嚇得大哭，跑出了廂房。那時我特別愛哭。

我怕火是有原因的。在幫爺爺點火之前我就聽說，有一次我差點就放了火。那時哥哥在開城的北部小學讀書，有一次他帶凸透鏡回家。黑色的鏡框，還有手柄，這個小小的凸透鏡可能是理科課堂實習用的。

透過這個凸透鏡看，哥哥的眼睛有黃牛眼那麼大，我的手指有媽媽的手指那麼粗，看我玩得起勁，哥哥就給我看更新奇的事物。用凸透鏡集光後燒紙，簡直太不可思議了。

陽光透過鏡面逐漸集中焦點，如同黑夜裏的貓眼般鬼魅地發著光，最後紙片終於冒了煙、燒出一個窟窿。盯著那窟窿眼像辣椒絲一樣逐漸變細變紅的擴散出去，我開始接不上氣，腸子似乎也開始萎縮，最後還想小便。

那天晚上我眞的尿床了。所以直到現在我還相信孩子玩火會尿炕的民間說法。不過我的記憶只到這兒爲止，那以後差點就釀成放火大禍的事情卻絲毫也記不得。據大人說，秋收後爲了編蓋草在倉房裏放了稻草捆，我在那裏偷偷地玩凸透鏡，結果點燃了稻草屑。

倉房在廂房的對面、靠著大門這一邊，爲了在驟雨來臨時儘快收起晾在院子裏的辣椒和穀物，所以倉房只有棚沒有門，而且還向外敞著。發現起火的是鄰家的新媳婦，那時她正好在挑井水，趕快將頂著的水罐倒下去才很快地滅了火。

險些把房子都燒掉，這麼大的凶事竟然在我的記憶裏刪得一乾二淨？我對自己的記憶力，特別是對兒時的記憶是絕對有信心的，可到了這一段就半信半疑。莫非是大人爲了阻止我玩火，捏造或誇張出來的故事？我有時特別懷疑。即使如此，我是險些放了火的小丫頭——這樣的想法久久地壓抑著我的意識。

直到國民小學畢業，我還是害怕點火柴，所以有很多不便的地方。可是不能爲爺爺點菸是我最大的悲哀和遺憾。爲了爺爺一定要衝破心理障礙，雖然我一邊這麼想一邊掙扎著，可還是無濟於事。當時我心裏可快急死了，又覺得自己怎麼這麼沒有出息呢。那種焦躁不安、自我厭惡等複雜的心態至今仍然記憶猶新。

遙遠的漢城

「你也應該到漢城去上學啦。」媽媽這樣説。
我也分不清是喜是憂，
我似乎也曾憧憬過漢城這個地方，
卻從未想像到要去那裏讀書。

家裏因爲爺爺再次中風，氣氛更加沉悶，即使我年幼也意識得到家勢已走下坡。小叔夫妻倆也去了漢城。媽媽的行徑大大的鼓舞了他們。是了不起的媽媽首先開拓了漢城，大人只覺得媽媽令人生氣，可是後來也就心軟了。與其說是心軟，還不如說是媽媽折服了他們。

上一個假期，媽媽帶著身著整潔校服的哥哥回鄉下度假時，還是那麼理直氣壯，說哥哥去了非常難進的公立學校，暗自誇耀起來。還說只要讀完那個學校，就算去總督府或其他府廳❶工作都不成問題。

我們家只是勉強摘掉文盲帽子的鄉下讀書人。說起來很慚愧，爺爺不過是天天強調兩班血

❶府爲高麗、朝鮮時代的地方行政單位。府廳指地方政府機關。

統而已，根本稱不上是具有民族自豪感和歷史意識的有志之士。爺爺所謂的兩班舉止也只是用來輕視門戶比我們低微的人，如果說他有所謂的兩班的責任感，也不過是認爲子女談婚論嫁時一定要找個門當戶對且必須和我家一樣是老論派❷門第的人家。高看別人或輕視別人時，爺爺的口頭禪就是外表騙得了人，骨子是騙不了人的。

爺爺的兩班意識不過爾爾，所以只要在官府上班他就認爲是大官，管它是不是日本官府。於是爺爺就沉浸在幻想之中，指望長孫飛黃騰達，改變門風。連爺爺都這樣想，家裏人有誰還敢小看媽媽？媽媽有一個前途無量的兒子呢，況且小叔去漢城也是去投靠媽媽。

當時，鄉下的兩個叔叔還都沒有孩子，加上小叔也離開了，家裏更顯得空盪盪的。聽說我家的房子是爸爸在我出生前蓋的，爲了三兄弟能夠在一起侍奉父母、兒孫滿堂、代代和睦興盛，於是房子蓋得既寬敞又精細。

人丁減少了，激起我惆悵的角落自然也就多了起來。可無論怎麼樣都比不上呆呆地背靠在廂房廊子中間的柱子上，惆悵地凝望著村口外。如果被家裏人看見了，誰都會體諒我寂寞孤獨的心。特別是奶奶會把我緊緊地抱入懷裏，然後用嘶啞的嗓音一連地說道：「我可憐的孩子。」

❷朝鮮時代四色黨派中的一個。

家裏人好像認爲我是在等媽媽。別人都那麼想，自己也覺得似乎是。但這等待絲毫沒有等待爺爺時那甜蜜的激動，對我來說是第一次體會到陌生的感覺。「如果媽媽已經到了櫃岩崗，那麼我的大拇指就會點到中指」，明明知道即使重複一百遍也都沒有用，可我還是不願意相信自己的等待將會成爲泡影。所以只要有誰說我是因爲想媽媽而情緒沮喪，我就會發狂似的號啕大哭，但我越否認，越感覺到那是無法否認的事實。

就像是某種比點手指更靈驗的預知應驗了似的，有一天媽媽突然出現了，既非假期，而且事先也沒有打招呼。所以我肯定媽媽也是忍不住想我才回來的，這才放下心來。但是媽媽不僅只是想我，還是爲了接我到漢城。

「你也應該到漢城去上學啦。」

媽媽這樣說。我也分不淸是喜是憂，我似乎也曾憧憬過漢城這個地方，卻從未想像到要去那裏讀書。奶奶知道了媽媽的意圖，簡直快要暈倒似的驚叫：「什麼？我的天哪！一個丫頭從小學就要去漢城？」家裏又掀起了一場風波。

「你在漢城做什麼勾當呀？到底賺了多少錢？竟然還要把丫頭帶到漢城去讀書？嗯？眞怕人家聽見。」

奶奶竟然說了這麼難聽的話。她看媽媽不回話，繼續說道：「她爺爺成了這副樣子，還指望她作伴呢。你還執意要把她帶走，這像話嗎？眞是太過分了。」

奶奶的話幾近哀求，但好像還是無法讓媽媽回心轉意。奶奶就改變方法，向我揮舞著拳頭。「你喜歡奶奶還是喜歡媽媽？快點回答，你這丫頭。如果奶奶好，就跟媽媽說要跟奶奶在一起，快說呀。」

這時，我只能一邊哭一邊說：「不知道，我不知道。」年幼的我實在是百思不得其解。長大成人之後聽到類似的話，「媽媽好還是爸爸好？」我就不免討厭那個向小孩子提出難題的人。

首先爲這場無謂的紛爭劃上句號的是媽媽。其實媽媽也沒有時間一直耗下去。媽媽沒有和任何人商議，甚至也不問問我的意願，裝作給我梳頭，哢嚓一下就剪掉了我的頭髮。那時我和村裏的女孩子一樣編著三條辮子。

三條辮子指的是丫頭在將頭髮梳成長長的麻花辮之前梳的髮型，從頭頂把頭髮分成像圍棋盤似的，然後一縷縷地編下去，最後用花線或布條紮上。這種髮型需要很多人手，還要每天整理，否則就會蓬頭亂髮。所以只要看頭髮就能知道這孩子在家裏是不是受疼愛。

我的頭髮在姑姑出嫁前是由她當成樂事精心整理打點的，後來是嬸娘天天幫我梳得端莊而光亮，這使我暗自感到幾分驕傲。從小如果有誰說我漂亮或細緻，我都會認爲是指我的頭髮，因爲我對自己最自信的地方就是頭髮。

而我引以爲傲的頭髮竟被媽媽哢嚓剪掉了，而且還往上剃得高高的，露出了發白的後腦勺。媽媽沒等我有反應就斷然說道，漢城的小孩子都是這種髮型。

「天哪！難看死了。」

奶奶跟我一樣目瞪口呆。比起直直的前髮，我更是無法形容對空盪盪的後腦勺的厭惡。我試著走出去看看，結果馬上就成爲小孩子的笑柄。

「哎喲哎喲，聽說誰的後腦勺也長出臉來了。」

當時我的短髮因爲後面往上剪得太多，所以眞的像後面也長了臉。我雖然被孩子們取笑，但因爲心裏有靠山，所以並沒有心灰意冷。

「漢城的小孩子都剪這種頭呢。你們不知道罷了。」

我很快就開始輕視連這個都不懂的鄉下小孩。我的短髮不僅讓奶奶死了心，也使我的心離開了鄉下。我想馬上和媽媽動身。

臨走之前，爲了向爺爺道別進了廂房。爺爺似乎不看也能知道，也不正視我一眼就呵斥道：「哎呀，眞是丟人哪！」然後從菸荷包裏翻找出一枚五角錢的銀幣扔給我。既然要給，何必要用扔的呢？雖然自尊心受到了傷害，可我還是用手心撲捉住在炕上骨碌碌打轉的銀幣，緊握在手中道了聲謝謝。因爲我覺得比起自己的屈辱感，爺爺的傷心更需要安慰。假如爺爺稍稍表露出脆弱，我覺得自己馬上就會哭出來似的。幸而爺爺發起了火，讓我馬上退下去。

媽媽淨做些讓大人惱火的事情，但她畢竟是這個家的長媳，又生育了獨一無二的長孫，況且又是第一個赤手空拳在人心險惡的大城市漢城落腳的膽量非凡的女人。大人雖然很生氣，但也無法小看媽媽，這一點只要看外面打點好的行李就知道了。他們還雇人把穀物啦、辣椒粉啦，大大小小的袋子裝滿了一個背架。奶奶也穿好衣服跟了出來。

到開城的二十里路十分遙遠。越過山崗、穿過平野。有田有山就有村莊。有比朴籍村大的村子，也有比朴籍村小的村子。因爲村子坐落的方式和房屋的形狀都很相似，所以看來一點也不陌生，一點也不新奇。村莊同樣是大自然的一部分。我們經過的第四個山崗——櫃岩崗——也是最後一個，走起來特別陡峭，可能也是因爲腿疼的關係。媽媽說只要過了這個山崗就是松都了，叫我加油。媽媽在後面推著氣喘吁吁的我。我累得嘴唇都焦乾了才終於登上了山頂。

腳下是我有生以來首次看到的風景，那就是曾經久聞的松都。我不禁發出了讚歎聲。眞的是一個銀色素裹的美麗城市。道路啦、房子啦，爲什麼看起來都那麼雪白呢？後來我才知道，松都高中、好壽敦女子高中等新式的高樓大廈都是用花崗岩建成的，土地也是砂質的，所以道路和岩石顯得特別白，這也是開城的特點。原來人也可以在如此清潔、秩序井然的地方生活啊！我目瞪口呆，只能出神地望著這令人入迷的景象。

就在這時，在一個四角大樓的一處似乎有個火球在熊熊燃燒，直刺到我的眼睛，它跟我所看到的任何的光都不一樣。雖然沒有沖天的火焰，但它發出的光比火焰更強烈。我嚇得一下子抱住了媽媽。媽媽說別傻了，那是映照在玻璃窗上的陽光。她看我聽不懂玻璃窗是什麼，就說開城和漢城這樣的大地方都鑲嵌玻璃做成拉窗。

朴籍村的家裏也有用玻璃做的東西。大人叫它清酒瓶，放在木廊台下面用來裝煤油。人竟然能生活在那麼透亮的房子裏，我既感到神奇，又忐忑不安。剛才第一眼看到松都所感受到的耀眼，實際上有一半是緣自於不安。我覺得自己不是站在櫃岩崗上面，而是站在兩個完全不同世界的分界線上，一邊被強行地拉到未知的世界，一邊還想回頭。

我好像聽到了自己的心跳聲。那是我心裡頭平靜與和諧破碎的聲音，是站在順從和反抗的交叉路口時本能的恐懼。

下坡路還好走。路上六角形的大岩石隨意地散落一處，就像卸了一馱櫃子，所以才叫櫃岩崗。岩石縫隙裏湧出甘泉來，媽媽懸腿坐在長長的岩石上用泉水潤了潤嗓子。

終於進了松都。過了鐵路，過了漂亮的瓦房連成一片的巷子，走在路面堅硬且帶有玻璃窗的二三層四角樓鱗次櫛比的大道上。眼前全是沒看過的東西，可是我心想不能精神頹萎，不能東張西望，要向媽媽看齊。

媽媽在松都大街上威風凜凜的模樣看起來是有點不自然，反而像是爲了讓我模仿而刻意做出的樣子。我看到的女孩子髮型的確都是後腦勺發白的短髮，這激起了我對媽媽的尊敬。偶爾會看到梳麻花辮的女孩子，但看不到編著三條辮子的女孩子。

終於走到了開城站，這裏很雄偉，站裏又複雜又吵鬧。如果在這裏走丟了怎麼辦？因爲是從未有過的想像，所以這恐懼更加陌生和深刻。媽媽把那麼多的包袱疊在離剪票口不遠的地方，然後去買票，就這麼一會兒我也緊抓住媽媽的裙角不鬆手。剪了票，出了站，一個懸掛在空中的龐大梯子映入眼簾。媽媽說那是天橋，還說漢城的天橋比這更大更複雜，就這樣，連出站時媽媽還不忘記炫耀漢城。

因爲行李太多，所以對我們來說，這是趟非常艱難的路程。媽媽又是頂著又是拎著行李，買了月臺票的奶奶也頂著行李，我也拎著行李使勁地跑。媽媽一跑，人家也跟著跑，我也拼命地跑。稀裏糊塗地就上了有許多玻璃窗、酷似大蟒蛇的火車。奶奶也跟著上來把行李放到擱板上，一個人下了車。

奶奶站在我位子的玻璃窗外。奶奶好像在說什麼，但我聽不清楚。玻璃窗外有很多送行的人。其中奶奶顯得最渺小、最寒酸。這寒酸似乎在挽留著我。玻璃窗多神奇啊！我可以清楚地看到奶奶的雙眼汪著淚水。我想著奶奶撫摸我時手的溫暖，也跟著想哭。

我全身貼在玻璃窗上。只有臉被冰塊壓著似的無情地變寬，卻完全無法靠近奶奶。火車鳴出宏亮而淒涼的笛聲後開動了。送行的人也跟著挪動，人影逐漸變得渺小，最後被火車拋在後面。我沒看清奶奶是跟著挪動步伐還是只站在那裏。我的眼淚嘩嘩的流出來。過去沒有眼淚也經常能發出哭聲，可淚水滂沱卻沒有放聲大哭這還是第一次。我的心彷彿裂成了碎片。

終於到了漢城。天橋果然比開城站大而且複雜好幾倍。我們母女落在最後面吃力地上了天橋，因爲行李實在太多了。別人即使帶著一般的行李也會交給身著藏青色洋服、戴紅帽的脚伕，

可是媽媽把我們的包袱全部自己左右扛著，就像在惡夢裏掙扎似的，我們走了好長時間才出了站臺，走到寬敞的站前廣場。媽媽把包袱拋在廣場的正中間，然後一屁股坐在地上。我失魂落魄地看著人來人往，都忘了這裡是漢城。

衣衫襤褸，叫化子般的背架伕一窩蜂向我們擁來，如行乞叫唱似的爭著要背我們的行李。看到漢城也像鄉下用背架搬運東西，我的心好像踏實了。但是媽媽說要坐電車，拒絕了他們。

藍色的電車比火車的一個車廂還短，背上還吊著犄角在馬路的正中間奔跑著。看到犄角和懸掛在空中的線之間擦出火花，我的恐懼壓過了好奇心。媽媽說要坐電車卻仍舊伸著雙腿坐在地上。看到媽媽這樣，散去的背架伕又三三兩兩圍了過來。

媽媽指定了一個人跟他討價還價。我想不通媽媽是以什麼標準選了這個人。媽媽用下巴頦示意，問去馬路對面的西大門外要多少錢。背架伕一說多少錢，媽媽就說那個價錢不行，還要把背架伕已經開始裝上的行李卸下來。背架伕問媽媽多少錢才行，就這樣雙方講價講了大半天，終於我們母女從行李解脫出來，走在背架伕的前面。

走過了又亂、又吵、又髒的馬路。人們的衣著和地面都蒙著一層灰土，髒兮兮的。一通過電車的十字路口，行人也少了，路也有點像開城的大道。不遠處有個大門攔住了去路。

「那是獨立門。」媽媽說。跟在後面的背架伕氣喘吁吁地問說，是否快到了。

「再走一點。」媽媽的臉上突然浮現出卑微的笑容。

「喂喂，你說一點是要到哪裡呀？」

「那裏，峴低洞……。」

媽媽的話音剛落，背架伕就站在那裏不走了，然後橫眉怒目地說，這是在耍人哪，才給那點兒錢誰要去那山頂。媽媽也不服輸地說，如果是平地我們就舒舒服服地坐電車走了，誰還花幾倍的錢雇人，然後又哄著說，那是給你買米酒的錢呢，還是快走吧。脚夫嘀嘀咕咕地說，算我今天倒楣，一邊說一邊還是跟來了。媽媽一說峴低洞，那個人明顯變得很放肆，顯然是在蔑視我們。峴低洞到底是什麼地方以至於那個人突然惱火呢？我還算反應快，心裏有數，這已經足以讓我洩氣。

在浩浩蕩蕩的四條電車軌道結束的地方，媽媽走進巷子，這巷子馬上變成陡峭的階梯。房子也像階梯一樣密密麻麻地貼在陡坡上，似乎馬上就要傾瀉下來。眞是個奇怪的巷子。階梯兩旁的房子也都這樣。家家戶戶用木板做隔牆大門，可這門有名無實，家裡面的擺設全都暴露無遺。階梯兩邊的凹陷處積著污水，污水裏還摻著尿、飯粒，和菜渣。

我們好不容易氣喘吁吁地到了山坡頂，可巷子還沒有走完。順著彎彎曲曲、狹窄的巷子爬了好長時間，又遇到一個更陡峭、更不規則的階梯，走到中間，最後媽媽終於在階梯旁邊的草房前面停下了脚步。即使在這樣一條巷子裏，草房也是很稀少的。但就連這個草房也不是我家，媽媽租的是這家的門房❸。

這間有小廊子的門房既窄小又冷清。衣櫃用畫著鹿、龜、長生草的彩紙亂糊一通，這是唯一的家具。有可能是我家的女人不下地幹活，所以抹拭櫃子的時間比較多，鄉下炕邊上的櫃子都特別光滑油亮。奶奶出嫁時帶來的三層櫃，白銅裝飾已經掉了，所以就把門簡單地貼了貼，儘管這樣，這櫃子的木紋仍保留著柔和的光澤。

鄉下家裡放著櫃子的房屋一角還有個肚子鼓鼓、脖子長長的醋瓶，這醋瓶眞是好看。在半透明的青灰色瓶子裏放了太久的醋，強酸味滲了出來，瓶身斑斑點點的，看起來像是天然的紋路。後院的祭壇和這個醋瓶對我來說特別神奇。有剩下的藥酒或米酒就放到裏面做醋，有時還有小蛾從裏面飛出來。奶奶說我家的醋在全村是數一數二的，所以特別珍惜那個醋瓶，要是誰來要一點醋，因爲怕我家的醋味跑了，還不給。因爲奶奶是一本正經地說這番話，所以我並不認爲是奶奶刻薄，而是認爲那瓶子裝著神奇的力量。

脖子長長的醋瓶、木紋美麗的櫃子，還有那協調的房間，鄉下的一切就像失樂園一樣浮現在腦海，我感到一股熱流在心頭翻滾。對於具有古老的傳統審美觀的我來說，眼前這胡亂糊著粗劣彩紙的衣櫃實在是太陌生了。

❸靠近大門口的房間叫門房，通常會租出去或供訪客住。

在城門外

媽媽說，因為我們窮所以只能住在城門外，
但讀書必須要到城裏的好學校。
這是媽媽已經決定好了的事情，
我的意願根本沒有介入的餘地。

「這就是漢城嗎？」

我有些不滿地問，媽媽竟然說不是。

「這是漢城的城門外，等你哥哥上了班、賺了錢，到時我們就堂堂正正地進城裏住。」

媽媽用這種好聽話來哄我。那天晚上直到很晚，窗外人們的叫喊聲還忽遠忽近地傳來。

「來買吧！來買！」

聽起來是叫賣聲，但我沒有問媽媽是賣什麼，因爲我不太好奇。

在鄉下時，我偶爾也會被籬笆外野獸的鳴叫聲驚醒。那時候感覺大人也是醒著的。

「這該死的狼怎麼又下山了。」

有時奶奶也這樣一邊喃喃自語，一邊坐起來，好像在擔心雞被狼叼走。我雖然聽過狼嚎，但從未見過狼。我那天突然感到一種強烈的衝動，一種想再次聽著狼嚎聲入睡的衝動。

第二天，我不得不開始學習在漢城生活的規矩。與其說是漢城生活的規矩，不如說是租屋生活的規矩。一睜開眼睛，我就問媽媽茅房在哪兒？可媽媽卻說，便所要等房東家的人去過以後我們再去。茅房稱作便所，這我在火車上已經學過，房東家單人用的便所昨天也已經去過，可是明明想要大便還要等別人先上過，這是直到那天我才知道。

媽媽又說了一句：「你知道爲了把你領來，我看了人家多少臉色嗎？因爲跟他們租房子時說只有兩個人。房東家也有和你年齡相仿的孩子，怕人家不高興。」我的天啊，怎能這麼撒謊呢？明明有個孩子，卻裝作沒有，我媽媽不是一向很了不起的嗎？我從來都是嬌生慣養的寵兒，現在卻淪落爲受歧視的累贅，這時我不免覺得媽媽很討厭。我有一種被欺騙的感覺。眞想找爺爺告狀，或向奶奶求助，可是爺爺奶奶離我太遠了。

租屋生活的規矩還不止要忍大便一項。

「最好不要和房東家孩子玩，小孩子的打架一弄不好會變成大人的吵架。」

「房東家孩子吃東西的時候千萬別看人家。」

「不要眼饞房東家孩子的玩具，也不要去碰。」

「最好不要進房東家。」

乾脆用麻繩綁住我的雙脚吊在柱子上算了，眞不知到底要我怎麼做。媽媽希望我的存在若有若無。但當時我才八歲，而且我在朴籍村活像一匹到處亂跑、無拘無束的野馬。對於這樣的我，媽媽的苛求是多麼地殘忍。但媽媽根本想都不想這些。我爲了適應租屋生活已經精疲力盡，可雪上加霜的是，上學的日子就快來臨了。

媽媽說，我們因爲窮所以只能住在城門外，但讀書必須要到城裏的好學校。這是媽媽已經決定好了的事情，我的意願根本沒有介入的餘地。那時國民小學也不是義務教育，所以得要考試才能進去。但也不是自己希望上哪個學校就能隨意報考，當時也和現在的學區制一樣，根據住址規定好報考學校。媽媽不可能不知道這個，所以早已把我寄籍在社稷洞的親戚家了。

媽媽從看中的城裏的學校裡考慮到我要走路上學，最後選定了梅洞國民小學。從峴低洞到這個學校需要經過一座山，叫仁王山麓。從峴低洞中腰一直往城牆附近上去，就會有一條通往社稷公園的平坦路徑。路不算險峻，但幾乎沒人走動，所以顯得很寂靜。聽說只要稍微脫離這條路，就會看到樹林裏的麻瘋病人來來往往。臨近考試時，媽媽帶著我實地探查了這條路。對於那些有關麻瘋病人的可怕傳言，媽媽只是付諸一笑。

不要相信麻瘋病人抓了小孩子後會抽吃心肝的話。他們和咱們一樣也是人。人不忍心做的事情，他們也不會做。先無中生有捏出這些事，然後又害怕，哪有這樣的傻子。要是你見到長得像麻瘋病人的人，不要驚慌也不要逃走，若無其事走開就可以了。無論如何都不要東張西望，一直朝前走就可以了。

媽媽總是一副過於自信的語氣，所以她的話即使是對的，還是會讓人覺得她咄咄逼人。我就不喜歡媽媽這一點。但是她在說痲瘋病人的時候，我可以感覺得到媽媽的心也在跳。但是在媽媽的諸多勸說中，我最滿意的也就是媽媽這番話，不知爲什麼我不怕見到痲瘋病人。瞭解完上學的路，我就正式進入了考試準備階段。你一定會做得很好，媽媽雖然口口聲聲這樣說，可是每天還是要多次編試題來折磨我。寫名字、數數、看表、加法、減法之類的。

我都做得很好，可是我最討厭的是背兩個地址。媽媽第一個告訴我的地址當然是寄籍——社稷洞了。這個我馬上就背下來了。如果到此爲止就好了，可是媽媽可能擔心如果我走丟了，只記得這個位址豈不是大事不妙，所以就訓練我把峴低洞的位址也背下來。雖然是加上門牌號碼的一長串的地址，但我那時正是背誦能力很好的年紀，所以也難不倒我。但媽媽的擔心卻有點過頭，一定是因爲純樸的媽媽在我的入學志願書上寫了虛假的地址而感到內疚。當我將兩個地址都背好後，媽媽又開始擔心我考試時要是把兩個地址混淆了怎麼辦。媽媽全然是爲了自己安心才這樣折磨我。她常常默不作聲，然後突然襲擊地抽問：

「你住在哪裡？你家在什麼地方？你現在是走丟了。」

這時我要回答出峴低洞地址。相反地若是：

「你家在什麼地方？你現在是在老師面前考試。」

如果這樣問，我就要答出社稷洞的假地址。媽媽怕我不小心把兩個地址弄混而戰戰兢兢的。

我本來不會弄混，但媽媽這麼一擔心，我的腦袋也發麻了，好像眞的會混淆似的，因而不時地提心吊膽，最後反而搞得亂七八糟，對媽媽突如其來的提問，我答錯的頻率越來越高。

媽媽不住地後悔說，告訴我這個笨蛋兩個地址眞是白說了，還叫我到考試那天爲止，要把峴低洞的位址忘得一乾二淨。但怎麼可能說忘就忘。媽媽越叫我要忘記，峴低洞的地址越是黏在我的頭腦裏。別說社稷洞的地址，那以後漢城生活住過的所有地址我都忘記了，可唯獨峴低洞四十六區四一八號我那最初的地址，至今都還記憶猶新。

也不知道地址到底會不會考，但單單只爲了這個地址，我的頭腦和記憶力已經被搞得亂七八糟，就這樣終於到了考試的日子。我穿著媽媽到朴籍村接我時帶來的淡綠色花緞袍子，到理髮店重新剪了髮，然後就考試去了。根本沒有問地址。只是在桌上分開放了四個和三個圍棋子，問一共是幾個？然後拿出兩張圖片，一張畫有紳士和學生，另一張畫有禮帽和學生帽，讓我分別給他們戴上帽子。最後一題是煙囪裏冒煙的圖片，要我回答風向。這三題我只答對了兩個，第三題答成反方向，我說風是往煙飄散的反方向吹。

媽媽聽說沒問地址就先安下心來了，可是聽到有答錯的題目就大失所望，當場就斷言我肯定考不上。只是這樣說也就罷了，還拼命地指著隨風飄揚的頭髮、袍角、運動場旗杆上面的日本國旗，喋喋不休地唸叨：

「現在風往哪兒吹？嗯，往哪兒吹？天哪，連這個都不知道，考不上活該。」

媽媽一邊說一邊兀自氣憤著。梅洞國民小學的運動場非常寬闊，周圍沒有人跡，那一天風特別大。那天晚上媽媽抓住哥哥，一再地惋惜我沒考上。

「要等到結果出來才知道呢。」

十歲才上學，還在讀中學的哥哥跟我年齡差很多，而且沈默寡言，非常懂事。是否被錄取，是以明信片的方式通知。通知當然會寄到社稷洞的地址，如果沒有考上就不會寄通知來了。過了好多天，等得差不多了，媽媽就讓我穿上考試那天穿的淡綠色花緞袍子去社稷洞親戚家。那天是我第一次去那個因爲背誦地址而產生厭惡的家。在路上媽媽反覆強調，這次就是到城裏。

果然是一個比峴低洞井然有序又優雅舒適的小區域。特別是這區域的房子不是在險坡，而是在平地上，這一點比較令人滿意。親戚家的外屋很長，面向著道路，另有裏屋在屛門內。外屋雖然是瓦房，但跟鄉下的廂房截然不同，看來污穢不堪，還散發出異味。後來我才知道那是下房，不是廂房。在一個挨著下房，好像巷子一樣的小院子裏，女傭正在洗衣服，她見到媽媽就高興地站了起來。

「夫人，您該多高興啊，聽說小姐考上了。」

她邊說邊彎腰行禮。我第一次聽到有人用夫人、小姐這樣的敬語稱呼我們，那也是我第一次看到媽媽那麼趾高氣揚地對待人。

「有什麼可宣揚的，只是考上小學而已。」

媽媽擺出盛氣凌人的架子來。走進屏門一看，那簡直是另一個世界。有著亮晃晃玻璃門的大廳高聳在白淨的花崗岩階石上，掃得乾乾淨淨的院子旁邊有水龍頭和水泥砌成的水池。女傭拿著水桶跟進來，在溢出水的水池裏打了水。我覺得嘩嘩出水的水龍頭最神奇，也最令我羨慕。

峴低洞沒有一戶人家有自來水。家家戶戶都是買水或挑水喝。公共自來水設在高高的階梯下面的平地上，在那裏總是有成雙的水桶在排隊，隊伍是沒有盡頭的漫長。水桶是用白鐵做的，爲了讓掛在背架上的鐵鉤能牢牢地鉤住水桶，水桶上還有個挖了槽的木頭手把。但挑水販賣的水販子的水桶和我們自己家的水桶是不一樣的。職業水販子的水桶是有煤油桶大小的四方桶，而自己挑水喝的人家的水桶要比水販子的水桶大將近一倍。水錢和水桶的大小無關，一個背架就是一分錢。所以每天早晨要給好幾十家送水的水販子當然盡可能想少花力氣，而自己挑水喝的人家呢，花同樣的錢就想多裝點水。

媽媽不會背水架，所以每天都要靠水販子的水生活。不僅是喝的水，洗洗涮涮都要靠那兩桶水。我來到漢城一個多月，除了租屋生活的規矩外，聽的最多的嘮叨就是節約用水的方法。洗臉水不要倒掉，用那個水洗腳啊。洗腳的水不要倒掉，用那個水洗抹布啊。洗抹布的水也不要倒掉，先放著啊。一會兒掃院子的時候，還可以用那個水潑洗。就是這樣。媽媽把房子前面的巷子叫做院子。爲了嘲笑連自家院子都不掃的街坊鄰居，媽媽每天都要掃那個院子。媽媽捨不得舀給我的洗臉水，如果不小心失手，沒有保留到最後階段就倒掉，媽媽就會像破了大財似的不時地咂嘴。

大門口被我們當成廚房使用的角落有個水缸埋在地裏。水販子在黑濛濛的凌晨就來了。是因爲房東家也喝水販子的水，所以才事先拉開門閂呢？還是因爲沒什麼可被盜的家具所以整夜打開門栓呢？總之我聽不到開門聲，倒是會被啪啪的倒水聲驚醒。啪啪的倒水聲使我感覺陷入無比悲慘的境地，這超過了任何的寒酸感，因爲兩舀子的水竟然要生活一天。連水都要節約，這在鄉下是連想都想像不到的。

在鄉下，廂房院子和附有茅房的菜園之間有條潺潺小溪，從後院籬笆外頭繞流下來。後院可以說是挨著裏屋的，所以到了霪雨季節，嘩啦嘩啦的流水聲特別吵。在平時，有時可以聽到愉快的琤琤流水聲，有時則隱隱約約地傳來涓涓水聲。但是水從未滿溢或乾涸過。即使到了冬天，也只有邊緣會結冰，中間的溪水還是不息地流淌著，邊緣的冰塊閃動著千奇百怪的紋路。我不知嚴寒地把引人遐想的薄冰弄碎，放入口中喀嚓喀嚓地咀嚼，那感覺就像血管也被清洗過一樣地心曠神怡。

飲用水是媽媽或嬸娘從村子中央的井裏挑來的。我要是玩著玩著口渴了，就用手去舀小溪裏的水喝。衣服也是在這兒洗，馬鈴薯或地瓜也是在這兒削皮，蔬菜也是在這裡洗。當然去茅房回來也是在這兒洗手。無論在這兒做什麼，我從未懷疑過流水，自然也不可能覺得它是髒的。無論走到哪裡都有流水聲跟隨著。

用水要節約只有在冬天用熱水洗臉時才體會得到。即使是用大鐵鍋一鍋一鍋地燒水，只要舀了滿滿的一盆水就會挨罵。洗臉那麼浪費，要是養成習慣，等死後到了陰間會被懲罰喝整整一盆水。這是很嚴厲的斥責。

每當我在被窩裏聽到一天一次的嘩啦倒水聲時，就會感覺我體內的水分也在蒸發，就像明太魚變成明太魚乾一樣，我覺得自己也在逐漸異化，而沉浸在荒唐的恐懼之中。

家裡有自來水的社稷洞親戚家的女主人稱呼媽媽爲祖母，她高興地迎接了我們。她看起來和媽媽年齡相仿，穿著帶有紫色飄帶的淡黃色上衣，對我也用敬語：「嬸子考上了學校，多好啊。」後來我才知道，因爲我們輩份大，那個女人是媽媽的孫媳婦輩。媽媽對她說話時使用的是對等階，而那個女人則用尊敬階跟媽媽說話。女人吩咐女傭準備熱呼呼的午飯，然後把學校寄來的入學通知書拿給媽媽。但媽媽的態度就好像那明信片是餿壞的糕點似的，根本沒正眼看它一眼：

「我倒是希望考不上呢，可還是考上了。」

媽媽用不情願的語氣說道。我眞不懂媽媽爲什麼那麼表裏不一。社稷洞親戚連忙說，我們這巷子裏，上了幼稚園的孩子當中還有好多沒考上的呢，她這樣吹捧我。媽媽好像就等著這句話似的，這話才說完她就說了彌天大謊，說如果考不上就認定不是念書的命，只能再送回鄉下，這樣我也減輕了負擔，也沒什麼遺憾的了，所以什麼也沒教就讓她去參加考試，卻偏偏眞的考上了。媽媽說這番話的表情就好像曾經詛咒我考不上似的，我心裏莫名其妙地看著媽媽。

女傭把小飯桌擺得整整齊齊，端了進來。擺滿一桌的素白餐具都蓋著蓋子。可是等掀開蓋子一看，裏面的菜只有一點點。醬黃豆十幾粒，蛤蚌醬和涼拌明太魚乾也只夠夾一次。我雖然很餓，卻沒有食欲。那個親戚遞給媽媽一大包針線活。不僅是她家的針線活，還有她到處宣傳後收來的女紅。

「你對我們的幫助太大了。」

媽媽一邊說著客套話，一邊還要硬裝出理直氣壯的樣子。我想盡快避開這樣的場合，可是媽媽和那個親戚說了很多話。

「唉呦，祖母，不要擔心這些，還是考慮一下上次跟您說過的事情吧。」

「你是說妓女的針線活？原本不打算做這事，但一想到從今年開始人口和學費也增加了，所以也不能挑三揀四的了。既然說到這，你就幫我在那邊找找門路吧。」

「祖母，您這樣想就對了。說實話，一般家庭的針線活有多麻煩呀？但那些女人都做新衣裳穿，而且只要領子合適，覺得舒服就可以了。她們根本分不清領子和衣襟是什麼樣的才算是精密的針線活。人家也不挑剔，而且工錢又多，還有什麼可猶豫的。」

「鄉下老人家還問我在漢城到底做什麼，連丫頭都要帶到漢城去呀等等。我就是不想聽這些話，也根本不想有把柄讓他們握在手上。」

「什麼?作妓女也就罷了，做妓女的針線活怎能說是什麼把柄呢？」

「老人本來就是那樣。」

「放心好了，如果怪罪下來，我來作證。」

「只能由你來打聽門路，讓你費心了。」

「今天您帶去的這些女紅裡有住在我們巷子裏的姨太太的。姨太太的底細不都那樣嘛，和好多妓女關係密切，我拜託她打聽打聽。她對您的針線功夫很滿意呢，所以應該沒問題。就讓女傭幫忙跑腿，您也用不著親自出入青樓。」

因爲偷聽到大人的這些議論，所以我收到通知書的那天非常鬱悶。只要再錯一題考不上的話，我就不會給媽媽增加那麼重的負擔，雖然很後悔，但已經無可挽回了。媽媽在這以前就做了針線活。除了紅紅綠綠的衣櫃外，小小的泥火盆和針線筐也是家裏重要的用具。買一兩捆柴火，用它勉強做完飯，在火燒盡之前馬上裝入火爐，再用烙鐵小心地壓著就可以用上一整天。如果不烙布料的話就做不了針線活。

在爲妓女做女紅之前收來的這些針線活的布料，根本不能和我們在鄉下穿的染色土布相提並論，這裡的都是柔和細密的眞絲。媽媽把裁剪後剩下的漂亮碎布包在布片做成的包袱裏。我閑著無聊想用那些碎布學做包袱，媽媽就大驚失色把它搶了過去。在鄉下的女孩子到了我這個年齡，一般的縫綴都會做，會縫製裙子的孩子也不少。但媽媽卻說，你學那些做什麼呢。

「你得多唸書，要做新女性。」

只有這個才是媽媽的生活信條。我不知道什麼是新女性，媽媽可能也不瞭解。新女性一詞產生於開化期❶，媽媽一直都不知道它的含義，但聽起來的確很誘人。和傳統女性截然相反的命運，但媽媽這種悲哀的迷戀，我無法理解。我身上流著媽媽的血，性格不知是否像媽媽，但當時我還沒有嘗過作女人的滋味，眼前對我來說最遺憾的是失去了自由。媽媽不僅不許我和房東家的小孩子玩，也討厭我和巷子裏的孩子混在一起。

「你是有身份的孩子，跟那些沒有教養的孩子在一起只會學壞，別出去玩。」

媽媽一邊做著妓女的針線活，一邊還計較身份。我聽了雖然還是不完全理解媽媽說的身份的意思，但比起新女性還算淺顯易懂。大概是指在鄉下有地位，愛面子的我們家的生活。我也懷念我過去的生活方式，可能我也覺得自己和這個巷子裏的小孩子不一樣，所以才會更容易理解身份的含義。我心想媽媽眞不可思議，爲什麼要那樣呢，總是認爲自己做的事情肯定都對。在漢城就炫耀鄉下的出身地位，到了鄉下又誇耀自己已成爲漢城人，這前後兩種姿態的媽媽其實是一個樣，在鄉下就以漢城爲背景炫耀著，到漢城又以鄉下爲後盾而自以爲是。媽媽的兩副

❶一八九〇年代，朝鮮接受西方新文化，稱爲開化期。

面孔讓我感到非常混亂，但也只有我一個人才知道媽媽的弱點。

媽媽不可能一直把我拴在針線筐旁邊。她做針線活從沒斷過，但是媽媽還是要將做完的女紅送到社稷洞親戚家，女傭的差事只是到青樓拿針線活，不幫我們送到峴低洞，社稷洞親戚家只是中間站。媽媽把親戚莫大的恩惠像口頭禪一樣掛在嘴邊。

媽媽不在的時候，我一個八歲的孩子不可能乖乖待在家裏。我逐漸地嘗到了外面世界的樂趣。鄰居小孩有人家裡是做爐匠，有人爸爸是背架伕、有人的媽媽是賣篩子的，也有修煙囪的。篩子媽媽個子很矮，整個人埋在二、三十個粗篩和細篩圍成的無數圈圈裏，頭忽現忽隱。她家的女兒比我大，但不上學。

篩子媽媽出門的時候總是很安靜，可是修煙囪的每次出大門都要敲鑼。他也在肩上背著工具，為了能使它捲起來，他把竹子劈得又細又長。一端有個腦袋瓜大小的密密的刷子，也不知從煙囱到灶口來回刷過了多少回，與其說是刷子，不如說是煙煤團。修煙囱的有把烏黑的鬍鬚，簡直像把密密的刷子貼上去似的，連嘴都看不到了。所以他用鑼代替嘴也很自然。

除了他，在這個巷子裏還有一個修煙囪的經常出現，他的嘴端端正正的，可是還是不說話只敲鑼。眞是很奇怪。在他們黑漆漆的身上，黃銅做的鑼是唯一發亮的東西。用長得像棉花棒的東西敲擊出來的鑼聲悠遠，還拉著長長的餘音。他們也不急著敲鑼，只等餘音直入雲霄以後再遲緩地敲一下。每當聽到這鑼聲，我就會湧出在鄉下望著隨風搖擺的高粱穗時的悲哀。修煙囪的家裏有很多孩子。除此之外，在巷子裏的人家也有許多孩子，也不知道那些家庭到底以什麼維生。

有一天，有個孩子取笑我說：「土包子、鄉下妞。」緊接著其他的孩子也跟著起哄取笑我。我比較著他們取笑我的內容——鄉下和他們現在的生活環境，我心想眞是什麼怪事都有，簡直太可笑了。沒想到媽媽那種露骨的傲慢也在我的身上潛移默化。我不想在他們面前哭，而且不想哭就要借助於我的身份。就算是爲了嚴守鄉下的名譽，我也不得不厚著臉皮忍著不哭。

幾個孩子要是聚在一起就無緣無故地排擠我、取笑我，但我要是跟一個孩子單獨在一起時，他就會跟我說：「一起玩吧。」漢城小孩子說「一起玩吧」的語音非常好聽。我的家鄉話除了詞尾有些不一樣之外，語調和漢城話幾乎都一樣，但是也發不出這麼甜美而有吸引力的音來。可是即使同意了他的提議，兩人成了朋友也不一定就有什麼好玩的。連一塊玩耍的空地都沒有。有一天，我和一個孩子正用撿來的石筆在地上和別人家的牆壁上隨便亂畫，她突然提出了奇怪的建議。那就是要脫褲子蹲下來，在地上畫對方的生殖器。怎麼會想起如此奇怪異常的遊戲呢？只因爲實在是太無聊了。後來我長大了，在公共廁所等地看到類似生殖器的塗鴉就會想起過去，與其說產生厭惡感，還不如說會慨歎當時的無聊而忍不住同情。

我們就像寫生一樣畫著生殖器，後來我還把熟練的手藝展現在我們家的牆壁上，終於被媽媽發現挨了一頓痛打。我甚至發誓不再和那個小孩子玩，但後來還是背著媽媽跟她玩。媽媽打

我時只怪罪那個孩子。可是其實是我跟她一起玩的，並不是她指使我做的。比起挨打更讓我難以容忍的是，不僅是我的夥伴，媽媽連她的家人也罵進去。

有一天我趁媽媽不在，和她偷偷地跑離開巷子。我被她拉著穿過複雜的巷子和階梯，來到聽得到電車聲音的地方，我突然感到不安，就問她：

「你知道你們家的地址嗎？」

「知道那個幹什麼？」

「迷路了怎麼辦？」

「別擔心，緊跟著我，知道了吧。」

說完，她和我搭著肩膀。我在鄉下還沒有搭過別人肩膀。和比我高十公分的孩子搭肩膀，我的心情逐漸開朗起來。其實那是個好孩子。媽媽什麼都不懂就認爲她是壞孩子，偶爾還問起我是否和她還繼續在一起玩。

我們齊步生氣勃勃地向前走。穿過電車軌道，出現了寬敞的院子，看到比院子高一層的地方有長達十里的紅牆。那個紅牆不僅漫長無邊，而且很高，根本別想偷看裏面到底有什麼。

紅牆的周圍是大道，大道比院子高出幾個人，所以必須走階梯才能下來。那階梯比回峴低洞家的階梯寬大、平正，兩邊還有雨水槽。槽的寬度正好可以容納一個小孩子的屁股，而且是用水泥黏合的，所以非常光滑。有幾個孩子正在玩溜滑梯。

我也和夥伴興致勃勃地玩起了溜滑梯。玩得太入神，太陽快下山了都沒感覺。我第一次感受到來漢城的收穫，體驗到在鄉下體驗不到的新樂趣。爲了滑下來就不得不先上去，上去了就可以看到圍著紅牆的大道對面那高高的鐵門。似乎是誰也不敢越過去的又高大又恐怖的鐵門，兩邊還有佩劍的員警嚴守著。當我看到員警而躊躇不敢動時，我的夥伴就說，他們不會抓我們別害怕。但我每次滑下來時，都感覺會被員警抓住脖子，脊樑骨都打寒噤，這種刺激的感覺更讓我覺得溜滑梯有趣。

溜著溜著，我看到一群奇怪的人繞著那條沒有人跡的大道向我們走來。這隊伍前後都有佩劍的員警看著，這群人都穿一樣的衣服，紅艷艷的顏色讓人聯想起斑斑血跡。他們一走近就看清楚他們脚上都帶著鎖鏈。一看到鎖鏈，我頓時嚇呆了。我的夥伴也明顯地害怕了，然後砰砰砰跺了三次脚，還呸的一聲狠狠地吐了一口口水，然後叫我馬上學她那樣做，不然的話容易沾染穢氣。我下意識地就跟著做了。

我們很快離開了那裏，在回家的路上她對我說明我們看到的是囚犯，因爲看到囚犯就會沾染穢氣，沾染了穢氣就應該用那樣的方法來去除。關於囚犯，那個孩子也只知道是住在那高牆裏面的壞人。一想起他們足踝上噹啷的鎖鏈聲，我就覺得好像看見他們也是在做壞事似的。我按照夥伴教的，口水也吐了、脚也跺了，但心裡還是害怕，就把這事告訴了媽媽。我只顧著玩溜滑梯，媽媽買給我的新式線衣的褲襠磨破了都沒有察覺，我才想到自己已經闖了足以挨打的禍。

但媽媽似乎認爲比起磨破線褲，我在監獄的院子裏玩更是了不得的事。她大發雷霆後，長歎住在監獄附近的處境，竟然還留下了眼淚。然後又威脅我說，我要是再到那裏玩就把我攆回鄉下。我發誓再也不去那兒玩。不是怕被攆回鄉下，而是因爲媽媽流淚可不是小事。

媽媽的性格很剛強。聽了婆婆發的牢騷，嬸娘會在灶頭抽咽的哭，可是媽媽卻會用笑話來轉換氣氛。媽媽認爲自己的女兒只能在監獄大院玩是一件很可恥、很悲慘的事情。媽媽的這種想法對我衝擊很大，也使我乖乖地和媽媽約定不再和那個孩子做朋友。爺爺在鄉下瞧不起村人，說他們是卑賤草民，媽媽比爺爺更過分，說他們是下賤的東西。

這是個打架、鬥毆不斷的巷子。夫妻倆也「這臭婆娘、那臭傢伙」的吵架，最後還打到了大馬路上，大喊大叫：「哎呦，我要死了，這傢伙要害死我啦，這巷子裏難道沒人住嗎？」就這樣把巷子裏的人也拉扯進來。這時，媽媽就會一邊在烙鐵板上自信地熨燙著妓女上衣優美的衣邊，一邊唉聲歎氣地說：「這群下賤的東西！哎，何時才能擺脫這骯髒的地方？」難道媽媽說這番話時，暫時忘記了我們其實是託妓女的福才能維持生計的事實嗎？

媽媽的兩面性還不只這個。對於賣篩子的、修煙囪的、泥瓦匠、爐匠等這些巷子裏的人，媽媽打心眼裏蔑視他們，可是表面上卻都是過分地彬彬有禮，這就意味著媽媽不想和他們深交。但唯獨對於比這些人強不到哪裡去的水販子，媽媽的態度卻截然不同。

不知水販子是不是都是熬夜幹活，白天睡覺，他們也在公共自來水處打水，可能是爲了避開長長的隊伍，提高幹活的效率，總之我從沒有在白天看過他們。靠水販子的水生活的人家除了每月要掏工錢外，挨家挨戶還會提供他們晚飯。老主顧按照順序供應晚飯，每家大概一個月輪一次。

輪到我們供飯的那天，媽媽完全把水販子尊爲上客。雖然在那以前媽媽唯獨沒有對水販子使用過下賤這個詞，但視爲上客還是有點異常。但並不是有不可怠慢水販子的慣例，這一點只要看房東家供的晚飯就能知道。房東在飯裏故意摻了好多粗糧，盛了滿滿的一碗，加上鹹菜片、大醬沙鍋，僅此而已。供飯的地方也不是在屋裏或廊子上，而是把草簾鋪在院子裏或廚房，再擺上飯桌。

媽媽可不管別人家怎樣做，她去集市買菜回來，涼拌了各式各樣的蔬菜，還做了香噴噴的煎食。我們家境這麼窘迫竟然還買肉，然後她做了一鍋大米飯盛在大碗上，盛成二碗份量的扣碗。我想這是誰也學不會的媽媽的獨門功夫。媽媽這麼豐盛地招待，所以我一大清早就感覺到家裡有種辦喜事的氣氛。

不過話說回來，鄉下的家風雖然動不動就輕視別人，可是招待別人時卻不寒酸。我聽過好多次爺爺嚴厲地告誡家裏的女人，在飯菜上吝嗇待客的人家沒有不家敗人亡的。水販子的飯桌比哥哥的生日宴還豐盛，雖然是顛倒過來了，可不就是我們家風強調的差別待遇嗎。

飯菜已經這麼豐盛了，擺在當廚房用的大門口角落也就可以啦，可是媽媽把水販子請到了屋裏，還墊了坐墊，這簡直讓水販子不知所措。媽媽可能也認爲廊子是最合適的地方，可是家裏的木廊台窄到放不下桌子。雖然有點老，但很健康的水販子一坐進去，屋裏就塞滿了。當時是男女戒律極其森嚴的時候，所以幼小的我也覺得很難看。不僅是飯，所有的菜都盛得滿滿的，所以水販子不但沒吃完，還有剩。

如果是這樣，媽媽就把剩下的全都盛在別的碗裏墊上木托板，用碎布蓋上，讓他帶走。媽媽還跟他說，給水販子的飯菜原來就是這樣的。媽媽好像是特意準備這麼多的，讓他吃飽後還能帶走很多。水販子惶悚不安地說，如果要多用水，只要提前跟他打個招呼就好了。他是要白給我們兩桶水的意思，可是媽媽絕對不會那麼做的。

我也覺得媽媽似乎太喜歡水販子了。一無所有卻很傲慢的媽媽對於水販子不僅是平等以待，似乎還很尊敬人家，這使我心情很不愉快。甚至還誤解媽媽叫我出去玩的意思，我一動不動地坐在屋角，怒視著水販子吃飯的樣子。我認爲自己的領域正面臨重大的威脅，所以全身武裝著表示抗議。

但是，我那荒唐的顧慮馬上就消除了。媽媽偶然說出了她尊敬水販子，而且還特別羨慕他的原因。水販子只靠著賣水竟然就讓兒子在專科學校上學。

「別看老爺子那樣，一想到他讓兒子戴上了四角帽❷，我就不知不覺地產生敬意。」

媽媽說罷歎了口氣。媽媽拼死做著針線活，也只能供兒子讀商業高中而已，媽媽爲此感到難過。疑慮解開了，我感到很輕鬆，但又覺得媽媽很可憐，她的夢想也眞夠遠大的。

一點也沒剩下，吃得精光的飯桌被叫作水販子飯桌，近年來我也經常聽到這樣的話。這個比喻是說水販子胃口好，還是由於他們有打包的習慣呢，我總是喜歡琢磨這些不值一提的事情。對於峴低洞出身的我來說，或許這是最切合我身份的疑惑。

❷在解放前，主要是大學生才會戴的帽子。

沒有夥伴的孩子

我上學的路上總是孤單一個人。
媽媽只想著把我推進城裏的學校，
卻從來都沒有替我著想不能結交到同輩朋友是多麼的不幸。

國民小學的入學典禮在四月份舉行。我又穿上花緞袍子，牽著媽媽的手翻過山去了學校。學校同學都是有身份和知書達禮的小孩，果然和我們巷子裏的小孩子不一樣。他們大都穿著漂亮、可愛的洋裝。學校只讓家長跟著來一個禮拜。大概有一個月的時間裡，我們也不進教室，只是在運動場唱歌玩遊戲，乖乖地跟老師學習有關學校設施的日語。

我最初學到的日語是奉安殿。在學校的右側有個精心整理的花壇，裏面灰色的小房子就是奉安殿。我還學到進校門時，必須向那個方向鞠躬，而且要比給老師鞠的躬幅度更大，得要下彎九十度地敬禮。那個房子沒有窗戶，門也緊鎖著，只在節慶日時才會打開。遇到沒有課只有儀式的節慶日，我們就要在儀式開始前，從奉安殿到用裝飾著金黃穗子的黑色絲絨檯布的講臺兩邊，拉成兩排隊伍等著。

過了一會兒，穿著黑色西服，戴著白手套，還佩戴著勳章的校長滿面春風地走在前面，幾位來賓跟隨著他走到那個房子前。這莊嚴的行列走向那個房子時，我們可以站直身子，但當他們返回來時，會響起雷鳴般的巨響「敬禮！」，那我們就要馬上彎腰低頭，這時只能看到他們的皮鞋跟。

我的心情就像在偷窺鄉下祭壇似的緊繃著，我微微抬起頭偷看校長把黑漆箱高舉齊眉地走過去。舉行儀式的時候，校長把箱子裏的東西打開，用顫抖的聲音讀下去。

奉安殿是存放天皇敕書的地方。天皇的敕書又難又長，以至於我學完日語還是一句都聽不懂。校長的致辭更長，有的小孩子紛紛暈倒，但儀式結束後會分給我們兩個點心。爲了這兩個點心，我就像忍受嚴刑拷打一樣堅持到這莫名其妙的儀式結束。

除了奉安殿，我們必須要學會的第二句日語是「便所」，然後是「老師」、「學校」、「教室」、「運動場」、「夥伴」、「幾年級幾班」之類的話，我們在運動場乖乖地跟著老師學了近一個月。一入學就禁止使用朝鮮語，老師只是用日語反覆地灌輸我們所見所聞。就這樣，一切事物彷彿都獲得了新生似的。對於像我這樣對日語沒有一點學前知識的孩子來說，這是一段非常艱難的時期。

媽媽以爲只有寫字才算是學習，總是會問：「今天又沒有寫字嗎？」然後就抱怨交了昂貴的學費卻什麼都不教。學費是每月八角錢。小孩子通常都帶著一塊錢和存摺上學，剩下的兩角錢就存起來。媽媽每次只給我八角錢，但看我羨慕那些月月存款的孩子，偶爾也給過我九角錢。

媽媽心疼學費的這一期間，其實正是學校達到不使用朝鮮語也能統帥我們，而且能夠進行簡單溝通的重要訓練時期。

老師是一位美麗、高雅的女人。原來媽媽所說的新女性就是這樣的人啊，我覺得自己看到了新女性的典範。小孩子都很喜歡老師。小孩子在運動場以班級爲單位一窩蜂地跑來跑去時，總會爲了牽老師的手而爭鬧著。美麗善良的老師爲了公平地關愛這些宛如碎步跟隨母雞的小雞而絞盡腦汁，經常替換著牽手和抓她裙角不放的孩子，把遠處的孩子叫到自己周圍。

不知爲什麼，即使老師這樣細心地安排，我還是插不進去，總是落在邊緣。在邊緣可以清楚地看到中央所發生的事情，我看出即使老師再怎麼努力，能夠牽到她的手和抓到裙角的孩子都是固定的。這些孩子大都漂亮、聰明、調皮。跟我在鄉下和峴低洞交往的夥伴完全不同，他們是眞正的漢城小孩。

對於那些處於中央的小孩子，我又羨慕又妒嫉，但又沒有學做他們的自信。每個人都有永遠學不來的東西，對我來說那就是成爲集體的中心。

進了教室，第一個從課本裏學到的就是「春天來了，春天來了，來到了哪裡？來到了山上，來到了田野」的日語。課本裏的櫻花還盛開著，我還學了唱歌，但社稷公園的櫻花已經謝了。雖然每天都要過山上學，可是我心裏渴望著眞正的山色和眞正的春天。

我每天走過的仁王山麓連一株艾蒿也不長，就像岩石打碎了一樣的貧瘠的土地上只有刺槐拼命地向上冒。刺槐是我在鄉下從未見過的樹種，所以怎麼也產生不出感情。

再加上這種樹的樹蔭下光禿禿的，什麼也不長，所以我也不會產生脫離馬路，進樹林裏看一看的誘惑。這裡既沒有山裡所特有的香氣，也沒有鳥兒嘰嘰喳喳的歌唱聲。更沒有見過痲瘋病人。偷偷地砍伐而被發現的女人準是峴低洞來的，我既害怕又感到羞恥。

我上學的路上總是孤單一個人。媽媽只想著把我推進城裏的學校，卻從來都沒有替我著想不能結交到同輩朋友是多麼的不幸。每當我孤獨的時候，比起夥伴我更思念鄉下的小後山。這裏的山似乎遭逢久旱一樣疏疏落落地長著樹，幾乎都要露出光禿禿的荒地，這讓我感到非常奇怪。

我一直認爲山和田野一樣能夠產出無窮無盡的食物，而且那些和小孩子親近的食物在樹蔭下比在樹上更多。我們鄉下的小山上有松樹，而栗樹、赤楊樹、橡樹、櫟樹、櫸樹等樹木也很茂盛。到了秋天，家家都在院子裏堆上好幾垛碩大的柴火，準備過冬。可能是因爲劈柴時樹葉拔得不乾淨，所以日積月累地讓這兒的泥土變得鬆軟而濕潤，還生長出各種草和山菜、蘑菇、野花。當然不全都是有用的草。

從茅房一角到後山的路上長出一大片雞腸草。只要無情地踐踏著飽含清瑩晨露的藍色雞腸草就能洗淨雙腳，那令人喜悅的爽快感就像水液從地面傳到全身一樣。我禁不住內心的歡喜，拿雞腸草葉子吹笛，就能吹出柔和而發顫的樂音。

在進入小山之前的山脊上草叢茂盛，都快要比小孩子的個頭還高。在草叢裏經常能夠發現蛻下的蛇皮。有模樣讓人不屑一顧的蛻皮，也有白底上紋路細密的蛻皮。我還曾懷疑這細密的蛻皮是不是其實是山神下山來解手遺落的腰帶，所以有時還會不知不覺地東張西望尋找仙跡。其實這山不至於高聳、秀麗到有山神的感覺，可是我還是那樣想。

一旦發現蛻皮就要帶回家。因爲村子裏有個迷信，說把蛇的蛻皮放入衣櫃裏會帶來好運，所以比起山菜和蘑菇，大人更歡迎我們帶蛻皮回去。茂盛的草叢裏自然也暗藏著犀利而可惡的草，所以拿到蛻皮的代價往往是被草狠狠地割破了小腿。即使是這樣，我們村莊的後山就像小孩子一樣既溫順又柔和，更充滿著神秘與生機。

漢城的小孩哪能知道遍地雞腸草的藍色有多麼晶瑩剔透，還有那雞腸草的葉子裏藏著多麼美麗動聽的聲音。用手指甲小心翼翼地捋掉雞腸草又厚又亮的葉肉，剩下比絲綢還薄還細的葉脈，把這葉脈放到嘴邊顫一顫就會發出聲音，我只能勉強吹出聲音，可有的小孩能吹出傷感的旋律。

每當我獨自越過宛如奄奄一息的老人一樣的光禿死沈的仁王山麓時，總會感到一種苦澀的孤獨，爲了安撫這種心情，我就回憶往事或尋找可以輕視漢城小孩子的藉口。社稷公園櫻花一謝，滿山就會綻開帶有奶腥味的刺槐花。刺槐花一盛開，成群的男孩子就像打獵一樣殘忍地折斷可愛的刺槐樹杈，好摘下花吃。

如果折下太大的樹杈，山林管理員就會蹦出來扭他們手腕，讓小孩慘叫連連。這些孩子來自貧困的峴低洞。也許是因爲處於饞嘴的年齡，但更好像是因爲頂著被管理員發現後逃跑和挨罵的心理給他們帶來了樂趣。如果山上被小孩子掃蕩過，那麼像破爛一樣枯萎的樹杈就會散落滿地。

刺槐花是我平生第一次在這裡看到的花，我也是因爲它才知道城裏的孩子也同樣在大自然中找東西吃。孩子拿著整朵花，就像摘吃葡萄串上的葡萄那樣一朵一朵地吃下去。我也趁人家不注意偷吃了一朵，味道有點腥有點甜，吃完卻乾嘔起來，應該再吃點什麼才能止住那種噁心的感覺。

我突然想起了酸模草。在我們鄉下酸模草也像雞腸草滿山遍野多的是，山脚或是路邊到處都有。酸模草的莖上長著節，每到野薔薇花開時節，它的莖變得豐滿柔嫩。折下一個淡紅的莖，豎著剝開皮吃裏面的肉，酸酸甜甜的。讓人垂涎欲滴的酸味應該能消除刺槐花的腥味。

我彷彿是遍體鱗傷的野獸在尋找藥草似的在山裏急切地奔走著，可連一棵酸模草都找不到。那麼多的酸模草哪裡去了？一直到黃昏，我因爲乾嘔，竟然分不清自己是在仁王山還是在故鄉的後山。

初夏時有家庭訪問。媽媽平時要求我們要做到完美無缺的正直，她對自己也同樣有信心。學校似乎也把重點放在正直教育上。修身課本上從頭到尾灌輸我們的就是要對天皇忠誠，然後就是正直。說謊的孩子會受到老師最嚴厲的呵斥與侮辱。老師反覆地教育我們，在學校裏拾到的東西和錢要交給老師，在校外拾到的要交給派出所。我把這事告訴媽媽，媽媽卻嘲諷著說：

「如果你看見人家丟失的東西就當做沒看見，撿什麼撿？失主一定會回來找，就放在原地讓他找回去。只有想炫耀自己的人才會交給派出所和老師。」

媽媽說得似乎也對，但要是失主找回之前被別人撿走了怎麼辦？我要是這樣擔心，媽媽就會說那是人家不對，我們不要管別人。難道媽媽以爲這個社會是即使丟了黃金也能在原地找回的理想社會嗎？還是出於一種善意的利己主義？當然這些都不重要，關鍵是完美無缺的正直包括連說謊也要天衣無縫。

媽媽將我寄籍在假地址上，我才能去上她冀盼的學校。既然如此就適可而止該多好！可是媽媽竟然連家庭訪問都想瞞騙過去。畢竟媽媽是憨直的鄉下人，擔心中途暴露出來會被趕出校門，但我已經厭倦了附和媽媽的兩面性。我眞想到此爲止。媽媽對學校生活完全不瞭解，以爲只要那天一過去就萬事大吉了。老師訪問社稷洞一帶的日子是事先定好的，所以媽媽就徵求親戚的諒解，準備扮演一天社稷洞家的女主人。

那天，住在社稷洞區域的小孩子留在教室裏跟老師一起放學。那些孩子有的是鄰居，有的會一起上學，所以大致清楚彼此家住哪裡。從離學校近的學生家開始編排次序，可是我沒有站出來就排在最後。在教室裏我也屬於若有若無的存在，所以沒人留心注意我，可是有個孩子突然說：「今天還是頭一次看到她在我們巷子出現」，其他的孩子也跟著說，是啊是啊，然後都用奇怪的眼神瞟了我幾眼。我跟他們完全不同，我穿得那麼土，他們足以因那一句話就把我視爲異類。但我馬上辯解說，因爲我從鄉下搬來沒幾天。

這一關我就這麼混過去了，但最後一個剩下的孩子正好是我親戚家的鄰居。她看起來很精明也很和善，說明天開始要和我一起上學。我趕忙說：「不行，明後天我們還要搬家。」就這樣，我只能謊上加謊。

對這些毫無所知的媽媽高高地坐在親戚家的大廳廊子上迎接老師，女傭則在光亮的銅盤上放了加水果切片的糖水，端了上來，就這樣平安無事地度過了那天，媽媽放心地鬆了口氣，可是親戚家的鄰居小孩卻成了我好久的禍根。

從那以後，我就在那個孩子面前抬不起頭來。只要是她支使我做的事情，我全都乖乖照做。叫我抓著橡皮筋，她自己蹦蹦跳跳的玩，這是常有的事。無緣無故地把鞋丟掉然後命令我撿來，我別無選擇只能乖乖照撿。她以此爲樂。這件事在小孩子當中也傳開了，說我是她的手下。是因爲她抓住了我隱瞞地址的把柄才凌駕我之上，還是我因爲心虛而意志消沉，在她看來覺得我好欺負，孰因孰果我已分不清。

但在小孩子的圈子裏一旦成立了這種主僕關係就很難改變。對我來說，學校生活就像地獄，回家則無聊到整天都坐不住。我們巷子裏的小孩子大都上本區的小學，所以他們都是自己圍在一起玩，而孤立了我這個每天翻山越嶺到城裏念書的土包子。

如果不往梅洞國民小學的方向，而是順著陡坡往巷子綿亙的方向一直走上去，就看不到住房，而只有岩石堆立著。人們稱之爲立石山，從立石山沿著山谷一直往上走，在山谷的右邊會看到祠廟，祠廟的對面有個人們視爲神靈之石的岩石——兄弟岩。無論誰看兄弟岩都會覺得很神奇，因爲它跟後面的峭壁截然分開，看起來就像有兩個人肩併肩地站著。

來兄弟岩求神保佑的人連續不斷，即使是在祠廟裏跳大神也要先祭奉它，所以岩石前面總是滿地的糕餅碎渣。也不知從何時起，只要刺耳淒厲的民樂聲一響起，我就蹦蹦跳跳地往祠廟跑。上祠廟成了我的樂趣，在無聊的日子裏也最能爲我消除煩悶。

對我來說，看祭祀、跳大神不但不稀奇，反而很熟悉。朴籍村離巫術的發源地——德物山不遠。德物山有供奉崔瑩❶將軍的祠堂，在那裏每三年舉行一次全國性的祭祀，非常有名。除了全國性的祭祀外，因爲有很多巫婆聚居此山，所以開城有錢人家祈福的大小祭祀也接連不斷。

雖然崔瑩將軍生前訓導人們不要見錢眼開，富有人家還是以盛大的祭祀來奉承、祈求崔瑩將軍，求將軍保佑他們賺到更多的錢。只要祭祀跳大神的消息一傳開，就散發出一種連局外人

❶崔瑩（一三一六—一三八八）：高麗時期的武將、宰相。

都會被吸引的魔力。很多人家的男人都在外做買賣，所以到巫婆那裏占卦的人也很多。

莊稼戶過完春節在年十五前也要算一卦占卜來年的運氣，這是基本要做的事情。雖然沒有嚴格地劃分負責區域，但每幾個村子都會有一個巫婆來照看村人一年的吉凶禍福。朴籍村沒有巫婆，所以只能去別的村子。

村人在新年去算卦總會頂著裝著幾瓢米的袋子，大家互相約好了一起去，所以看到一大群女人頂著差不多的米袋向村口外擁去就知道是去巫婆家。我們家由奶奶負責這件事情，我每年都會跟去。

巫婆家的裏屋外屋都擠滿了來算卦的女人，每個人算出來的運氣都大同小異。巫婆的想像力再怎麼豐富，畢竟大家都是些過著簡單生活的人們，她也無法算出別的什麼來。奶奶替家裏人都算過之後最後才算我的。淨是些五六月不要去水邊、冬天小心火之類的話，簡直可以對所有的小孩子都這麼說。

除非是有特殊事情的人，否則大人對於占卦好像也不是很信。倒是與別村的人久別重逢後的說笑更讓她們高興。巫婆家成了女人消愁解悶、交換資訊的場所，有時還談起了親事。沒有人會算完卦後立即起身走掉。

歲初算卦結束後，巫婆照例會招待大家年糕湯。巫婆家不種莊稼，都是以歲初算卦收進來的米作爲一年的糧食，所以用年糕湯答謝大家也是應該的。所以那裏也是共餐分享的場所。巫婆家的細條年糕湯特別好吃。我就是爲了吃年糕湯才會每年都跟奶奶一起去。

媽媽雖然不阻攔我去那樣的地方，但對巫婆和算卦卻是冷眼以待。奶奶回家後把算出來的卦說給家人聽，媽媽似乎也不怎麼想聽。對於奶奶只信巫婆，而用跳大神來救治爸爸刻不容緩的病這件事，媽媽恨之入骨。人們經常用俗語「蹩脚的巫師害死人」來形容自以爲是地逞能而壞了事，只要媽媽一說這話，我就能感覺到她話中明顯帶刺。

但我是我。對於巫婆我不僅有親切感，而且還有敬畏之心。我只去過一次德物山，那次也是跟奶奶一起去的。不僅是我和奶奶，村人也一擁而去，說是幾年一次，持續好多天的大祭祀。其中爲了慰籍折壽離世的崔瑩將軍的冤魂而舉行的祭祀，在我幼小的心靈上留下了不可磨滅的印象。

在祭祀場中央鋪上草簾，草簾上放一個裝滿水的水罐，蓋上木蓋，上面再放上米袋，米袋上面並排放著兩把刀刃鋒利的鍘刀。我已記不清那時是白天還是黑夜，但只要一想起鍘刀鋒利的刀刃，就隱隱覺得好像曾有火把映著刀刃發出奇異的光芒。

穿著將軍的服飾，還戴著尖頂帽的巫婆將布襪脫掉。她的脚趾被布襪裹得疊在一起，巫婆那小而白的脚掌踩上了鍘刀，然後在並排的鍘刀刃上像蝴蝶一樣自由、輕盈地翩翩起舞。那一瞬間，民樂聲也極度刺耳淒厲，最後終於達到了寂靜的境地，巫婆的身體不見了，只剩下兩隻白蝴蝶。與其說是看跳大神，應該說那是在我整個人生旅程中唯一的神秘體驗，是用理論無法解釋的入神的境地。

跟那相比之下，我在仁王山祠廟看的跳大神簡直是小孩子的把戲。有揮舞刀劍的巫婆，卻看不到走刀刃的巫婆。即使這樣，我還是非常喜歡看。看著巫婆揮舞藍色袍子，看著高高跳起的巫婆那雙穿布襪的瘦脚，我就會緊張得膽戰心驚。

巫婆把五色彩旗緊緊地纏起來後伸給看熱鬧的人，讓他們抽籤然後再傳授神諭。我雖然聽不懂巫婆在說什麼，但覺得那是騙人的。大人因巫婆信口胡說的每句話而或悲或喜，我覺得很不可思議，這一點應該說是不知不覺受到了媽媽的影響。

有時跳大神的祭祀上，會不分老幼分給所有圍看的人糕餅和五顏六色的彩糖。如果沒有這種期待，可能我看熱鬧也不會看得那麼興致勃勃。我那時正是饞嘴的年紀，並非吃不飽一日三餐，可是漫長的夏日午後沒有一點零食可解饞，那種倦怠眞是難以言表。

但正因爲貪這點小便宜才會露出馬脚，而被媽媽禁止去看祭祀。夏季的校服是白色短袖上衣和青色的背肩裙。有一天，我用那裙子兜著祭品吃的事情被媽媽發現了，因爲裙子被彩糖染得紅紅綠綠的。

就像上次在監獄前院玩溜滑梯的事被發現一樣，媽媽再次火冒三丈氣洶洶地大罵我一頓，然後又唉聲歎氣地說，哎，何時才能離開這個巷子啊。媽媽該有多麼想學孟母三遷，恨不得馬上搬走呀！然而我們並不是生活在孟子的年代。何況媽媽沒有錢，我也比孟子聰明得多。我求媽媽原諒，然後發誓再也不去看祭祀，並且馬上找到了別的事消遣。

天氣漸漸變熱，媽媽的針線活也以夾衣和單衣爲主，所以必須要有縫紉機。可是媽媽不可能有買縫紉機的錢，只好又麻煩社稷洞的親戚。等我們一上學，媽媽就去親戚家做一整天的女紅，中午也在人家家裡吃，到了晚上再急急忙忙地跑回家做晚飯。

一年級也不知爲什麼早早就下課了，中午十二點前就放學回家。我回家後看到中午的飯碗在昏暗的屋角裏獨自呆呆地等著我，苦澀而淒涼的憤怒便會湧上心頭。從鄉下帶來的專屬於我的銅碗跟屋內的寒酸實在是不搭調，銅碗總是幽深、隱秘地發著光。

媽媽最善於做不搭調的事情。她總是強調說我是有身份的家庭出身的。久而久之，我也好像被媽媽洗腦了，開始嫌棄巷子裏和房東家的小孩子，我想他們也可能討厭我小看他們的學校而去城裏上學。一天是那麼地漫長，而我不管在屋裏屋外總是無法定下心來。

別的孩子在這時候會玩什麼呢？我翻起了媽媽的東西和哥哥的抽屜，然後在糊著紅紅綠綠彩紙的衣櫃裏，翻媽媽的布襪找出了錢包。與其說是錢包，不如說是荷包。爺爺的荷包是用油紙做的，媽媽的荷包是用碎布做的。

媽媽叫我跑腿買黃豆芽或蔥的時候，就會從裏面掏出一分或五分錢。我知道媽媽把錢放在那裏。所以並不是因爲無聊而翻的，而是有明確的目標。媽媽只有整天不在家的時候才把錢包放得那麼深，平時總是到處亂放，跑腿剩下的零錢就讓我放入錢包裏，好像也不仔細查看。只有拿學費、交房租等大錢的時候，才把皺巴巴的紙錢也拿出來好好數一數，然後歎息著說好像被誰偷了。但我知道，媽媽是在歎息無論怎樣節省也不夠開銷，並不是眞的懷疑誰。

我在荷包裏拿出了發黃的一分錢。因爲知道媽媽管錢馬馬虎虎，所以也不怕被發現，也不覺得是在幹壞事。順著陡坡往上走，拐角處的房子就是雜貨鋪。和我經常跑腿的平地上的菜鋪不一樣，這個雜貨鋪純粹是看準了小孩子的小錢，賣的都是一分到五分錢的零食。在這裏買點什麼是我的心願，我挖到了錢就直奔那裏。

一分錢可以買五個硬糖。其實我在鄉下時也沒饞過甜食。冬天熬好的麥芽糖我可以吃上幾個月，麥牙糖稀或蜂蜜之類的終年放在壁橱裏，緊要時刻拿出來做爲藥用。我有比漢城小孩更黑的蛀牙。即使是這樣，爺爺從松都買來的點心和糖塊還是別有味道。跟麥芽糖比，糖塊嚐起來是濃縮的甜，吃後肚子也不發脹，眞是百吃不厭。

更何況事隔幾個月嘗到的甜味太讓人興奮了。只因爲五塊硬糖，曾經無聊至極的下午時間突然變得甜蜜而快樂。媽媽根本沒有察覺到每天都少了一分錢。於是我還幾天一次地掏出中間有洞的五分錢。五分錢可以有更豐富多樣的味覺享受。

那時候有那麼一次，媽媽在家時，家裏來了客人。因爲是酷暑，所以在這陡坡巷子裏也經常出現賣冰棒的。客人空手來感到很不好意思，一聽到賣冰棒的聲音就給了我一枚五分錢的硬幣，叫我去買冰棒。五分錢都買呀？媽媽這麼一問，客人就說咱們也吃一個吧，然後擦了擦汗。

媽媽早料到我拿不好五個冰棒，就給了我小鍋。我拿著小鍋跑出去的時候，賣冰棒的已消失得無影無蹤。耳邊似乎還聽得到他的叫賣聲，可是卻找不到。

但我不能就此放棄這麼好的機會。我拿著小鍋向電車終點方向跑去。我知道那裏有家大冰棒店。一次買五分錢還會多送一根冰棒。但是上坡眞的不好走，我上氣不接下氣地爬著那令人厭惡的階梯，炎炎烈日無情地直射著。等我氣喘吁吁地跑回家時，冰棒幾乎只剩下木棍，小鍋裏漾著紅艷艷的水。客人覺得不可思議，嘖嘖直咂嘴。

「哎呦，你自己先吃多好啊，怎麼讓它都變成水啦？」

客人失望地說，媽媽卻斬釘截鐵地反駁道：

「我們家孩子本來就是那麼實心眼兒。」

媽媽深信著女兒的正直，可女兒卻每天一分、兩分地偷著媽媽的錢，而且毫無罪惡感。不是說尾巴長了總會露出馬脚嗎？當時的雜貨鋪在坐板上擺放了一排木箱，把糖塊和點心分類放在裏面賣。有一定尺寸大小的箱子蓋著玻璃蓋。有一天，我把手按在前面的玻璃上想要打開蓋子，結果卻一下子把玻璃打碎了。

冷漠的雜貨店老闆只是悶坐在連著小鋪的昏暗屋子裏，默不作聲收著零錢，而且從不親自走出來。看到我受驚而哭喪著臉，他還是面無表情地說，快點拿著糖走吧。我本來想把錢給他，糖果就不要了，可是他叫我把糖塊拿走，我還以爲他原諒我了，趕緊逃之夭夭。

晚上，媽媽正在門口做飯，哥哥在屋裏讀書。突然外面一陣鬧嚷嚷的，還傳來了媽媽的頂嘴聲。我有不祥的預感，心怦怦直跳。果不其然，媽媽叫我出去，雜貨鋪的老闆帶著老婆孩子對著媽媽破口大罵。看來他們是鐵了心要撒野。比我大一點的孩子手裡拿著只剩下框的蓋子。

媽媽靜靜地問我，眞的是你打碎的嗎？我點頭承認了。比起打碎玻璃，偷錢這件事更讓我害怕和羞恥。因爲羞恥感，我頓時頭暈目眩，眞想當即死掉。媽媽當場痛快地說要賠他玻璃錢。如果就這樣收場的話，在這個往往只爲半分錢就吵得你死我活的貧困巷子裏，應該算是罕見而體面的結局了。可是他們要求在今天日落之前我們得把玻璃安上，說完把破洞的蓋子放下就走。媽媽終於忍不住對著他們的背影說了一句。

「眞是太有意思啦。我的孩子打碎了玻璃，難道我不會賠呀？一個大男人不像個男人，攜家帶眷地來這裡要賴呀？眞會管教孩子啊，眞是教導有方啊。」

比起賠償玻璃，夫妻倆拿雞毛蒜皮的事情聯合起來要賴更傷媽媽自尊。對於媽媽故意說出來的話，他們根本不會善罷甘休。剛剛有點掃興而去的他們似乎正等著媽媽這句話，馬上就回過身來，一場風暴在所難免了。那個男的先抓住了媽媽的領口，媽媽沒有反抗地叫了哥哥。可能媽媽要顯示一下自己也有兒子，但向來深沉寡言的哥哥或許希望自己不用介入也能讓這場僵局圓滿解決。

聽到媽媽的喊聲趕緊跑出來的哥哥，慌亂之下原想拉開那個男人，結果把他推倒在一邊。

他的老婆扶起男人，大喊大叫說這個混賬東西打人啦。看熱鬧的人越來越多，那女人氣勢更盛地對媽媽說，你可眞會管教孩子啊，眞是教導有方啊。就這樣以牙還牙當場報了仇。媽媽不再作聲，哥哥也低下了頭，我們三口人連哼都沒哼一聲地先撤退，這場戰爭就這樣無可奈何地收場了。

我們走進屋子，以沉痛的心情等著還在喋喋不休的女人趕快離開。而我趁這空檔在心裏編造著另一個謊言。媽媽肯定會問我拿什麼錢去買零食，我打算說是撿來的錢，寧可死也不說是偷來的。

但是媽媽並沒有問起錢的事。她爲此沈鬱了好長一段時間，人家罵哥哥是混帳，這對媽媽打擊很大。媽媽甚至向哥哥道了歉，哥哥也不停地向媽媽磕頭謝罪。雖然兩個人沒有明說，但都在爲那句話而彼此感到抱歉。

人家罵自己的兒子是混帳眞是讓媽媽傷心透了，以至於都忘記追問這件事情的始末經過。我僥倖逃脫了媽媽的審訊，不僅是當天逃脫了審訊，第二天去電車終點站安裝完玻璃回來的路上，媽媽也沒有提起，而且永遠都沒有問。

媽媽是一絲不苟、審愼周密的人，可是也有疏忽大意的時候。媽媽明白事理又精打細算，這一點大家都承認，但她全然不知自己寒酸的錢包一點一點地被偷，這就是媽媽的另一面。至今爲止，我還感激著媽媽能夠有這樣大意的一面，也因這個而愛我的媽媽。

如果那時媽媽懷疑我而追根究底，事情肯定會眞相大白，那麼我也只能羞愧得無地自容。現在回想起來還覺得眼前一片漆黑。從那以後我再也沒偷過媽媽的錢，對別人的東西也一樣，而且從此按照媽媽的囑咐，再不撿掉在地上的錢。

當然我也從沒看到過讓人心動的大錢和東西掉在地上，每當我看到地上的錢而毫無顧忌地走過時就會想起媽媽，無緣無故地發笑。但我並不認爲這是善舉，只能說是一種習慣，就像用慣了的東西，一半是愛一半是倦，無可奈何只能保存。

如果當時媽媽知道了我的偷竊習性，我敏感的羞恥心沒能得到保護，那結果會是怎樣呢？敏感也就意味著容易受傷，我想自己肯定會變壞。所以善人和惡人並非天生，只是每個人都處在人生無數的善惡十字路口。

到了夏天，仁王山陰森如故。溝壑只有在霪雨季節才能看到水，通往祠廟的路全是岩壁，在昏暗時分，右邊一小片雜樹林裏總是會傳來殺狗時的悲鳴聲。男孩子一聽到這聲音就兩眼放光，成群地跑到樹林裏。雜樹林裏有棵樹專門用來勒狗。這棵樹上綁著痲繩，周圍總是散發著燒狗毛的膻味。這使原本光禿禿的山更顯得陰森可怕，引人作嘔。

天氣變得越來越熱，沉穩的哥哥在屋子裏也耐不住暑氣，晚飯後就會牽著我的手去立石山乘涼。那個時刻對我來說是最快樂的。到立石山乘涼的人裡就哥哥最帥，這一點讓我無比地自豪。

為了顯示和哥哥的親密感，我從遠處摘來笊籬草讓哥哥抓著，我來編笊籬。每次摘笊籬草時，總會習慣地找一些可以吃的草，可是立石山貧瘠的土地上只長著難看、堅硬的草。有時我放下手，凝神關注地想，那麼多的酸模草都被誰吃掉了？哥哥看出了我的鄉愁，扳著手指數給我看，再沒幾天就放假了。

還有兩三天就放暑假了，媽媽帶著我去夜市。從靈泉到西大門十字路口，晚上會有夜市。那裏賣菜刀、便壺、掃帚等日常雜貨，但主要是布匹攤子。小販搭起帳篷，再三面把布匹像門帳一樣掛上。他們大都健談，吆喝聲就像打令調❷一樣讓人興奮不已，燈光下的布帛看上去都那麼華麗婀娜，我早已神魂顛倒。人們也在布匹攤子前面摩肩接踵。

媽媽在好多家討價還價，不成就放棄。可能要給我做一布裙。每次在我身上試布料時，小販就誇讚很合適，我也很心動，但媽媽是殺價高手，不會就那麼輕易地買下來。結果只買了白底有藍色水珠的布頭。媽媽只想買足夠做裙子的份量，但夜市場並不成匹地放著布料，是以套為單位販賣，所以價格很難意見一致。

終於有回鄉的真實感覺了。我心潮澎湃、難以入眠。一年級第一次遠足時也沒有過這樣的

❷韓國民族樂曲的一種。

心情。一年級的第一次遠足去了總督府的後院。總督府是那種足以讓鄉下人畏縮的陰森房子。我們到了寬廣的後院，老師反覆地強調在這裏不可以做的無數條禁忌事項後才讓我們解散，我和跟來的媽媽一起吃了午飯。鐵柵欄代替牆圍著房子，所以我們能夠淸淸楚楚地看到裏面，每扇門都有佩劍的員警嚴守著。那天，我知道了這個房子就是媽媽渴望兒子就職的地方後，除了失魂喪膽外沒有任何快樂的心情。

媽媽用尺大概量了一下我的身高和胸圍，草草地裁剪了布料，再往我的身上比了比，然後綳了幾針。第二天用親戚家的縫紉機做出了像模像樣的一布裙。現在的連衣裙在當時叫做一布裙。媽媽的針線手藝是遠近出名的，除了妓女的針線活，還接過有錢人家的結婚套裝，但她對洋裝似乎沒什麼自信，讓我穿了好幾遍，左看右看總是感到不安。哥哥苛刻地評說，不會很彆扭，媽媽聽了還很高興。

最後一天老師叫假期回鄉的孩子舉起手。因爲假期裡有兩次返校日，提前報告的話就不算是缺席。那時我才知道，可以在鄉下度假的孩子每班不過才兩三名，我打心裡頭憐憫那些整個夏天只能待在漢城的本地小孩。你們在狹窄的巷子裏抓石子、跳繩、拚命糾纏大人才有一分錢花時，我卻在萬物生機盎然的大自然裏，像小狗一樣蹦蹦跳跳的玩耍呢。

明天就要爬過山崗、穿過田野、越過小溪。明天就能盡情地呼吸飄散著草香、花香、肥料香的新鮮空氣。我只憑想像就能感受到，在初夏淸晨，赤脚踩著飽含晨露的雞腸草時那種純然的喜悅。這與其說是鄉愁，不如說是野獸般的饑渴，也是我對漢城小孩最初的優越感。可以憐憫漢城小孩對我來說是難以言表的樂事。但事情卻不能高興得太早。

放假那天我拿到了成績單。一年級第一學期用六到十來打分數。我平均分數是八分，但好像是四捨五入的八分。有兩個九分，剩下的全是七分，唱歌是最低分六分。媽媽從來不催逼我讀書，她也從沒仔細地檢查過我的作業。連學區制都敢違反的厲害的媽媽，只管把我送進學校，幾乎不關心我讀書的狀況。這樣的媽媽看了我的成績單後竟然會驚叫，難道平時的漠不關心也是一種傲慢的表示？過於自信自己的孩子即使不用教也會，或許這也是媽媽特有的一種傲慢。即使媽媽從不過問，哥哥也總是優等，在鄉下時還越級就讀，這是媽媽最引以為傲的事情。而看到我的成績單後，媽媽的歎息很特別。

「哎呦，我的天啊，眞是丟死人了。誰會想到我孩子的成績單上也有大雁在飛呢。」

媽媽把七叫做大雁是有理由的。社稷洞親戚家的女傭也有個兒子在小學讀書，她可能經常炫耀自己兒子功課好。但有一次，媽媽看到了那孩子的成績單上全是七，用漢文草寫的七排成了一行，活像是大雁飛走的樣子。雖然媽媽有化窘境為笑聲的本事，但對那孩子的成績單的比喻，與其說是幽默不如說是傲慢，也就是說總認為自己的孩子是第一而輕視別人家的孩子。媽媽因為對我太失望，以至於後悔起那件事。

直到媽媽說無顏面對長輩，也不回鄉下了，我這才亂蹬著腳大哭起來。但我沒想想自己到底做錯了什麼，更沒有信心以後功課能變好。倒是哥哥恰到好處地安慰了媽媽受傷的自尊心。國語、算數（現在的數學）是九分，所以其他的稍差一點也沒關係。哥哥的這種看法，媽媽非常欣賞，所以以此爲基礎上還當場有了大跳躍，馬上說唱歌、體操、圖畫之類的科目只有功課差的孩子才做得好。

我們兄妹倆拿到成績單那天也是回鄉的前一天，小叔夫妻倆很晚才來到我家。那時媽媽無精打采地把我的成績單拿出來，在跟哥哥學來的看成績單的方法上加油添醋地說明，說沒見過唱歌和體操拿高分的孩子功課好的。人們常說缺點都有賴於祖先，我至今擺脫不了音癡的命運也都要怪媽媽。

小叔夫妻倆堅決同意媽媽的強詞奪理。他們是我們在漢城唯一的家人，而且按當時的風俗，對於沒有爸爸的侄子姪女來說，叔伯就是父親，所以我們兩家經常往來、互相牽掛、有事共商。再加上小叔家沒有孩子，所以我們兩家的關係超越了一般血緣關係的義務範圍，眞的是眞摯的友愛。

小叔家住在廉川橋外的蓬萊洞。小叔爲日本海鮮批發商送貨，嬸娘在雜貨批發店負責進出貨物的憑單。小叔身上總是散發著海鮮氣味，而且越來越像苦工。相反地，梳著日本髮式、化著淡妝、越來越時髦的嬸娘成了我憧憬的對象。

我還跟媽媽去過嬸娘工作的地方。像是倉庫一樣的大建築物裏堆積著裝滿物品的箱子，幾個少年穿著像日本衣裳那樣背後貼商標的上衣在幹活。嬸娘也在裙襖❸上面套上綠色工作服，對著小伙子叫某某君某某君，支使這支使那，看上去有模有樣。

後來我才知道，嬸娘剛開始是去日本人家做保姆。嬸娘做保姆期間，小叔住在日本海鮮商家冰庫上面的閣樓裏，生活苦不堪言。幸虧嬸娘日語說得流利，做事又很伶俐，不過幾個月就贏得了主人的信任到雜貨批發店做事，夫妻倆這才住到一起。

小叔夫妻倆在兩人都休息不工作的時候，多次盛情地款待我們。又是肉，又是海鮮，擺得滿滿一桌。看來他們收入還蠻可觀，可是生活環境卻不及我家。這一個院子就有十餘家出租的房屋向兩邊長長地伸展開來，很像條巷子，而且院子用白鐵遮著，終日不見陽光，地面凹凸不平又濕漉漉的。

小叔家就像死巷裏的房子一樣住在最裡面，要想走到那裏要多小心脚步，否則很容易踩到污水坑。也許這裏不像峴低洞那樣缺水吧，卻是個更髒的巷子。媽媽把漢城四大城門內一律稱作城裏，而且認爲城裏才是人住的地方，說有朝一日一定要住到城裏，但沒想到城裏也有貧民區。

❸韓國傳統服飾。

終於到了開城站。媽媽讓身著整潔校服的兒子和身穿水珠紋洋裝的女兒自豪地走在前面，下車出了站。奶奶和二叔夫妻倆都來接風。奶奶抱抱我，然後敲自己的背讓我爬上去。我說不要。故鄉的山川一片綠色，還散發著清香。越過山崗，採摘野花，用溪水洗去臉上的汗珠，我覺得漢城的小孩子整個假期都要憋在漢城真是可憐。酸模草漫山遍野，但已經老了，沒法吃了。

可是菜地裏正值食物最豐富的時候。當場掰下來蒸的玉米，那美味該怎麼比喻呢？在暑氣還未散開的清晨，發現飽含露珠的繁葉下面羞澀地躺著嫩南瓜，那姿態又是那樣地嫵媚動人，這時的喜悅又要怎樣抒發呢？把醜女人比作南瓜是無知的城裏人編出來的話。即使比喻成老南瓜也是不公平的。應該是互相對應地進行比較，如果人老後也像老南瓜一樣優雅、有用，那誰還會怕老呢？

這時正是大人忙碌的時候，所以簡直就是小孩子的天地。有不穿上衣的小孩，有的孩子連下身也光溜溜，像狹口蛙一樣鼓出來的小肚子上直滴著香瓜汁，如果有蒼蠅討厭地落在香瓜汁上，那只要撲通跳進小溪裏就可以了。去我家茅房時必須要經過的小溪雖然沒有深到能夠噗通跳下水，可是小溪邊正盛開著野百合。後院的杏樹、櫻桃樹、山梨樹花都已經謝了，所以朱黃色花瓣上印有紫色斑點的野百合一旦盛開就顯得格外豔麗。

這一切都令我歡喜，對我最熱情的還是爺爺。廂房裏的爺爺顯得比半年前更孤獨寂寞。偏癱的左邊瘦削，還不時抽動，扔給我五角銀幣時的怒色也沒有了，看著如此可憐的爺爺，我都快要哭出來了。跟著哥哥給爺爺磕頭時，我心想這個假期一定要好好地伺候爺爺。

那年暑假我有了第一個堂妹。因爲是守在鄉下的二嬸娘生的，所以我應該看過她的大肚子，這也是年過三十的二嬸娘的第一胎，所以之前應該聽過大人既高興又盼望順利生產的話。但不知爲什麼，我居然完全沒有事前記憶就突然掉下來一個妹妹。

在那天深夜，我是因爲旁邊沒人才醒來呢，還是被喃喃的話語聲驚醒呢，總之我醒來後一看，旁邊沒有一個人。我想到奶奶身邊去，便向廊子走去，看到裏屋還有燈光就開了門。媽媽示意我把門關上，奶奶則在盆裏揉捏著什麼。我用半醒的聲音問，奶奶在殺雞嗎？媽媽忍著笑把我攆出來，我回到對面屋後又睡著了。

只有在春節和中秋時才有牛肉和豬肉，過生日或客人來時一般都是殺雞，所以我從小經常看殺雞。再怎麼說，給嬰兒洗澡肯定會有哭聲，怎麼會看成是殺雞呢？我那不可思議的問題後來成了大人常常掛在嘴邊的笑料。

好久才有這麼一個嬰兒，家裏也熱鬧起來了。一個小小生命的誕生就將籠罩這個家的死亡與憂患的陰影驅走，帶來了歡快的笑聲。爺爺也非常高興，在「緒」字的排行字上加上「明」，取名爲明緒，還用顫抖的筆跡親自寫了「產後忌不淨」的文字。在我們村子裏，分娩後不掛禁繩❹，而是貼上這樣的文字。

鄰居和親戚遺憾地說，既然要生就生個兒子。這時我們家人就委婉地反駁一句，這麼大年紀生第一胎，也夠謝天謝地了，再貪心會得到懲罰的。我也整天在嬰兒周圍盤旋，幾乎沒出去玩。

曾經在一起玩耍的夥伴，如今見面也不像從前了。媽媽強加於我的漢城氣質使我們的關係變得很陌生，但主要還是我自己的心理問題。只在漢城生活半年就讓我感覺自己和他們的格調不同，而且我還故意做出城市孩子的舉止，我的樣子那些孩子看在眼裡該多礙眼哪。

那年寒假我們回鄉的景象很引人注目。當時學校沒有統一的冬季校服，盡可能穿藍色風衣。從前在鄉下我總是一身黑色裙襖套上長袍，但我那一次穿著風衣，肩上還背著溜冰鞋回鄉。不能確定哥哥是從什麼時候開始溜冰的，但是我看過他領獎，也看過他在昌慶園溜冰。

所以在漢城人的運動項目中，溜冰是最不陌生的，但我沒有過想溜冰的念頭，也從未穿過溜冰鞋。不知媽媽從哪裡弄來的溜冰鞋讓我試穿，看挺合脚就對我說回鄉後可以在田裏溜冰。雖然很合脚，但穿著它在炕上連站都站不穩。媽媽說即使在炕上站不穩，到了冰場上就能溜起

❹依韓國習俗，孕婦產後有十天到十五時間，家裡謝絕訪客，會掛上繩子做爲辨示，稱爲禁繩。

來了。我看過哥哥和好多人在一起悠然地溜著冰，所以心裡也認爲穿上那鞋就能自然而然地溜起來。

總之，我背著鄉下孩子從未見過的冰鞋回鄉，就像是炫耀一樣感覺非常好。雖然在漢城城門外的生活窘不堪言，但一回鄉就想著炫耀，這一點應該說和媽媽心有靈犀一點通。母女同心，夏天就穿連衣裙、冬天背溜冰鞋，艱難地實現了衣錦還鄉的夢想。這些事情至今想起來也感到很滑稽。

鄉下夥伴對溜冰鞋到底是羨慕還是稀奇已記不得了，但它足以成爲惹眼之物。那時的冬天比現在冷得多。回鄉後的第二天，我馬上帶著溜冰鞋去結凍的田裏。正在滑雪橇的小孩子用充滿好奇的眼神注視著我，在他們衆目睽睽下，我穿鞋、繫鞋帶都很順利，但根本不可能自然而然地溜起來。我站起來後又倒下、站起來後再倒下。我天生運動細胞就很遲鈍，再加上一定要炫耀的強迫觀念，所以根本是拼死拼活地掙扎著，以至於小孩子想笑都笑不出來。幸虧爺爺從廂房往外看才讓我從噩夢般的溜冰秀裏掙脫。

那個田雖然不是我家的，可正好在我家前面、通往小溪和村口外的鄉間小道對面。不知何時起，爺爺在窗戶紙上貼了小片玻璃，不時向外看。看到我奇怪的動作後，爺爺在裏面大叫大喊，叫家人馬上把我帶到廂房來。爺爺也不問問緣由，不管三七二十一地拿起長菸杆使勁抽打我的頭，然後大發雷霆。

「一個丫頭給這個家丟臉也要有分寸，學什麼不好，偏偏要學德物山巫婆的鍘刀舞？」

我的頭火辣辣地痛，但還是忍不住捧腹大笑。那時我已經連爺爺都有點小看，因爲爺爺連溜冰都不懂，想像力的盡頭不過就是德物山的跳大神而已。從那以後直至今天，我再也沒有穿過溜冰鞋，也沒有過要學溜冰的念頭。初次站到溜冰場上的驚慌與害臊就這樣伴我一生。

除了這件事情，寒假的快樂不下於暑假。出生在夏天的堂妹正是最可愛的時候，而且我們按照爺爺的命令要過陽曆年，所以吃的東西也很多。當時稱陽曆年爲日本年，陰曆年爲朝鮮年。日帝❺當然提倡過日本年，所以在朝鮮年那天，學校和官廳都照常上班，但還沒有取締朝鮮年。在城裏，有的人家過兩次年，可在鄉下，還不知道日本年是哪一天。

鄉下的春節期間特別長。從準備新年的穿戴開始，熬麥芽糖、打糯米糕、做豆腐、幾戶人家合力殺豬、包餃子……爲了準備過年忙得不可開交。而且過完春節祭祀後一直到正月十五，根據年齡和性別有不同的節日活動，如拜年、上墳、祝福、新年占卦等。就這樣大家大概要聚在一起吃喝玩樂一個多月。對莊稼人來說春節是終年最長、最悠閒的節慶。

過日本年而把假期和過年一起過，這當然是出自於爺爺對孫子孫女的愛憐，因爲沒有孫子

❺日本帝國主義的略稱。

孫女的春節是毫無意義的。還有個原因就是，爺爺一直認為陽曆比陰曆準確。雖然不知道是誰寄的，不過爺爺每年都能收到測候站印製的曆書。這曆書裡不僅有陰曆和陽曆，還標記著二十四節氣、日辰、月建等，在月曆還很稀罕的當時，村裏人經常來問爺爺哪天可以做醬料、哪天要祭祀，或者哪天是適合遠行的日子。

甚至連今年冬天冷不冷、能不能耐寒、是否有旱澇災等，這樣的問題都能透過曆書來預言。特別是在癱瘓後，翻看曆書成了爺爺的樂趣，終於有一天，他好像悟出了什麼似的，不使用陰曆就種不了莊稼，莊稼人這種普遍的認知，爺爺認為是不對的，而且一有機會就想開導他們。

「我說，立春是臘月還是正月，這有什麼好問的？如果使用陽曆的話，每年都是同一天。你想想看，因為節氣是固定的，所以是晝夜長短一樣的日子、白晝最長的日子、夜晚最長的日子每年都是固定同一天的月曆準確呢？還是變來變去，有時還冒出個閏月，這樣的月曆準確呢？雖然是日本鬼子的東西，但對的就應該承認嘛。白的就是白的，只因日本鬼子說是白的，我們就硬說是黑的，這樣做對嗎？」

爺爺認為村裏人很不開竅，迫不及待地想要開導他們。但對於農民而言，比起固定的二十四節氣，他們更習慣於根據變化而預卜未來，所以不容易接受爺爺的陽曆說法。雖然對爺爺來說是自覺悟出的唯一開化思想，可想要用它來摧毀根深蒂固的傳統觀念，實在是力不從心。所以從那以後，在整個村子裏只有我們家孤零零地過著陽曆年而已。

殺豬也是兩戶朴氏人家一起殺，當然是在村裏雇人宰殺的。將近臘月末的時候，在冰凍三尺的夜晚，從前院繞到後院的房角處燈火通明，幾個彪形大漢鬧哄哄地，接著就傳來了淒慘的豬叫聲。家裡正在熬麥芽糖，所以被窩裏熱烘烘的，我蜷弓在裏面，並不覺得被宰的豬可憐。相反地，映在窗戶紙上的燈光、充滿生氣的幹活聲以及豬的慘叫聲全部融爲一體，讓我感覺到節日喜慶的氣氛。

但是親眼目睹了殺豬過程的哥哥不吃豬肉，也不吃豬血米腸，這讓大人驚慌起來了。哥哥既是長孫，又是唯一的孫子。如果是哥哥不吃的食物，再怎麼山珍海味的食物也失去了意義。爺爺很不悅地說，大丈夫那麼心軟，以後能做什麼大事。然後還向家裡女人發脾氣，命令要硬塞給哥哥吃，甚至還注視著我說出無理的話，要是孫子、孫女換過來就好了。爺爺這過分的話不僅傷害到哥哥，也傷害到我。

祭祀的時候，只在湯裏放點牛肉，而餃子、燒烤、綠豆煎餅等食物裡沒有不放豬肉的，所以只好給哥哥另外準備蟹醬。哥哥使用勺子和筷子把蟹黃摳吃得乾乾淨淨，然後我接下他的蟹殼，裏面放點醬油拌飯吃，別提有多香了。在這以前，我也經常在爺爺的飯桌上這樣吃。雖然是空空的蟹殼，可用它來拌飯要比用碗更好吃。

全國最出名的螃蟹是坡州❻蟹，但我們家鄉的蟹也毫不遜色。如今已經看不到河蟹了，所以人們都沒嘗過也不知道。但是如果要我說在這世上吃過的美食裡味道最鮮美的，我會毫不猶豫地說是蟹醬。時值盛秋，雌蟹甲殼內滿滿都是蟹黃。這時把它用鹽泡起來，沾透調料味再吃，那味道眞是難以形容的鮮美。只能用專心到十個裏吃死了九個也不知道，這一野蠻的話來形容才淋漓盡致。

哥哥不能吃豬肉，這讓爺爺好久心情都不舒暢，似乎還使他覺得長孫不可靠。等到我們假期結束回城時，爺爺還殷切地訓導了他好長一段時間，說男人應該如何如何才能稱得上是大丈夫。奶奶包了一大包芝麻條，讓我帶給班主任老師。

在我們家鄉的新年美食中，可不能漏掉麥芽糖做的江米條。用爆米花、炒豆子、花生之類做的江米條圓圓的，看起來就很好吃，主要給小孩子當零食。但是單炒白芝麻和黑芝麻而後做的芝麻條呈一定的菱形，又薄又平，主要是用來接待客人。奶奶一邊包芝麻條，一邊說這是特地爲班主任老師用心做的。

不管裏面放的是何物，奶奶一律都用褶褶皺皺的黃紙袋包好，還用細繩捆起來交給我，這

❻位於韓國京畿道西北部的城市。

讓我很難堪。那時我覺得老師可能連便所都不會去。美麗而溫柔的老師周圍總是有小孩子像小雞一樣圍著，小孩爲了抓老師的手而暗鬥著，老師則爲了把微笑與關愛公平地分給每個孩子而費盡心思。

但不知爲什麼，即使是公平的關愛，我還是覺得一開始就被排擠在外，甚至認爲老師可能還不知道我的名字。與其特意地用那土氣的包裝暴露自己，不如保持現狀，在排斥感和自卑中安然處之，這會讓我更舒坦。我帶著芝麻條上學，但沒有交給老師。在放學路上，我把夥伴召集到陽光明媚的社稷公園，將又甜又香的芝麻條分吃精光。

迅速吃掉芝麻條簡直易如反掌。讓一兩個老實的孩子先嘗一嘗，然後再逗那些想吃的孩子跟我來。氣喘吁吁向社稷公園跑去的感覺就像脫殼飛出一樣，痛快極了。有些孩子突然對我好起來，我卻假裝沒看見，而看起來土氣的孩子，就多給他們芝麻條。雖然沒能透過這次好機會交到好朋友，但卻嘗到了駕馭漢城小孩的快感，同時也報復了忽視我的老師。但事過以後不知爲何，感覺卻更加空虛、淒涼。

初秋開始，媽媽又在家裏做起了針線活，這對我是個慰籍。只要心想回家後就能看到媽媽，脚步也變得輕快矯健了。媽媽的針線活大都是紅黃青藍紫等顏色濃豔而細柔的綢緞，所以把本來潮濕陰暗的屋子裝飾得很明亮。過完寒假，臨近春節之際，針線活多得熬夜也做不完。每當這時，媽媽爲了消愁解悶也爲了驅趕睡意，就講故事給我聽。

媽媽知道的故事數不勝數。「老虎不吃奶奶的故事」、「賣瘤子的故事」、「香屁大王的故事」、「同父異母姐妹的故事」、「薔花和紅蓮的故事」等。這些故事我從奶奶那裏已經聽了好多遍，但媽媽講起來別有味道。除此之外，媽媽還有好多故事。《朴氏夫人傳》、《謝氏南征記》、《九雲夢》❼、《水滸傳》、《三國志》等。媽媽把這些很難理解的小說用她特異的本領重新編給我聽。

其中當屬《朴氏夫人傳》最有意思，我央求媽媽好幾遍，聽了又聽。起初媽媽是爲了消遣自願講給我聽，但看我聽得津津有味又擔心地說，我迷上故事以後可會過窮日子，然後就假裝拿我沒辦法的樣子又開始娓娓道來。

世上還能有比我媽媽更能將《三國志》講得更有意思的人嗎？當媽媽說到「曹操，速來接刀！」時就會高高地舉起做女紅的手。這時候，媽媽手指間一閃一閃的針光不亞於刀光，既鋒利又耀眼。就算掄起長劍也當之無愧的媽媽卻只能依靠針線活來生活，一想到這個就讓我心痛得不禁渾身戰慄。

在最窘迫的日子裏，媽媽的故事成了我最大的安慰，給了我巨大的力量，但也不能說沒有

❼《朴氏夫人傳》、《謝氏南征記》、《九雲夢》均爲韓國古典小說。

負面影響。讀小學的六年時間，即使沒有夥伴也不覺得有什麼深刻的不幸，反而享受著孑然的孤獨，我想是不是腦海裏的故事讓我養成了這種孤傲的性情？

這是我到後來才想起的多餘的念頭。六年時間在漢城幾乎是天天爬山上學，但從未有過恐懼和無聊感，偶爾有了同伴也會因話題而感到負擔，所以認爲孑然獨處既舒坦又自由。小小年紀之所以這樣，主要是因爲沉浸在故事帶給我的漫無邊際的遐想中，但我也不認爲這是正常的性格成長過程。

佩囊院子家

第二天，媽媽立刻開始張羅買房子，
沒過幾天還真的簽了購屋契約。
買的那屋子有六間，也坐落在這窮鄉僻壤，
而且還要往上再走一段。
即使是這樣的房子，除非是偷來的，
否則對於我們而言簡直就是天上摘星。

哥哥終於畢業，而且找到了工作，他如爺爺和媽媽所願在總督府上班。在這之前，一個人吃力地負擔莊稼活的二叔也去就任面事務所的文書。家裏只留下菜園，而將年產幾十石的田地租給了別人，並不是村子裏另外有佃農，只是在耕地面積和我家差不多的自耕農中，找一個人手充足的人家拜託他們租下而已。

仗著比村人書讀得多，動不動就輕視人家是卑賤草民，爺爺的這種兩班意識事實上是何其沒有品格！又是總督府，又是面事務所，在爺爺眼中，只有自己的子孫在官廳上班才是最了不起的。管它國家淪落到何種境地，爺爺就是認定搖筆桿比種莊稼強，而且既然要搖筆桿，那就得在官廳。可見他的兩班意識中沒有儒士精神，而只剩下衙吏的劣根性般醜陋的東西。我想這就是所謂我家的身份意識吧。

叔叔做文書差事也是需要關係的，這個靠山是一位和爺爺同輩的遠房親戚。因爲他的父親是在史書上記載的賣國條約上簽了字的賣國賊，所以他還有日本授與的爵位。就一個小小的文書職務而言，這可是天大的靠山，認爲當了文書就是出人頭地的爺爺對這個靠山唯命是從，那模樣眞是不堪入目。

偶爾這位親戚也會來我們鄉下，明明他們是同輩，可是爺爺就像下人對主子一樣唯唯諾諾，而且爲了特別款待他，幾天前就讓家裏的女人忙上忙下。以至於奶奶對兒媳婦開玩笑說，子爵那老頭一年只要來兩次，就能把咱們給折騰死了。

說實話，像我們這樣寒酸的下等兩班家庭裏出一個在總督府上班的子孫是家族的榮譽。媽媽變得更加理直氣壯，毋庸贅言。但是半年後，哥哥卻辭掉了總督府的工作，然後在一個叫做渡邊的日本人私營的小型鐵工廠上班。

一聽是鐵工廠，媽媽大驚失色地說，好不容易供你讀書，怎麼能在鐵匠鋪上班呢？哥哥安慰媽媽說，雖然和大的鐵匠鋪沒有區別，但自己是在辦公室工作，而且月薪比總督府多出好幾倍。聽了這話媽媽就說，一定要跟爺爺和鄉裡人說是在公司上班，不要說出鐵工廠。媽媽一邊囑咐著，一邊還放不下對總督府的迷戀。

哥哥在鐵工廠工作第一次領回來的薪水是一百多塊。我們和住在漢城的小叔夫妻倆聚在一起，用悸動的心輪流觀賞了微微發綠的百元大鈔。不知小叔夫妻倆是怎樣，但我和媽媽是有生以來第一次看到百元大鈔。上面有福相老人肩背著袋子一樣東西的圖案，我們還認眞地琢磨著那到底是米袋還是錢袋。

哥哥希望媽媽別再做針線活，想讓媽媽過著悠閒的日子，但媽媽宣稱，在買房子之前決不放棄做女紅。四十餘元的月薪和超過百元的薪水刺激了媽媽的購屋夢，而且這個夢想足以排遣哥哥放棄總督府爲媽媽帶來的遺憾。針線活還是多得做不完，可是媽媽還是會抽空去看房子，這成了媽媽的樂趣。

去看房子的時候，媽媽總會穿上最好的衣服，還裝出一副傲慢的神色。可能是怕被仲介商揭穿沒錢還看房子的實情而做的掩飾吧。媽媽好像沒有不切實際到去看大房子，但可以肯定的是，她是在挑城裏體面一點的房子，偶爾還會歎息城裏和城外懸殊的房屋價差。所以我深信我們買房子那一天就是擺脫峴低洞的日子。

可是媽媽過早地買了房子，而且新屋還是在峴低洞。本來是想慢慢盤算著買房子的，但媽媽突然過於心切地買了，這純粹是因爲我。雖然媽媽討厭我和房東家的小孩子玩，但我們畢竟在一起生活了兩年，即使有什麼爭執，三不五時都會碰面。更何況小孩子的世界有它獨有的吸引力和親和力，再加上我與生俱來的叛逆心，所以我和房東家的小孩子不知不覺間成了好朋友。

我們兩個拿著石筆在巷子畫著什麼，畫著畫著就打起來了。正好哥哥下班回來看到我們打架，原本想要勸架，但我趁著有靠山想要給那個孩子最後一擊，結果抓破了人家的臉。我終於又給媽媽惹了麻煩。

那次並不是我第一次抓人、掐人。小的時候，可能是因爲瘦弱而感到自卑，所以需要動武時，我就不知不覺地使用指甲。媽媽經常告誡我，挨打了就還他一拳，千萬別留下指甲印，可我又再次幹了這事。

對於房東家女主人來說，自己的孩子臉被抓破固然生氣，加上我又是一個不合群的孩子，還動不動就做出這樣的壞事，用現在的話來說，在她眼裏我可能是個不良少女。不好好教育子女，以後可不知還要變成哪副模樣，女房東這樣惡語中傷媽媽，而且連哥哥也罵了，說他袖手旁觀、沒有勸架。

媽媽向來都是自行其是，再加上傲慢自大，所以一直暗中輕視著房東家。房東家的內部關係比較複雜，有姨太太，還有前妻的孩子。媽媽一有機會就嘲笑他們，明明是個收入不穩定的窮人家還花錢如流水的。偶爾女房東會來借錢，媽媽人前欣然地借給她，人後卻自言自語地罵個不停。

「天底下眞是什麼人都有啊。如果是沒有米啦、柴啦，就算借錢也要買，是啊，當然要買。但怎麼可以因爲想吃肉，爲了買肉而借錢呢?看在跟你租房子的份上才借給你，如果是別人家的女人這副德行，我一定當衆揭她的底，讓她好看，堅決不借。」

可能是房東家女主人向媽媽借了要買肉的錢，加上宛如心上肉的寶貝子女被一個自己輕視的女人責罵教訓，媽媽的心情可想而知。但是媽媽對我們兄妹倆沒太發火，也沒有罵女房東。

這樣的媽媽更讓我害怕。我想媽媽肯定要闖大禍了。後來，在《經濟正義》雜誌上，詳細地介紹了第一次在峴低洞買房的經過。下面引用其中的幾個段落。

這件事情發生後第二天，媽媽立刻開始張羅買房子，沒過幾天還真的簽了購屋契約。買的那屋子有六間❶，也坐落在這窮鄉僻壤，而且還要往上再走一段。即使是這樣的房子，除非是偷來的，否則對於我們而言簡直就是天上摘星。雖然當時我還年幼，可是連我都覺得媽媽已經喪失了理智。說實話，這房子還真的是媽媽偷來的。

那個時候，我家也算是最早落戶於漢城的，所以鄉人經常出入我家。其中有個人說要在漢城做買賣，就拿著賣地的一筆大數目在我們家住了幾天。後來正好他家裏有事，就把錢交給媽媽回了鄉下。恰巧在這期間發生了我打人那件事，換句話說，媽媽偷偷地挪用了人家的錢買房子。媽媽是故意惹禍，然後再跟鄉下的祖父母和二叔細說了事情的始末經過，請求他們援助。於是家裡人倉促地賣了些地，還到處籌錢，全家人齊心協力地先把人家的錢補上，這樣一來既沒有造成人家的損失，也沒丟臉。

❶這裏的「間」指的是兩個柱子之間的距離。在過去，曾以此來推算住房規模的。

但從那以後有一段時間，媽媽不得不在老人家和兄弟姐妹面前低聲下氣。我也覺得媽媽是個奇怪的人。我的媽媽怎麼會做出那樣事情呢？那時我認爲媽媽在道德上還算是完美無缺的人，所以媽媽的所作所爲對我童稚的心靈造成了極大的混亂。其實媽媽的行爲跟挨餓的孩子偷涼飯沒有區別，但因爲我當時年齡還小，無法理解媽媽悲壯而又盲目的母愛。

以媽媽的個性，這次的決斷幾乎是狂人所爲。媽媽忍辱負重在漢城最初買下來的房子幸好是瓦房。六間瓦房不僅有三個房間，而且還備有廚房、廊子、大門口，可以說一應俱全了。房子蓋在巴掌大的地上，有名無實的院子呈三角形，而且地勢很高。

之前這房子住的是爐匠一家人，雖然不能指望一個每天靠打零工生活的人能把房子打理得多好，但是乍看之下實在不堪入目。俗話說，沒有臭蟲就不是漢城的房子，這時候正值家家戶戶臭蟲猖獗，也不知前主人是什麼時候裱糊牆壁的，漬滿油泥、破爛不堪的壁紙上密密麻麻地積存著臭蟲的血跡，眞是令人毛骨悚然。媽媽也不顧及我和哥哥的感受，總之錢的問題一解決，她就興高采烈地清掃起房子來了。她把所有的門窗拆下來，用鹼水擦過，所有觸手可及的地方連柱子和椽子她都擦得乾乾淨淨。

媽媽說因爲房架好，所以髒亂一點沒關係，房架指的就是柱子和椽子的粗細。果然經過幾天幾夜的擦洗和裱糊，這房子逐漸有點樣子了，但是媽媽爲什麼只看房架就買下了那個討厭的房子，我是後來才知道。除了賣掉我們自己的一點土地外，媽媽還跟小叔借了一筆錢，媽媽打算向銀行抵押房契貸款再還。

當時庶民階層比較容易利用的金融機關是金融組合。申請貸款後，金融組合就會派一個鑒定人來勘查房子。鑒定人果然在規定的日子來到了我家，媽媽也像家庭訪問日那天一樣，把房裏房外收拾得乾乾淨淨後等待著。

果然不出媽媽所料，鑒定人審視著房架，然後問媽媽要貸多少。媽媽說這樣的房子照房架應該值八百元，口氣反而硬起來。鑒定人二話不說就走了。但是媽媽一開始就沒太擔心這件事，不但沒有敬菸勸水，也沒有哈腰鞠躬。

沒過多久，八百元的貸款就下來了，媽媽拿這筆錢解決了所有問題。但我也沒看到媽媽因爲這筆貸款而感激誰，或認爲純粹是因爲運氣好。當時那個限度的貸款是只要辦理相關手續，不管是誰都可以輕鬆享有的理所當然的權利。

那時，媽媽花了一千五百元買下了峴低洞坡頂的六間瓦房，其中過半數的八百元是跟銀行貸的款。她在金融組合沒認識什麼人，更沒有非凡的交際能力。媽媽是那種在官廳和派出所前面無緣無故就臉色不舒服的平庸村婦。這樣的村婦毫無畏懼地邁過銀行門檻，還如願以償拿到了貸款。

事情確實是這樣，但不知爲什麼，我卻有點擔心人家不相信。這也許是因爲我意識到解放後人們對貸款有成見。因爲解放後金融界的歪風，只要一說貸款，人們就會認爲是特權，或者必須要耍手段靠關係才行。

當然，日帝時期官僚的猙獰面目不勝枚舉：只當了面事務所或洞事務所的小小文書就出言不遜的下級官吏、明晃晃的刀光遠遠看到就讓人不寒而慄，即使無罪也會讓人想溜跑的員警、看守像對待畜牲一樣摧殘脚戴鐵鏈的罪犯、殺氣與傲氣沖天的日本士兵、家庭訪問時，日本老師像看到野蠻人一樣以蔑視與憐憫的眼神注視著不懂日語的媽媽等等，這些就像惡夢般沉重地墜壓著我的幼年和少女時期的意識。

但是，不僅在當時，在那以後我也是同樣的想法，我認爲當年的金融機關沒有那種令人厭惡的官僚主義，所以基本上對他們不懷敵意。當然我也不否認，正由於日帝時期銀行的錢容易借貸，所以人們貿然借錢後又無法償還，結果往往造成財產稀里糊塗地就被掠奪的慘劇。

我們稱那個家爲佩囊院子家，因爲院子像刺繡的佩囊一樣呈三角形。我們每個人都對這個家很滿足，而且深愛著它。哥哥可以單獨使用一房，門房也租給了人家。房屋結構呈現「ㄱ」字形❷，緊靠這一邊的是門房，而那一頭就是哥哥的房間。把那兩個屋子按直線連起來，院子正

❷指韓文字母「ㄱ」。

好成了三角形。三角形沒有坐落房屋的那一邊是個高高的築台❸，築台下面就是下頭鄰居家的後院。媽媽徵得了下頭鄰居的同意，把院子像飛簷一樣往鄰居家的後院推進了一些，然後把擴出來的院子整理成花園。我們的鄰居因爲後院有了棚子而高興，我則因爲有了花園而高興。

釘入木頭柱子，然後鋪上木板再倒上土就成了小花園，即便是在如此簡陋的花園裏，紫茉莉和金盞花也開得特別妍麗，讓人賞心悅目。在這個秋天，我們搬入後還祭拜了土地公，準備了豐盛的食物，和左鄰右舍共享口福。雖然這個房子坐落在比我們原來租的房子更高的地方，可是媽媽很喜歡這裡。媽媽也不再說不許我出去玩的話了。看來媽媽厭惡的是房東家人生活的方式，而不是巷子裏所有的人。

佩囊院子家的前一家就是區長家，他的房子也是方方正正的，而且養了許多花草，特別是有好幾盆玉簪花，到了黃昏花開時分就會飄來陣陣馨香，讓人心曠神怡。當時的巷子很窄，而且家家戶戶都敞開著大門過日子。我們不叫這個家是區長家，而叫玉簪花家。玉簪花家有個比我年長兩歲的姐姐，給過我們好多次玉簪花的球莖，但我們家總是種不好。我們的下一家是一角門家。媽媽和這兩家都相處得很融洽。

❸用木板搭成的高台，主要是用來祭祀。

我們可以收房租，而且哥哥的月薪也很豐厚，所以媽媽的針線活做得少了。好像還是背著哥哥只給那些來懇求的人做。因爲哥哥很孝順，所以他只要看到媽媽做針線活就陰沈著臉發脾氣。有自己的房子、還每月領著薪水計畫安排一個月的新生活、一家人相親相愛，這是多麼美好的事情啊！當時我幼小的心靈也深深地體會到了這一點。雖然沒能擺脫峴低洞，但精神上也好、物質上也好，我已經開始適應和融入都市生活了。

一放假我們就馬上回鄉，這點還和從前一樣。臨近回鄉時，我仍然心潮澎湃，仍然同情漢城小孩只能憋在漢城度假。但是如果讓我憋在鄉下生活，我似乎也活不下去，其中陰暗的油燈最讓人心裏悶得慌。開學回城後，通明的電燈亮得像白天最讓我高興，這種喜悅不下於聞到家鄉醉人的草香味時的喜悅。

哥哥因爲工作的關係，假期一個人留在漢城，住在小叔家上下班。小叔苦盡甘來，攢夠了可以在南大門一帶開店的錢。所以我們買房子時還周轉了不少錢給我們。可能是因爲曾在海鮮批發商店上班的緣故，小叔起初做的是冰塊買賣。小叔家的冰店坐落在整潔的食品街上，店裡總是忙忙碌碌的充滿著活躍的氣象。

去小叔家玩也是漢城生活中的一大樂趣。小叔家那時還沒有孩子，所以對我們兄妹倆百般疼愛。我放假回鄉前都要先去小叔家給他看看我的成績單，然後聽聽他的稱讚，最後小叔還裝給我滿滿的食物，讓我在火車上吃。我的成績一直到三四年級都只停留在中下等。但小叔一味地追隨媽媽看成績的方法，認爲只要國語和算數學得好，唱歌和體操這種科目越差越好，所以絲毫不需要垂頭喪氣。去小叔家固然是爲了得到他的寵愛，但朝鮮人和日本人各占半數生活在一起的獨特氛圍也深深地吸引著我，這裏和峴低洞簡直是判若雲泥。小叔家的店鋪有個大冰庫，還有當時很稀有的電話。雖然在冬天也賣木炭，但在那個商街，人們都稱他「冰屋」掌櫃。

小叔在漢城的生意興隆，這消息似乎很誇張地傳到了鄉下。無論是想做小生意的人，或者想到人家店裏打工的人，總之指望小叔進城的鄉人絡繹不絕。這些人首先想聽小叔艱難曲折的長篇成功記。也就是他身無分文來到漢城，冬天住在日本人海鮮批發商店冰庫上面的閣樓，歷盡艱辛的故事。但這些不過是小叔的自吹自擂，似乎沒能爲那些人帶來實質的幫助，而且小叔也沒那個能力。不過小叔家還是經常有鄉人進進出出，這和小叔的商店就位在漢城火車站的前面不無關係。

結果透過這樣的管道，小叔雇用了一個同鄉少年，而且以自己的成功之道訓導著少年。就像自己經歷的那樣，他在冰庫上面搭個小閣樓，讓少年住在這裏。但乾淨俐落、和藹可親的嬸娘把閣樓收拾得有模有樣。我那時正是憧憬二層樓房的時候。踩著梯子上閣樓彷彿就像上二樓。就連鋪在地上的榻榻米也挺像那麼一回事。也許我是在茫然地憧憬著日本式的生活方式。

在那個閣樓裏，我第一次接觸到漫畫，是日本武士鬥劍的漫畫，被小叔發現後還狠狠的斥責了我。不僅是我，連那個少年也被叫來。你說要上夜校，所以任由你開著電燈，難道就爲了看這亂七八糟的書浪費了那麼多電嗎?小叔一邊用漫畫書啪啪地抽打著他的光頭，一邊喝斥著。我感到很對不起少年，可是沒讀完的漫畫也讓我回味無窮。小叔不分青紅皂白地就說這是壞事，這讓我更加留戀那本漫畫書了。

好長一段時間，漫畫書裏的圖畫總是歷歷在目，而且我一直惦記著情節的發展，如果是可以偷到的書，眞想偷回來看完。按現在的常識而論，那是我第一次接觸奇談怪事和課外讀物。可能是因爲我們家窮，可是當時也沒看過哪個孩子有童話書。

媽媽用她那講故事的非凡本領讓女兒養成了對故事的喜好，可是對於之後的渴望卻漠不關心。開學時領了新課本，我先從國語和修身課本裏選出有意思的課文來，無聊的時候就會大聲地讀了又讀，這就是我盡情解除饑渴的獨門辦法。只要大聲地朗讀著課文，媽媽就會以爲我在用功而非常高興。我則一伸一縮地吐著舌頭，嘗到了欺騙媽媽的滋味。

哥哥的房間裏有幾本他自己的書，但幾乎都是用朝鮮語寫的小說，所以我實在是興味索然。學校不教朝鮮語，所以我的同輩中能讀會寫韓文的非常少。我就是少數孩子中的一個，但是由於年幼不懂事，我並不覺得那是足以自豪的事情。

因爲韓文是小的時候在鄉下學的，所以即使忘得一乾二淨也情有可原。我沒忘掉就是因爲經常有使用韓文的機會，但是我是那麼討厭這個機會的到來，那就是寫問候信給住在鄉下的祖父母。我打心裏喜歡我的爺爺奶奶。對我來說，故鄉與祖父母是不可分割的。如果他們不住在鄉下，那每年兩次的回鄉也不會讓我那麼欣喜若狂。但如果他們不住在朴籍村，而是別的什麼地方，那我可能也不會那麼殷切地思念他們。

我覺得就連爺爺的半身不遂也很有朴籍村土地公的樣子。只要一臨近放假，我就不禁會思念起包在被爺爺的口水浸濕、發出餿味的麻布巾裏的柿餅和栗子。這無關食欲，而是跟思念在殘陽如血的天空下搖曳著的高粱是同樣的心情，既甜蜜又淒涼。爺爺火盆裏的火滅了，那誰給他點菸呢?堂妹還小。啊啊，這次回鄉，一定要好好照顧爺爺，眞正成爲爺爺的心肝寶貝。我想寫的信就是要表達這樣心情的內容。

可是媽媽卻不讓我按照自己的意願來寫。媽媽認爲寫信有一定的格式，而且又是寫給家裏的老人家，所以必須要中規中矩。媽媽叫我坐下，就像聽寫一樣叫我寫下去。

信總是以大同小異的問候語開頭。「祖父敬稟。玉體可否安然無恙……」，大概是以這樣的話按照輩分向全家人一一敬候，然後再一一敬稟，寫上我們這裏承蒙掛念，都很健康。最後的話則是根據春夏秋冬而略有不同，一般寫的是「天氣變化無常，恐玉體欠安，故敬上此書。」

別提這樣的聽寫有多麼枯燥乏味，每次寫的時候，我都因爲心煩而磨磨蹭蹭，心裡想要是不會寫韓文就不用做這苦差事了。我會韓文唯一的用處竟然這麼令人厭煩，所以對朝鮮讀物也沒什麼興趣。我覺得毋庸置疑，那肯定枯燥乏味。

在這裡住的時候還爆發了二次大戰。日本人稱這次戰爭爲大東亞戰爭。我們也不知其詳就盲目地跟著興奮。在這之前，我們已經被灌輸得很好戰。日本在很久以前就挑起了叫做支那事變的戰爭（中日戰爭），我們則管中國人叫「掌櫃子」、管蔣介石叫「紹介席」❹，不切實際地小看著中國。小孩子打架的時候，「掌櫃子」也是最傷人、最惡毒的話。早晨在運動場集合時先要進行皇國臣民❺的宣誓，然後隨著軍歌進行曲齊步進教室。每當這時，我總是感覺熱血在沸騰，這正是想要粉碎什麼或勇往直前的好戰的氣魄。

聽說和中國的仗屢戰屢勝，所以我們對於敵人不屑一顧，而期待著更強的敵人，不知不覺心情起伏。除了蔣介石，羅斯福、邱吉爾也都被追認爲必須粉碎的罪魁禍首，每天都傳來了打勝仗的消息。「瓦解了，新加坡、退出吧，英國啊。」這是一首立即被朝鮮有名的女高音唱紅的歌。爲了炫耀和慶祝攻陷南洋群島，燈火隊伍穿梭著漢城的黑夜。因爲橡膠之鄉——南洋群島——已淪落到日本的手中，所以還免費發了個膠皮球給全國的國民學生。

但是俗話說得好，滿招損、得意沒有好結果。沒過多久就實行了大米配給制，後來就連運動鞋和膠鞋都開始配給。大米是根據人數發了購買證，可是膠鞋是發給愛國班❻，每班只有一

❹日語發音的音譯。
❺皇國即日本。皇國臣民化指日本帝國主義侵略朝鮮後實行的民族抹殺政策。
❻班是當時的一種居民組織。

兩雙，這時就抽籤決定。可是我在每次班會上都抓了個空，媽媽就歎息著說，看來我們不是抽籤的命啊。生活必需品也日益短缺了。

在這之前還下令要求創氏改名❼。生活越來越艱難，對創氏改名的管制也越來越森嚴，所以整個局勢就更加緊張了。我們家沒有創氏改名，因爲爺爺堅決地表態，在他瞑目之前決不創氏改名。戶主的權力是不容質疑的。在南大門做生意的小叔埋怨爺爺，說因爲沒有創氏改名，生意也不好做了。媽媽則擔心會不會影響到哥哥的工作和我的學校生活，所以翹盼著爺爺回心轉意。

四、五年級連續兩年，班主任老師都是日本人。媽媽經常問我，老師有沒有罵我沒改姓名。如果我說沒有，媽媽就胡亂地揣測，認爲是我沒心眼，怎麼可能不受欺負呢。不過可能是因爲我運氣好，總是遇到好老師，一個班總會有三四個學生沒有創氏改名，可是我記憶裏並沒有老師對這些孩子進行什麼特別的譴責和無言的壓迫。

❼在日本殖民統治時期，日帝強求朝鮮人民按照日本的姓氏更改姓名。一九三九年十一月，頒佈了的《朝鮮民事令》，翌年二月開始實行。其目的在於徹底抹煞朝鮮的家族制度，而要把他們改造爲皇國臣民。

定爲不逞鮮人❽的特殊家庭就另當別論，像我們這種普通家庭的情況大都差不多。即使是這樣，迄今爲止讓我百思不得其解的是，創氏改名何以在短時期內擴散得那麼快，當然這有可能是我只憑經驗和極其主觀的想法。在朴籍村，除了兩戶朴家，剩下的洪氏人家在初期就已經改姓爲「德山」了。因爲沒有換姓而最令人擔憂的當屬做面文書的二叔。只做到小小的文書，爺爺就認爲是出人頭地了，但是在創氏改名這件事上爺爺卻執意堅持、絲毫不動搖。

如果說這是爺爺的兩面性，那麼只過朝鮮年而且執意要守護，可是在創氏改名上卻又隨風轉舵，這應該就是村人的兩面性了。我的媽媽當然也是隨波逐流的典型，可是我和媽媽的想法稍有不同。由於另一個原因，我也曾經迫切希望創氏。我的名字要是用日語發音的話聽起來很像「防空演習」，而當時正值非常時期，天天都要防空演習。由於發音很相似，所以每次防空演習時，小孩子都會取笑我。如果創氏改名，漢字不用音讀法來讀，而是用訓讀法來讀，那麼我就會有花子、春惠等有好聽女人味的名字了。我不知有多麼羨慕那些名字啊。

有的孩子還炫耀說，他們在家裏也用日語。這些孩子的媽媽大都是愛打扮、趕時髦的女人。

❽不逞鮮人是對日本殖民統治懷有強烈不滿並進行反抗或鬥爭的朝鮮人，日本殖民當局把他們列入黑名單並稱之爲不逞鮮人。

換了我們連想都不敢想。媽媽聽到這樣的話就會激憤不已的說簡直是敗類。學校只要有家長會，媽媽總是一次不漏地參加。班主任老師是日本人，所以哪個家長不會日語，老師就會派班長做口譯。媽媽穿著上了漿的硬邦邦的布衣，綰起了高高的髮髻，還插上黑角髮簪，可是對小翻譯卻絲毫都不關照，在日本老師面前嚴肅地說著自己想要說的話。望著這樣的媽媽，我就像忍受嚴刑拷打般痛苦不已。

但這一切始終不過是媽媽的自尊問題而已，與民族意識似乎沒有任何關係。因爲媽媽過分地擔憂著沒有創氏改名會對子女不利，而且眞的遭受不利和迫害時，她也無法幫助子女堅持到底、渡過難關。媽媽到底還是平平庸庸的婦道人家，對子女的厚望到頭來還是要借日帝的光，而對朝鮮的自主命運卻沒有絲毫的想法。

我的爺爺奶奶

動不動就哭哭啼啼的丫頭，
怎麼爺爺去世了都不掉一滴眼淚？啊？
爺爺真是白寵你這個死丫頭了。
如果是自家養的小狗那麼受寵愛，
也會幾天不吃不喝的啊。

媽媽每回都出席家長會已經讓我很難堪了，但有一天我正在上課，媽媽突然就出現了。她連膠鞋也不脫就嘎地拉開了教室門。當時班主任老師是位日本男人，但媽媽卻一副不知他是日本人的樣子，用恭敬而費解的朝鮮語說，接到了鄉下祖父病篤的電報，所以特來領走女兒。

可能老師也看出事情不妙，就沒差使班長，而是直接讓我翻譯。我無法把恭敬、費解，既鄭重又高深的朝鮮語原原本本地譯出來，當場又委屈又焦急，結果哭喪著臉翻譯得一塌糊塗。但意思一轉達，老師就允許我走了。

可是媽媽在這般狀況還不忘要我問，如果爺爺去世了，按校規，喪葬期間是不視爲缺席的，確有此事吧?得到了老師的確認後，她才拉著我的手退出了教室。因爲媽媽已經做好了回鄉的準備，所以我只背著書包就跟媽媽直奔漢城火車站，跟等在那裡的哥哥、小叔和嬸娘會合了。

放假回鄉時坐的都是開往土城方向的慢車，但那天我頭一次坐到往新義州的快車。中途一直沒有停站，到了開城站才停留片刻。雖然是伸手不見五指的漆黑夜晚，但我們五口人完全沒有歇脚，就這樣疾步走了二十里。

廂房裏燈火通明，人聲鼎沸。爺爺聽說雖不省人事，但還活著。因爲是第三次中風，所以大家都有了心理準備。聚在廂房裏的人們說我還小，不讓我進去。我也怕看到蒙著死亡陰影的爺爺，所以馬上避開了。

裏屋也亮著燈，雖然沒有人睡覺，但我卻沉沈入睡，後來是被一片哭聲驚醒，那是黎明時分。知道爺爺去世了，我卻哭不出來。在五日喪葬期間，按當時的風俗雖然哭聲不斷，但因爲爺爺是善終，所以家裏的氣氛並不沉悶。

不僅朴籍村的人，就連鄰村人也帶著孩子到喪家解決吃住。在那非常時期，喪事還能辦得如此闊氣，大家都稱羨已故人的福分。這要歸功於始終侍奉爺爺的二叔。眞的遇到大事時，比起在漢城發財的小叔和出人頭地的哥哥，一個面文書的威勢更顯光彩，何況那時二叔已晉升爲面事務所的總務部長。

居喪期間，對爺爺的過世最悲傷的人是哥哥。據說哥哥在爸爸去世的時候也曾悲慟欲絕，一度還傷到了身子，結果讓媽媽操了不少心。那時我只有三歲，所以記憶裏沒有一絲有關爸爸過世的痕跡。

這次，哥哥同樣是喪主，所以戴孝穿了喪服。現在的哥哥已是儀表堂堂的小夥子，可是只

要一想到在爸爸的居喪期間，一個不過十歲的少年戴孝執禮、痛哭流涕，就覺得那好像是與我無關的只屬於哥哥的命運，不禁讓我心碎。可以說，這也讓我對哥哥脆弱的一面產生了憐憫心。我甚至想起哥哥親眼目睹殺豬的情形後，不吃一口豬肉而讓大人費心的事情。我也開始擔心起哥哥來了。

出殯那天，浩浩蕩蕩的葬禮隊伍從家門前一直連到墓地。當然也是因爲祖墳很近，再加上靈柩和挽幛，這連在漢城也是難能一見的氣派景象。不知是當時的風俗還是我家的家風，居喪的女人只是摸著靈柩慟哭一陣就悄悄地避開，沒有跟到葬地。

爺爺斷氣後反而引來了那麼多的人，而且讓人們在複雜繁瑣的步驟和規矩中度過整整五個晝夜。善後事宜還很多，但是爺爺的遺骸離去後的空虛讓居喪的女人不知所措。無邊無際的空虛化爲恐懼，也逐漸吞噬著我幼小的心靈。狀況一觸即發，偏偏這時媽媽還殘忍地對我說：

「動不動就哭哭啼啼的丫頭，怎麼爺爺去世了都不掉一滴眼淚？啊？爺爺眞是白寵你這個死丫頭了。如果是自家養的小狗那麼受寵愛，也會幾天不吃不喝的啊。女兒也好，孫女也好，總之養丫頭都沒用。」

媽媽不僅說話如此殘忍，就連看我也是一副鄙夷、冷漠而近乎絕情的神色。這一下，我開始哭了起來，搖晃著全身號啕大哭，一直哭到精神恍惚、精疲力盡。奶奶和嬸娘還以爲是這期間的抑鬱爆發了，一邊責備媽媽說了不體貼的話，一邊哄我。

但我至今還清晰地記著，自己並非因爲傷心而哭，而是因爲受辱的緣故。這也不能說是媽媽直刺到我心中的要害。我雖然在居喪期間沒有哭，可是卻比任何人都久久地沉浸在失去爺爺的失落感裡，而珍藏著有關爺爺的瑣碎的記憶。比如沒有留下照片的爺爺容顏的細部、大家都已忘掉的爺爺的癖性和趣事等等，這些瑣事我一直到長大成家後還記憶猶新。大家都說我記性好，但我認爲這與記性無關，是因爲愛才能記得這麼牢固。

有草繩那般粗細的結實麻繩從廂房廊子的椽子上懸垂下來，高度正好足夠讓人抓著它使力踏上廊子。爺爺在癱瘓之前也經常輕輕地抓著麻繩上廊子。他第一次中風，後來稍微恢復到可以獨自出入茅房和院子的期間裡，我曾幾次看到爺爺死死地拽著麻繩，雙腿還索索地發抖。

爺爺去世以後，那個麻繩依然懸垂在那裏。每次我放假回鄉，只要遠遠地看到麻繩孤零零地懸掛在空盪的廂房前，就會撕肝裂肺般心痛，然後向彷彿等我很久的麻繩跑去，輕輕地撫摸它。麻繩被爺爺的手垢滲透得滑滑的，感覺很舒服。我經常纏在麻繩上，回味著爺爺抱我時同樣的感動。但是我怕被別人看到，所以做的時候總是偷偷摸摸的。

戰爭形勢越來越嚴峻，防空演習也隨之頻繁，學校第一次規定上學必須要穿日式勞動褲當作校服。媽媽一直都認爲違反校規可是天大的事，於是就親手用染黑的粗棉布爲我做了勞動褲，但讓我試穿後卻又不住地歎息。

「天啊，還以爲只有日本鬼子的纏腰帶才丟臉，看來女生露出雙腿更是刺眼。再這樣活下去，更不知要看到什麼景象了。」

媽媽最鄙視的日本風俗當屬他們的服飾。過去，打赤脚、用尿布一樣的布頭勉強遮掩住下體的日本人來到朝鮮後，苦苦哀求朝鮮人教他們製衣製鞋法，朝鮮祖先就把我們的喪服和趿拉板傳授給他們，結果日本人現在才有羽織服和木屐。媽媽經常把這當成歷史講給我們聽。

這就像媽媽相信世宗大王從茅房的隔板產生靈感而創制了韓文是歷史事實一樣，是任何人也左右不了媽媽的固定觀念。在盛夏的深夜，在南大門一帶和本町一帶還有只穿著纏腰帶徘徊的日本人，媽媽連這個也說成是朝鮮人傳授喪服前遺留下來的風習，就是活生生的證據。

可是，媽媽的反日情緒是不可信的。辦完爺爺的喪事後，一回城媽媽就催促哥哥和小叔趕快創氏改名。我也暗暗地盼著創氏改名，而且也相信這是可能的事情。但這次是哥哥站出來極力反對。哥哥的主張是，都堅持到現在了就再堅持一陣子看看。「再堅持看看」，這話似乎意味著眼前的非常時期終會有一個結局，所以連聽起來都讓人有點害怕。

哥哥的態度也和平時脆弱的模樣截然不同，既強硬又有些悲壯。我還年幼，所以暫且不提。了不起的媽媽雖然總是討厭日本、輕視日本，卻始終認爲日本的下場就是我們的下場，所以做夢也不曾想過它會爲我們帶來新的出路。

比媽媽更驚嚇的是小叔。小叔向我們訴苦，如不創氏改名，以後在日本人商街做生意會像雞立鶴群。於是哥哥提出一個方案，說如果實在不行就分家，小叔家可以單獨創氏改名。爺爺去世後由哥哥繼承戶主的地位，而在當時戶主有絕對的權力。哥哥的這個提案讓小叔又生氣又悲傷。雖然我沒有子女，可一直把你們兄妹倆視爲己出，從來沒有爲此感到過遺憾，現在你竟然用分家來汚辱我。小叔不停地歎息，媽媽夾在中間爲了謝罪和勸和而手足無措。

沒有創氏改名而最爲難的應屬住在鄉下的九品芝麻官——二叔，可是他同樣因爲哥哥的堅持未能達成心願。媽媽也焦慮重重，從來不讓大人操心的哥哥怎麼突然堅持起不必要的主張呢？我們三家從未有過意見不和，就因爲創氏改名頭一次鬧得不可開交。可是最終還是無言地達成協議，聽從了哥哥的意見。可見幾位叔叔沒有把哥哥的主張視爲單純的血氣。

這是我第一次感到哥哥與衆不同，隨之產生了自豪感。當然不是我領悟到了什麼，而只是一種幻覺，似乎突然在這滾滾塵世看到了一種高貴的精神。這種狂妄的想法與我當時頻繁的讀書體驗不無關係。

我五年級時有了第一個好朋友，是轉校生，老師將她安排跟我坐在一起。老師們都有共同的習慣，那就是轉校生在適應新環境期間，總是會跟溫順老實的孩子安排在一起。在班級裏，我的存在若有若無，所以什麼事情都輪不到我，可在這種事情上我卻總會被選上。雖然我感覺受到了侮辱，但也沒敢露出討厭的神色。我知道自己不夠善良、不夠親切，但也沒有勇氣背叛老師對我唯一的期待，所以只能裝模做樣了。那個孩子只改了姓，俗氣的名字沒有改，叫做福順。長得也很土，穿著也破舊。

跟她一起坐之後上的第一堂國語課是有關圖書館的。課本中詳細地介紹了在圖書館借書、讀書、還書的流程，老師還對我們說，如能實地去圖書館試一試會成為很好的經驗，並且把圖書館的位置告訴了我們。老師經常這樣做。如果課文內容講述的是靠勤奮換來成功，老師就訓誡我們也要勤奮；如果課文講的是正直，老師就會強調正直是最有價值的道德。因為每次都是老生常談，所以我也就漠然置之。

可是那麼土氣的福順誘惑我說，在這個星期日一起去圖書館吧。她說自己已經牢記住老師說的公立圖書館的位置，能夠找到那裏，而且還說按照書上寫的，可以盡情地看想要看的書，那該多讓人興奮啊。她比我更瞭解讀書的樂趣。跟她比起來我幾乎是一無所知。老師所說的圖書館位於現在的樂天百貨大廈的位置。那時我們稱那個圖書館為公立圖書館或總督府圖書館。就是解放後成為國立圖書館的那個建築物。我們約好星期日一起去，然後我先認了一下她家的門。

她家住在樓上洞。我很吃驚城裏也會有那樣的房屋。草房的飛簷壓得很低很低，是一個名副其實得爬著進出的小房子。因為在平地，所以家裡有自來水，除了這一點，她家比起我家可是差遠了。三兄妹加上父母和奶奶，一家六口擠在只能旋身的一間小屋裏，真是讓人看不過去。再加上唯一的弟弟又是整天流著口水、發出怪叫的低能兒。不知她的媽媽是否正在氣頭上，竟然在婆婆面前面無表情地一根又一根的抽著菸。

在這樣的環境裏成長，可是她還是那麼開朗、坦誠，我不禁覺得她既可憐又可敬。她去廚房親手用禿湯匙將馬鈴薯皮削的乾乾淨淨，然後蒸給我吃。這種毫無掩飾的態度也深深地打動了我。我覺得自己終於有了朋友。雖然之前也有一起玩的夥伴，可是我心中對眞摯友情的渴望是因爲她才第一次得到了滿足。

我說去圖書館是學校作業，媽媽立刻就同意了。星期天早晨，從她家到圖書館的路對我來說既遙遠又陌生。因爲她也是第一次去，所以我們勇敢地隨處打聽，好不容易才找到了。可是看來根本不像是小孩子能夠自由出入的地方，簡直讓人望而生畏。威嚴的寂靜籠罩著紅磚建築物，應該往哪兒、怎麼進去辦理借書手續，我們全然摸不到頭緒。

建築物裏面同樣沉浸在幽暗、陰冷的寂靜中。因爲恐懼，我們屏住呼吸、小心翼翼地偷窺開著的門。這時，身著制服的守衛向我們跑來。我就像做了壞事被逮到一樣不知所措，可是我的朋友卻口齒清晰地說明了來意，她說我們是來實踐一下課本上學到的圖書館借書方法。本來是瞪著眼睛跑來，似乎要當場把我們攆走的守衛好像被我朋友的聰明乖巧打動了。「呵，乖孩子，眞了不起。」然後對我們說，這個圖書館沒有兒童閱覽室，叫我們到別的圖書館去。

守衛叔叔告訴我們的另一個圖書館離那裏很近，就是現在朝鮮飯店正門對面的府立圖書館。解放後，漢城大學口腔學院曾在那裏辦學，後來又換了好幾個單位。可是當時它是僅次於總督府圖書館的第二大圖書館。這個圖書館同樣莊嚴肅穆、氣氛陰冷，讓我們這些鄉下孩子望而卻步。兒童閱覽室是與主樓分開的單層樓，有教室那麼大，是這個圖書館的分館。

進圖書館不需辦理任何手續，有一位叔叔就像老師一樣坐在前面的桌子後面，叔叔的後面全是書架，並且是任何人都可以自由閱覽的開架式。就像自家書架裏的書，隨便拿出來看，覺得沒意思就放回去，這樣來回重複多少遍都沒關係。有的小孩子根本不看書，只是淘氣地走來跑去。叔叔只是面對小孩子坐著，完全不管他們。他也是整天在看書。這裏簡直是我做夢也沒有看到過的另一個世界。

那天，我借看的第一本書是《啊啊！無情》，是《悲慘世界》的兒童版。當然是日語版，插圖不知有多麼漂亮，所以爲故事增添了眼花繚亂的趣味。雖然是濃縮本，但還是很厚，所以我即使翻的飛快，到閉館時間也沒有看完。書是不允許借出的。只能把未讀完的書放在那裏先回家，那時我的心情就好像一半的靈魂丟了似的。與在小叔家的閣樓裏被沒收漫畫書時的心情相比似乎很相似，但又不能相提並論。我心裏空虛地簡直要瘋了一樣。我的朋友看的是《小公女》，她說看完了。我們興奮不已地交談了彼此看的故事書，而且約好下個星期天還要去。

媽媽看我每個星期天都去圖書館就一味地誇我乖。哥哥雖然知道我不是去做功課，而是去看童話書，但他相信擺在圖書館裏的書，所以也沒阻攔。從那以後，每個星期天去圖書館看一本書成爲我童年最燦爛的日子，福順和我更加形影不離了。

那時讀了《乞丐與國王》的故事，故事中的乞丐每天都夢到自己變成國王而感到幸福，可是不幸的國王卻每天都夢到自己不得不變成乞丐。當然福順先看的《小公女》後來我也讀了。小公女賽羅綸落爲侍女後，不知何時起每天晚上都會做夢般看到熱呼呼、香噴噴的食物和暖烘烘的火爐在等著她回家。對我來說，府立圖書館兒童閱覽室就是這般如夢如幻的世界。

夢的世界，窗外白楊高聳得比兒童閱覽室的單層建築物還高。到了夏天，它的葉子就像掛著無數的銀幣一樣閃閃發光。到了冬天，向冰冷的天空伸展的枝條就像偉大的意志那麼感人。讀書的樂趣有時不在書上，而是在書外。讀著書，驀然瞥見窗外的藍天和綠蔭，感覺它跟司空見慣的風景完全不同。我因爲這種陌生感而欣喜若狂。

到了六年級就要開始準備升學考試了。雖然不像現在這麼緊張，可是班主任也是由嚴厲的老師擔任，正規的課程之後還要留下來讀書到很晚，而且還要考試。但是福順和我還是不放棄星期日去圖書館看書。雖然作業很多，可是我們倆星期六就在一起很快地做完了。福順和我形影不離，所以成了老師和同學眼中公認的最佳搭檔。福順連成績也很好。和她交往後，我的成績也有進步了，似乎不想失去摯友的心情反而變成了一種競爭意識。

從四年級開始，遠足改爲修學旅行，這是所有國民學校的慣例。四年級去仁川、五年級去水原、六年級去開城，目的地都千篇一律。雖說是旅行，但不過夜，只是因爲往返都要乘坐火車才那麼叫的。我討厭修學旅行去我的故鄉，而且還暗自擔心著。這倒不是因爲我對開城已經瞭若指掌而不感興趣。其實開城也只不過是回鄉時的必經之地，我從不曾好好地遊玩過。我擔心的是奶奶和嬸娘看到媽媽的信而跑來迎接我。

無論是誰回鄉返城，我們家都會到車站迎送，這一點跟別人家不同。我放假回鄉時，媽媽會先把哥哥託付到小叔家，然後再領我走，只是這樣，兩邊的叔叔和嬸娘還是要大張旗鼓地送行和歡迎。隨著年齡增長，我越來越討厭這樣。叔伯兩家比別人家的一家子還緊緊地凝聚在一起，這也讓我不開心。媽媽和奶奶總是把我當成小孩子來看待則更讓我不開心。

去開城的火車票經常要站在京義線奉天❶方向售票處的旁邊買，剪票時也一樣。我已記不得是否因爲發車時間差不多，總之很早就要排長隊買票，這在當時是件很痛苦的事情。身邊前往奉天的旅客和國內旅客判若鴻溝。他們特別多被子和包袱之類的行李，有倚靠著綁繫在一起的大大小小包袱上打盹的老人，也有大口大口吃著麵團和小米飯的孩子。因爲大都是攜家帶眷，所以總是又吵鬧又髒亂。

在我國地圖上找不到奉天。據說是在一天一夜車程才到得了的滿洲國。奉天是我所知道的外國中只要跨出一步就能到的地方。「奉天、往奉天！」通知奉天方向剪票的廣播一響，那個隊伍就開始蠕動，我的心也隨之開始跳動。眞想迅速地混進那個隊伍，嘗試一下脫離家人保

❶現在的瀋陽市。

護的感覺。並非是因爲憧憬著未知的世界，只是就是想離家出走。當時正是無緣無故地討厭家人干涉的年紀。越是這樣，我跟福順的友情就更不容許他人介入。

去開城那一天，媽媽把我送到漢城火車站，還囑咐我說，即使沒人來接也不要難過，開心地玩一玩再回來。我倒希望千萬誰都別來，但還是預感有誰肯定會來，就這樣一路心情不暢快地到了開城。六年級共有五個班，我們在開城站前廣場以班爲單位排隊點名的時候，忽然傳來了喊聲。「婉緒啊！婉緒！」遠處的奶奶就像無法無天的闖將一樣大喊大叫，還使勁地撥開小孩。也不是孀娘，竟然是奶奶。別提我有多難堪了，如果我辦得到的話，眞想趕緊消失得無影無蹤。

奶奶穿著上過漿，搗垂平順的漂白布裙襖，頭上還頂著用麻布包著的大包裹。我的臉因羞愧和憤怒而火辣辣，我深深低著頭緊緊地抓住福順的手決定裝作沒聽見。心想除了福順，誰還會知道我的朝鮮名字呢。雖然很對不起奶奶，我還是打算裝聾作啞度過這個關頭。

可誰料得到，因爲無論怎麼喊叫、怎麼打聽都無濟於事，奶奶索性就用日語大聲地叫起了我的名字，也不知她是從哪兒學來的。那不過是捲起舌頭、誰也聽不懂的日語，可是我再也忍不下去了。我憎惡自己迫使奶奶說出那麼難的日語，還因這憎惡感打了個寒噤。遇到這樣的境況時就哭是我唯一的本事。「奶奶！」我就這樣喊著，一頭撲在那硬邦邦的裙襖上，傷心地哭了起來。奶奶也用顫抖的聲音不住地說：「哎呦，我的乖孩子！哎呦，我的寶貝。」還輕輕地拍著我的背。

我和奶奶就像遙隔千里的祖孫久別重逢一樣，上演了一場動人心弦的重逢。小孩子圍成一圈看著我們。奶奶打開麻布包裏，裏面還有三個小包裹。是松餅，一定是她逼著兒媳婦連夜做出來的，軟軟的松餅，松香和香油味撲鼻而來。

但是我始終覺得在小孩子面前很丟人現眼，很想儘快擺脫那痛苦的時刻。老師爲了整頓散開的隊伍吹了哨子，這時奶奶才對我說，一包給老師、一包帶到漢城跟小叔家分著吃、一包和同學分著吃，說罷依依惜別。

幸好班主任老師因扭傷了腿沒有去那次旅行，是別的老師帶領我們去的。我擔心奶奶想要跟班主任老師打招呼，就把這個情況趕快跟奶奶耳語，然後推開奶奶叫她走。我意識到奶奶在遠處目送我們整齊地離開站前廣場，不覺沉浸在無邊的淒涼之中。多虧有福順一聲不響地幫我拿了多出來的包裏。

逛了滿月台、善竹橋等事先定好的景點，心情卻一直很鬱悶。吃午飯的時候，我沒有跟任何人分吃那個松餅，當然也沒有給老師。畢竟已經長大了，所以對於奶奶讓我丟臉的想法不無反省。但如果說只因這樣而感覺鬱悶，似乎也不對。應該說，反省自己和反叛家族的心理各占一半。親族間黏合在一起的親和感和過分的關懷似乎緊緊地捆綁著我，讓人無比地厭煩。

到了漢城已是夜晚，哥哥跟往常一樣等著我。一直到我把松餅包裏交給哥哥的那一刻，福順都耐心地幫我拿著包袱，還默默地寬容著我的不良居心，即使是這樣我也沒有分一個松餅給她。哥哥和我先到了南大門的小叔家，在那裏一邊公平地分著三包松餅，一邊還要聽著小叔夫妻倆對二嬸娘的辛苦和手藝的讚歎聲。國民小學時期的最後一次旅行就在抑鬱中結束了。

哥哥和媽媽

有一天我放學回家，看到媽媽驚慌失色。
哥哥的徵調令到底還是來了。
原以為渡邊鐵工廠變成了軍工廠，
所以用不著擔心，
可是好像並非如此。

日本的敗局是大勢所趨，世道也隨之變得更艱難了。針對朝鮮青年的志願兵制度改成徵兵制。哥哥的年紀雖然不在徵兵範圍內，但還有所謂的勞務動員制度，所以說不準何時會被徵調做工。媽媽認為哥哥要是還在總督府工作就不會有這個問題而惋惜著。哥哥說渡邊鐵工廠已經變成了軍需品工廠，請媽媽不要擔心。但是哥哥自己卻沒有為此而感到慶幸。

當時，朝鮮的第一個志願兵是叫李仁錫的上等兵，這個人戰死後被視為英雄，他的生平傳記還被改編成像是日本唱劇的浪花節❶。後來廣播裏天天播送這個節目，瘋狂地動員朝鮮青年上戰場時，哥哥每次只要聽到這個就厭惡地扳起臉，叫我馬上關掉。

❶日本傳統三味線音樂的一種。

從這個學期開始，我無論如何都要專心地準備入學考試了。班主任老師扭傷了脚在家休息的時候，還是透過班長不斷地出題目和打分數，甚至還下達體罰的命令。老師是朝鮮人，而且是有一個孩子的女人，所以媽媽非常滿意。在那個年代，有些朝鮮老師和不懂日語的家長溝通時還得找翻譯，可是班主任老師從不這樣，僅此一點就能得到媽媽的好感。

但是班主任老師對我們的體罰非常獨特而令人厭惡。在六年級的五個班級中，有兩個班是女生班。爲了提高我們的成績，老師不斷地灌輸我們競爭意識。如果我們統一考試的成績低於另一個女生班，哪怕是一點點，不管個人成績如何，全班都要受罰。老師有一個不動一根手指就可以體罰我們的方法，那就是讓我們分成兩排相互打耳光，直到老師喊停爲止。

原以爲我們自己互相打耳光可以打得很輕，但並非如此。只要老師看出有人打輕，就譏笑著威脅我們要是耍小聰明就一直打下去。另一方面，也有人認爲對方打自己打得疼，所以只要感到委屈也會狠狠地打對方。想想看，只有十三四歲的女孩子面對面地站著，一邊激起仇恨一邊抽打耳光，直到花朵般的臉蛋變得紅腫爲止，這簡直是無可拯救的人間地獄。

福順和我因爲成績和身高都差不多，所以經常成爲一對。我們也沒能逃脫這野蠻的仇視心理，互相打得越來越狠。打到一定程度，誰打得更疼已經不重要了，只是覺得好像有一個非人道的鞭子在抽打著我們。老師一喊停，我們的仇視心理馬上變爲羞恥心，兩人都不敢抬頭看對方。眞是慘不忍睹的體罰。媽媽說這位老師是她迄今爲止見到的最溫和的老師，她非常滿意，可是這樣的老師怎會讓年少的我們經受如此殘酷野蠻的考驗，我眞是百思不得其解。

媽媽希望我上京畿女高。禍因就是班主任老師說如果我想去，有何不可。六年來，我的成績一次也沒拿過優等，我心裡也知道自己的實力比不上那些被老師指定報考京畿女高的同學。媽媽不可能看不出這一點。她有這個期望，卻沒有承擔風險的膽量。所以媽媽需要找一個降低她期望的藉口，便開始莫名其妙地埋怨起毫不相干的哥哥，說創氏改名的話肯定能上京畿女高，沒有創氏總是有點不安心。一段時間風平浪靜的創氏問題又掀起了波瀾。

媽媽爲了得到證實還特意跟老師討論這個問題。老師說雖然沒有這樣的規定，但因爲是公立學校，如果出現同分的情況可能會吃虧。儘管老師沒有斷定，但這個理由對媽媽來說已經很充足了。我討厭明知不可能還爲難哥哥的媽媽，欽佩默然承受著媽媽纏磨的哥哥。哥哥似乎懷有媽媽和我都難以理解的某種信念，我覺得至少我應該理解他、幫助他。

我說服媽媽，報考淑明女高。那個時候，老師按成績定好的學校只是作爲參考而已，原則上是充分地尊重個人按照自己的性向和具體情況做選擇。福順報了京畿女高也是我迴避該校的原因。我們兩人總是形影不離，或許感到疲倦了吧。就像最近流行的說法，因爲相愛才想分開。對此她也有同感。那些傷感的少女小說深深地感染了我們，我們約定以後就用書信訴衷腸，然後自命不凡地開始策劃離別。

我都已經向淑明女高交了志願書，可是媽媽還在擔心著創氏問題，甚至怕會影響到體檢不合格。聽著媽媽的焦慮，我暗暗在想，媽媽爲了萬一我考不上已經開始在找藉口了。死活都不想承認女兒是因爲實力不足而落榜，這就是我的媽媽。不知是從哪裡打聽來的小道消息，說如果體重達不到標準就不能被錄取，所以媽媽千方百計地趕緊增加我的體重。

我雖然健康卻瘦骨如柴。福順雖然身高跟我差不多，可是因爲她圓圓的臉蛋和胖胖的身體，班上還給她起了個外號叫「多福」。因爲我們成天形影不離，所以老師有時還開玩笑叫福順把身上的肉分給我一些。但是媽媽再著急，我也不可能突然間就長出肉來。到了體檢那一天，媽媽在我內衣裏塞了很多像銀戒指這樣能增加重量的東西。參加考試時，一般都會給考生吃麥芽糖和糯米飯取個好彩頭，可是媽媽反而沒有隨波逐流。假如媽媽還熱衷於這些迷信的話，會是什麼樣子呢？只憑想像，我都禁不住發笑。

福順和我都順利地考上了。入學考試是在畢業之前，所以即使合格了還是要照常上學。老師上課也只是敷衍，講講新派劇裏的浪漫愛情，也閒聊些類似於現在性教育的一些話，還讓合格的同學抽空去參拜神社。考試前爲了祈求合格，全班集體去參拜過。

有一天，福順說我們兩個人去參拜神社吧。即使這是老師叮嚀過的，但也是一種突發奇想，因爲我們不是那種死板到連老師漫不經心說出的每句話都會認眞執行的模範學生。對神社則更不會產生找圖書館時的那種好奇心。可是我卻立即贊成，覺得福順提出了一個好主意。

離畢業典禮沒剩幾天了。我們心照不宣各自後悔報了不同的學校，覺得不能就這麼分開。

對我們來說不論是什麼樣的方式，總之需要一個離別儀式，但又不知在哪裡、應該怎麼辦。雖然想模仿大人離別的傷感，可是我和福順都沒有自己獨立的房間，所以好不容易想到的家以外的地點就是神社。

偏偏那天是雨夾雪的天氣。雖然已是三月份，卻像嚴冬一般寒冷，加上寒風凜冽。去朝鮮神宮高高的階梯上連個人影都沒有。我們不顧運動鞋陷進泥濘的雪堆裡會弄濕襪子和凍傷腳，就像使性子那樣喘吁吁地攀登了高高的階梯。神宮前的路面鋪著小石子，平整到好像沒人踩過。我們只瞟了一眼神宮就往京城神社方向的緩坡走去。季候宜人的時候，這條路上因有許多情人散步而出名。我們之所以能想到這裏，也許就是因爲需要那種氛圍，就像現在人們也講究環境和氣氛一樣。

但是當天的天氣實在惡劣，所以連個路人也看不到。我們感覺心情鬱結在一起，但是終於沒能解開就到了只有日本人居住的南山路，呆呆地望著馬路對面直到家家戶戶都亮起了燈。

這一路眞是慘到我們直想掉淚。以前我們倆人一見面總是有說不完的話，可是那一天我們什麼都沒說，而且很不開心地分了手。心裏感覺到兩個人的心已開始各奔東西，雖然千方百計地想挽回，可是一切都是白費。那天回去我還感冒了，直到畢業典禮那天，我都在家裏休息。

可是那段期間，福順一次都沒來看我。只有哥哥爲了祝賀我升學，要請我吃西餐，帶我到和信百貨店❷。哥哥以爲這是大出風頭，我也是生平第一次去西餐廳。可是被日本人稱爲「銃後」的普通百姓的生活在那個時候已是窘迫不堪。爲了進入位於和信百貨店四樓還是五樓的西餐廳，我們在樓下排隊排了好長時間。

哥哥帶我去的時候，媽媽說多虧我有一個好哥哥才享受得到這種口福，可是我本人卻完全沒有享受的感覺。只記得排隊的時候還有人插隊，在漫長的等待之後進了餐廳，看到乾淨的桌布、盛在碟子裡的湯和拳頭般大小的兩塊麵包，至於主菜卻忘得一乾二淨。

畢業典禮那天，除了我們家人，小叔和嬸娘也來了。福順又是優等獎又是全勤獎的得了幾個獎，而我什麼都沒有。但是我們家沒有人爲此而感到惋惜。根據媽媽一貫的主張，因爲我唱歌和體操成績不好，所以拿不到優等獎是理所當然的。媽媽還吹捧我說，沒有創氏改名也照樣能考上那麼好的學校，純粹是因爲我功課好。媽媽迷戀京畿女高的時候，京畿女高就是所謂的好學校，可是一旦我決定報考淑明並且考上之後，淑明就成了好學校。可是我很鬱悶，跟這麼多的家人在一起讓我感到丟臉，也讓我很惱火。福順只有爸爸一人來參加畢業典禮，看起來眞是太令人羨慕了。

❷韓國最初以民族資本建立的近代百貨店，於一九三一年開業。

等畢業典禮結束後，還要參拜神社才能解散。我和福順迅速交換了懊惱的眼神。我知道她和我是一樣的心情，都覺得我們早已舉行的儀式受到了侮辱。和我們去的那天才隔了幾天，卻儼然是和煦的春天。我們直到畢業還是形影不離，所以我們依然手牽手從弼雲洞向南山山頂走去。曾經讓我們步履艱難的雨夾雪的壞天氣，現在可消失的無影無蹤。

但是我們之間變得更冷漠了。我知道這是因爲我的妒忌和自卑心理，所以我更感到凄涼。福順和我就這樣分開了。解放以後，她輟學做了鄉村國民學校的老師還來找過我，在這之前我們音信全無。現在回想起來，對自己的小心眼還是忍不住有羞愧的感覺。

上女高之後不用再翻越仁王山走讀了，可以坐電車。剛開始時我對漢城的禿山怎麼樣也不能產生感情，但我畢竟走了六年的山路。四月的櫻花、五月的刺槐、冬天的雪景都自然而然地刻印在我的腦海裏，不時地勾起了我的懷念。我甚至覺得自己享受到漢城的小孩絕對享受不到的恩惠。可是六年來一直踽踽獨行肯定對我的性格有不少影響，應該說我悟出獨自一人也不寂寞的方法。直到現在，無論走路還是坐車，一路上如果有誰在我身邊，除非是不用費心的最親近的人，否則都不如自己一個人。

高年級學生都是結伴上學或放學，如果有一方因打掃教室或其他原因耽誤的時候，另一方就等著一起走。大部分小孩都認爲單獨行走很不幸，但是我正好相反，還有意迴避別人同行。但這並不意味著我不管在什麼地方都願意獨自待著，只是出行的時候喜歡自己無牽無掛的來去，喜歡一個人享受著在路上心安理得、東張西望、空想、構思、觀察的樂趣。這習慣好像就是從國民學校時期開始養成的。

我開始女高生活的時候，日本帝國主義已經臨近末日。我們沒有認眞上過幾天課就被動員加入軍需品產業了。上午只上兩節課，教室就變成了工廠。我們縫過軍服的鈕扣，而做得最多的是雲母加工。呈六角、五角、四角等形狀的半透明雲母片非常容易脫落成薄片。我們要做的加工就是用箱子每次領一大塊雲母，然後用尖刀把雲母剝離成薄片。

誰都沒有告訴我們這些會派上什麼用場，我們也不想知道。傳言說是把它用在飛機的玻璃窗上，但也不一定是眞的。要是只拿玻璃製造飛機倒還有可能，因爲這時候已經讓人懷疑是否還有製造機身的物資。反正雲母供應從沒中斷過，我們一直在加工著。貧窮已經達到了極點，有時在寒冷的天氣裡爲了撿松球在新村的某個山上徘徊，還哆嗦著吃冰涼的飯。松球也好難找，到處都是被剝掉樹皮的枯樹，可見人們的生活是多麼地艱辛，連國土也能感覺衰竭得嚴重。

還是經常有防空演習。我們隱蔽的場所是儲藏煤炭兼有灶口的宿舍地下。進去一趟再出來，鼻孔都變得漆黑了。有時眞得要跑空襲警報，那時都讓我們回家，我要獨自跑到峴低洞家裏，一路上體驗著死亡的恐怖。不用帶書包上學的時候也必須要攜帶急救包。急救包裏有非常寒酸的急救藥品和負傷時止血用的三角巾，上頭寫上了各自的姓名、住址和血型等等。繫三角巾的方法也是反覆練習，但誰都不認爲這在遇到實際情況時眞的管用。

報紙報導了東京和大阪因爲空襲遭到嚴重破壞的新聞，但是傳聞說實際狀況更嚴重。對於這樣的傳聞，日本當局將之定罪爲流言蜚語管得很嚴。媽媽也不知是從哪裡聽來的，自信地說美國不會空襲朝鮮。

有一天我放學回家，看到媽媽驚慌失色。哥哥的徵調令到底還是來了。原以爲渡邊鐵工廠變成了軍工廠，所以用不著擔心，可是好像並非如此。媽媽想讓哥哥到什麼地方躲避徵調，還說要全家人一起半夜逃走。媽媽幾乎失去了理智。因爲一直信賴著渡邊鐵工廠，所以之前沒有任何心理準備，更沒有做什麼具體的計畫。可是世態炎涼、人心刻薄，如果沒有配糧證，到哪裡也吃不到一口飯。當然我們首先想到的是朴籍村，但是這個籍貫銘記在冊，所以根本不能作爲藏身處。如果是現在還可以馬上打電話商量，但是當時我們只能望穿秋水地等待哥哥回家。

因爲是軍需品工廠，所以値夜班的哥哥每天都將近午夜才回到家。媽媽好不容易按耐住心中的不安，直到哥哥吃完晚飯才把徵調令拿出來。哥哥勸我們不要擔心就毫不在意地睡著了。這到底是哥哥絕對不讓大人操心的習慣性語氣呢？還是眞的那麼有自信？實在是讓人捉摸不透，媽媽也這麼想。至於躲徵調令一事，她連提都沒敢提就熬了一整夜。

第二天，哥哥說公司開給他一紙證明，所以一切都解決了。第三天本來是召集日，哥哥還是照常去上班。我們這才相信眞的是躲過了一劫。爲此，媽媽一直都對渡邊鐵工廠的威力感激不盡，而且還挺納悶那日本老闆怎麼會照顧一個沒有創氏改名的死硬派。

媽媽的想法一片混亂，簡直理不出頭緒來。每當由於燈火管制，熄燈坐在漆黑屋子裏的時候，媽媽就會詛咒日本鬼子，即使自己遭到轟炸身亡，也恨不得日本鬼子滅亡。不是說隔牆有耳嗎，我眞是害怕別人聽見。但她又因自己的兒子被日本人受重用而無比的驕傲。雖然很想在別人面前炫耀，卻因爲不是時候而強忍著。

有防空演習或空襲警報時，我們就會熄燈早早入睡。李承晚和金日成的名字也是在這個時候聽到的。媽媽好像講故事一般傳達給我非現實的資訊。據說金日成是在滿洲搞過獨立運動的大將，不僅力大無比還會縮地法，一夜之間能行險峻的千里山路；李承晚是在美國從事獨立運動學識淵博的儒士，經常在廣播上說朝鮮領土不會受到轟炸，叫大家放心，有時飛機上還會灑下傳單。只要美國飛機出現，日本鬼子就會把我們趕進防空洞。據說這並不是爲我們的生命著想，而是爲了不讓我們看到傳單。假如日本鬼子看到了傳單，他們自己該有多生氣啊，媽媽頑皮地笑著，這時候我就覺得媽媽很像小朋友。媽媽就像說相聲一般毫不在意地講了那些，爲我們眼前的黑暗帶來了慰籍，可是卻無法爲黑暗時代帶來光明和勇氣，這是媽媽的侷限性。

但是哥哥卻不然。哥哥上班的公司都不用被徵調，我們只是爲此感激不盡，哪還能體諒哥哥的苦衷呢。

哥哥曾經介紹一個車床技工去公司上班。他年紀比哥哥大，還有老婆孩子。可是等他接到徵調令時，公司卻拒絕開給他免徵調的證明。哥哥好像爲此還跟社長爭吵一番，甚至還追問，比起自己，公司更需要技工，爲什麼他就不能免去徵調。那個技工臨走前還特意找到我家向哥哥道謝，並講了這件事情，所以我們才得知。媽媽理所當然覺得不可思議，我也覺得。都泥菩薩過江自身難保了，還替別人著想給自己找麻煩，我覺得哥哥眞是太幼稚了。哥哥每天都上班，就像讓小孩子到水邊去玩一樣令我們擔心不已。

糧食供應明顯減少了，裡頭還摻雜著難以下嚥的豆餅。媽媽爲了弄點米開始頻繁地往來鄉下。在鄉下，因爲二叔是面文書，只要交一定的公糧，家裡就可以避免被掠奪糧食。可是掠奪糧食的時候，一般都是文書領頭掠奪糧食，所以村人對二叔應該是怨聲載道。即使哥哥對自己享受的特權再苦惱也是無濟於事。畢竟，哥哥還是靠二叔享受的可恥的特權才能避免挨餓。

一九四四年寒假回鄉的時候，我看到朴籍村也是人心惶惶。員警和面文書一起出來搜索糧食，這時候整個村子都鬧得天翻地覆。首先，他們拿著的工具比武器更讓人膽戰心驚，長竿子上插著一個看似標槍的鋒利鐵片，用它來到處搜查。不論頂棚、灶口、稻草堆、蘆葦垛，走到哪裡就亂捅一通。鄰村的一個少女藏在蘆葦垛，就被槍尖刺傷了腰部。雖然不是在我們村裏發生的事情，可是這個消息也太殘酷了，好像大白天做了噩夢一樣。

少女是爲了不被抓去做挺身隊❸才躲到那裏去的。前兩天，少女的父母正好聽到傳聞，據說在鄰村日本員警拉走了到井邊打水的少女去做挺身隊，所以少女的父母一看到村口出現穿西服的人群就害怕，便把女兒藏到蘆葦垛裏。搶人比搶糧食更恐怖，人和糧食一起被搶，這世界準是到了末日。

到處都是末日的徵兆。把女兒嫁到遠方的一個母親抓住我流下了眼淚，正好我跟她女兒同年，我們是兒時的玩伴。我這個年紀竟然就出嫁？那時候我才不過十四歲啊。可是在鄉下，早婚仍舊很流行。由於糧食短缺，有女兒的家裏想著少一個人口也好，再加上挺身隊問題，所以給女兒早點找婆家成了最好的選擇。而有兒子的家庭則希望能在兒子離家前抱孫子。

鄉下的二叔之所以能夠避免糧食被掠奪，是因爲面文書這九品芝麻官。由於叔叔當上了面的總務部長，所以他不用親自搜查，但是進行搜查的大都是他下屬的面文書和巡警，所以他們對我家是睜一隻眼閉一隻眼。然而並非是不進我家，而是比別人家更認眞地到處搜查，但就是放過米缸，純粹是自欺欺人。村裏人不可能察覺不到我家享有的特權。這些強盜撲上來之前，有些鄰居把米袋扔到我們家院子裏，事後再拿回去，辯稱這個大米要用來祭祀。

❸從一九三七年中日戰爭爆發到一九四五年二次大戰結束，日本帝國主義強制性地動員朝鮮婦女做勞工或慰安婦。這些婦女統稱爲挺身隊。

局勢如此緊張，二叔家的糧食也不可能很寬裕。但二叔始終以我們爲優先，無論何時都會先分糧食給我們。從小到大，我們還以爲鄉下的一切都屬於我們呢。在別人看來，雖然我家的耕地不是很多，但畢竟哥哥是唯一的長孫，因而或許覺得二叔的關照不足爲奇。但是二叔是想爲年幼喪父的我們盡到父親的責任，而且他的義務感非常徹底。假如沒有子女的小叔讓我感受到慈祥的父愛，那麼作爲四個孩子父親的二叔讓我體會到的就是父親的權威和義務。

所謂要撿天上掉下的金子也要起得早，即使鄉裡有再多的糧食，也要先運到城裏才能塡進我們的肚子，可是搬運糧食並不容易。員警不僅在農家搜查大米，在火車上查得更厲害。走私稽查班隨時光顧車廂亂翻查可疑的包裹。只要被發現就會丟盡臉面，而且理所當然被沒收。但他們也是人，而且原則上是稽查走私，因此只查到幾瓢大米的時候，如果求情說是要給家裏人吃而不是要賣，那麼他們也會手下留情。媽媽本來也是每次都只帶一點米，可是還是得花一樣的車費。後來媽媽膽子也逐漸變大了，不僅包裹裏帶著，連腰裏也藏著米。這樣一來只要媽媽一回鄉下，我就整天提心吊膽地等著她平安歸來。聽說爲了不擾亂後方經濟，對走私管得非常嚴，特別是走私大米的懲治更爲殘酷。但是上有政策、下有對策，人們的手段也越來越巧妙，據說有的商人還能輕鬆地把幾斗大米塞進身上的衣服裏來來往往。

二叔不希望我們吃這種苦，勸我們乾脆辦理正當手續，放心地把糧食運到漢城。可是哥哥卻不同意。當時對鄉村有耕地的地主發給搬出證，允許他們把一定數量的大米運到漢城，但是只要一辦證就不能領到城裏供應的糧食。哥哥說我們哪是什麼地主，沒有理由拒絕城裏的供糧而消耗家裏的糧食。哥哥說的雖然沒錯，可是由於媽媽的特殊照顧，他從沒有吃過豆餅飯。

媽媽在飲食方面從來都是一視同仁。雖然身爲女兒，我和哥哥的待遇卻都是一樣的。但在那非常時期，媽媽還是給哥哥另外準備了飯菜。因爲豆餅的味道實在難聞，根本不想用同一鍋蒸煮。豆餅飯是由我和媽媽來吃，但也有差別。看飯碗表面好像兩碗豆餅放得都差不多，可是越往下，媽媽碗裏的豆餅越多。我雖然明知詳情，可實在是不想吃豆餅，所以就裝作不知道。

在飲食方面，媽媽對兒女一律平等對待，嬸娘也認爲這很特別。因爲在當時，男尊女卑是正常的，女孩子往往從小就受到了歧視。要不嬸娘怎麼都會責怪媽媽呢？幾位嬸娘都說，嫂子把她寵壞了，將來可怎麼嫁出去啊。

這時候，媽媽就會若無其事地說，我讓我女兒只帶著一張嘴出嫁。直到我長大結婚，媽媽眞的沒有改變自己的信念。媽媽認爲越是女兒就越應該提高她的品行，正如要是沒有吃過的飯菜，做起來肯定也不會好吃。在當時，媽媽的這種想法可是超越時代的。那個年代都說「嘴饞的兒媳中用，而眼饞的兒媳卻不中用」。直到我出嫁那一天，嬸娘都對我說，這丫頭只帶著一張嘴出嫁呢，話裏多少還帶著譏諷的意思。

家鄉的春天

朴籍村的春天竟如此美麗，我這才恍然大悟！
這還是我搬到漢城後第一次在這個季節回鄉。
之前只是活蹦亂跳的小丫頭，
可現在已是多愁善感的十五歲少女。
我就像夢遊症患者一樣獨自穿梭在山野裡。

哥哥還是辭掉了渡邊鐵工廠的工作。只有自己擺脫了徵調的命運，卻沒能拯救自己介紹工作的技工，這一件事終於促使哥哥放棄了工作。自己明明是管理人員，還憤憤不平跟管理階層計較起技術工人受到的歧視，不但苦悶還不惜辭掉工作來反抗，這樣的哥哥令所有人覺得不可思議。都什麼時候啦？已經是明哲保身加上不擇手段也很難存活的世道了。

爲了他人的利益而不顧自己的利益，這種行爲乍看似乎是出於正義感，其實是種逃避。哥哥無法忍受身著國防服、打著綁腿、穿著打鞋釘的軍靴在軍工廠上班。但是，若不是鄉下的二叔是面事務所的勞務部長，哥哥也不能毅然決然地放棄可保住身份的工作。面勞務部長主要掌管抽壯丁的差事，從面民中強徵青壯年當征工或派往報國隊❶。如果是因爲不想依仗二叔的權勢而果斷地決定放棄工作，那麼這並非是勇氣，而是任性。

正值下了疏散令的時候。以空襲和糧荒爲藉口，把漢城居民分散到鄉下的政策稱之爲疏散令。不僅是人，部分城區的房子強行拆掉後修建公路也是根據這個疏散令。難道漢城也跟東京一樣即將淪爲火海嗎？還是後援糧食被切斷要餓死啦？所有的人都是這樣戰戰兢兢的，這反而爲媽媽最低限度地減輕了哥哥所帶來的打擊。

鄉下的二叔不斷地捎來信，勸我們也疏散回鄉怎麼樣。對媽媽而言，我們不用以丟掉飯碗的破敗顏面來面對村裏人是最重要的。這倒也是，媽媽是怎樣在漢城落脚紮根的啊！雖然不能衣錦還鄉，最起碼也能以緊張的時局爲藉口而還鄉。

漢城小叔家的冰塊生意也近乎停業。冰塊也是奢侈品，所以店鋪裏只放著木炭和幾捆劈柴，冷森森的。但是有著非凡商業頭腦的小叔早就以「暗商」嘗到了甜頭。統制經濟和物資短缺必然會導致走私，鋌而走險以這樣的地下經濟牟取暴利的生意人稱之爲「暗商」。小叔對我們兄妹就像慈父，而小叔家潛在的經濟能力也讓哥哥能果斷放棄討厭的工作。小叔家也說要和我們一

❶中日戰爭爆發以後，日本帝國主義爲了動員朝鮮的勞動力，根據《國民勤勞報國令》組成所謂的報國隊，並把他們投入到修建鐵路、公路、機場等工程。一九三八——一九四四年間，強制性地被徵調的朝鮮人大約有七六二萬名。

起疏散回鄉。而且還說早就在找放棄這買賣的藉口了。暗中與人勾搭，乘火車東奔西竄的暗商也用不著住在漢城啊。

這所有的事情都發生在我升二年級時，恰好是解放前的半年左右。當時疏散回鄉的學生轉學很容易。到學務局申報疏散地和自己想去的當地學校就可以了。我申報了開城的好壽敦女子高中，佩囊院子家也打算要賣了。從朴籍村到開城也不可能走讀，所以就跟小叔家商議，只要賣了房子就在開城置備新房，我們兩家一起住。即使是暗商，要想做買賣還是得把根據地放在大城市，所以兩家都不能永遠只憋在朴籍村。

哥哥才稍給媽媽一個喘息的工夫又馬上帶來沉重的打擊，說是已經有結婚對象了。「什麼，是你先追上人家的？」媽媽的話連我聽起來也覺得難聽，哥哥似乎也這樣想。哥哥皺著眉頭說，怎麼可以那樣說呢？

換了現在，不論男女，如果交不到男女朋友就會認爲是傻子。但媽媽當時認爲，如果是兒子一時糊塗而追求人家就另當別論，可到底對方是什麼樣的女人，男人一追就這樣輕易地上勾呢。把追求異性和在外面偷情一視同仁，媽媽經常這樣認爲，媽媽的口吻聽起來自然像在蔑視那個女人。

但是以媽媽的立場而言，哥哥不謙恭的態度是在偏袒那個女人。媽媽因大家公認爲孝子的哥哥背叛了自己而流下了眼淚，哥哥則不停地求媽媽原諒自己的不恭，但還是懇請了媽媽一定要看看他的女朋友。「就算我輸了，只是看一眼，反正看一眼她的臉也不會磨破，我也沒什麼可丟面子的。」就這樣，媽媽只讓步到看對方一面。

可是碰面的地方偏偏是紅十字醫院的病房。那時我們房子已經賣出去了，正忙著打包行李。新學期雖然開始了，但是我辦完轉學手續，正好也不去上學，就說好跟著媽媽一起去。從我家到紅十字醫院是咫尺之隔，但我就像開啓未知的大門一樣興奮不已，媽媽好像被一擁而來的事情搞得有些疲憊。那個女人住在又寬敞又乾淨的特等病房，沒病沒恙的也不知爲什麼住在醫院。她好像從哥哥那裏已聽到了消息，所以稱呼我們伯母和小姐。媽媽問她哪裡不舒服，竟然還要住院，她回答因感冒而住院，已經痊癒了。可是我們前思後想，還是覺得有點不對勁。

哥哥說我們想在回鄉之前看她只能去醫院，可是對那個女人住院的理由卻支支吾吾的，我們還以爲是做了什麼不能立即出院的手術。所以媽媽在去醫院的路上還想著，原來就對談戀愛的女人看不順眼，現在還加上身上有刀疤，這樣的女人不能娶進門。可是那個女人好像身上根本沒有刀疤，而且又是絕頂的美女。不能說哪裡特別漂亮，用現在的話來說，應該是秀雅。總之，她的氣質與所有我看過的女人都不一樣。

我感覺媽媽也被她吸引住了，而且感到媽媽會抵不過她。雖然心裏不好受，看來媽媽又要輸給哥哥了。我似乎有些妒意，但也抑制不住憧憬之心。媽媽也似乎斷定沒辦法完全反對這件婚事了。

回來的路上，媽媽問今天是幾日，而且思量著哥哥辭職以後接連發生的事情，深深地歎了一口氣。在漢城費了九牛二虎之力才落了戶、對獨生子的期待和自豪好似都化爲了泡影。那天晚上媽媽向哥哥追問了那女人住院的原因。哥哥則先問媽媽對那個女人的印象。

「看來足以讓你神魂顚倒嘛。」

媽媽發起了脾氣。哥哥說那個女人是因爲胸膜炎住院，不過已經痊癒，馬上就可以出院了。

「啊啊，我還能指望什麼呢？」

媽媽雖然發出了呻吟聲，但還是不忘要沈著冷靜，仔細地問起了女人的情況。那個女人家住天安❷，是家中四個女兒裡的老么。除了本人是名校出身外，全是讓媽媽失望的條件。她尋根究底地盤問，結果知道了女人住特等病房也是哥哥出的力。雖然不停地失望和憤怒，但是媽媽似乎也逐漸失去了拆散兩人的自信。媽媽跟我單獨在一起的時候竟然還說：「胸膜炎不一定都會轉爲肺病吧？」就這樣尋找著一絲的安慰。在當時人們都認爲胸膜炎大都會轉化爲肺結核，而肺結核又是可以使人傾家蕩產的可怕疾病。

我被這些煩事纏繞得沒心思去學校道別，就這樣搬到了開城，沒過幾天接到了學務局的通

❷位於韓國忠清南道。

知，叫我到好壽敦女子高中上學。哥哥留在漢城，聽說那個女人痊癒後已經出院，回家鄉調養去了。

我們在開城的新家坐落在櫃岩崗下面的南山洞，這似乎是基於要經常回朴籍村爲考量而買的房子。新家離好壽敦女子高中不遠。開學第一天，我和媽媽一起去了好壽敦女子高中，學校的地勢很高，全是花崗岩建成的莊重而美麗的校舍，庭院很寬敞，綠地很多。正值櫻花盛開之際，就像另一個世界。可不知爲什麼我完全感覺不到這裏是我將要讀書的地方。我天生就是不善交際的性格，再加上對這裡沒有學校的感覺，所以一直默不作聲，也沒有理睬過同桌同學。才一個月在我身上發生的環境變化讓我既氣憤也委屈，所以動不動就想哭。

才上了十天左右的學，我就以感冒爲藉口請了幾天假。我本來只是想裝病，可是卻一直微熱不退。我先去了近處的醫院，他們叫我去道立醫院做X光檢查。媽媽開始過分地擔心起來。檢查結果是浸潤性肺炎。只聽到肺字就大驚失色的媽媽問會不會轉爲肺結核，結果得到的答案是，如不注意調理就有可能。

我帶著中藥包袱被送往朴籍村。媽媽一直在暗自擔心，哥哥喜歡的女人萬一得了肺病怎麼辦，可顯然這個擔心莫名其妙地轉到我頭上。以前我也不是沒有得過感冒，就算得了腹瀉、瘧疾、蛔蟲引起的腹痛等惡疾也不至於缺課。那次也是出生以來頭一次照X光。總之，我是高高興興地回了朴籍村。

朴籍村的春天竟如此美麗，我這才恍然大悟！這還是我搬到漢城後第一次在這個季節回鄉。之前只是活蹦亂跳的小丫頭，可現在已是多愁善感的十五歲少女。我就像夢遊症患者一樣獨自穿梭在山野裡。有時還率領著堂弟妹採回來很多山菜。像朴籍村的女人一樣，把小簍子綁在脅下的感覺眞是舒服，小簍子比書包更適合我。無論媽媽再怎麼努力，我似乎還是覺得自己不是讀書的命，讓媽媽一直以來傾注在我身上的精力和願望功虧一簣，雖然很對不起媽媽，可是我眞的不想再上學了。

但是，當我在山溝裏發現了鈴蘭群生地的那一刻，思緒火辣辣地刺痛著我的心。我一個人在山路上徘徊，不知不覺地走進了陰濕的山谷裏。空氣既涼爽又甜蜜，既濃烈又清馨，這彷彿幻覺的香氣直直地把我引到了這裏。背陰的平地上滿是鈴蘭花，鈴蘭花只在畫中看到過。不，與其說是遍地的鈴蘭花，不如說遍地都是豐滿漂亮的葉子。彷彿結著累累鈴鐺般的白花純眞含羞地把頭埋進葉子間，可它卻陰險地帶著濃密的蜜腺。

鈴蘭花是淑明的校花。學生自豪地佩戴在胸前的校徽也是鈴蘭花案，校歌也歌詠著鈴蘭花的羞澀和清香。可能是因爲在過於艱難的年代入的學，我從未看過眞的鈴蘭花。一直在想像中美化的鈴蘭花終於在那天親眼看到了它的倩影，並且整天莫名其妙地鬱悶和心痛。唉，這個世界將會怎樣呢？我的將來又會如何呢？我現在感到無比的快樂，是不是正因爲知道它將不會永遠存在，所以才會對眼前的一切更爲留戀？與那大自然融爲一體而感到的幸福，對此我都有點不敢相信了，又覺得我把很重要的東西部分遺落在漢城。

幾乎是跟我們同一時期疏散到開城的小叔也是每隔幾日就回一趟朴籍村。起初小叔家跟我們一起住在南山洞的新家，後來他們一租到房子就搬出去了。哥哥和那個女人的婚事也很快有了進展，已經訂好了婚禮的日子。小叔說，新娘子過門後，兩家住在一起會不方便，所以早早地就搬出去了。因爲做黑市買賣而善於理財的小叔只想著拿錢投資，所以不願意把錢用在買房子上。每次小叔回朴籍村，都是因爲談成買賣撈了一筆，所以心情特別好。

小叔回來的日子同樣也是我最興奮的日子。我和小叔之間比一般別人家的父女還要親，就像現在親密無間的父女，我能夠毫無拘束地撒嬌，也得到了百般寵愛。有時我心裏還想，如果小叔有了自己的孩子，我們就不可能那麼親密了，我竟暗自妒忌起那沒有出生的孩子來。

小叔的嗜好是捕魚。但不是垂釣，而是撒網打魚。每次小叔打開倉庫門找出漁網來背上，我就拎著小簍子興致勃勃地跟著他出去。水庫在十里之外，但我們不用走那麼遠，可以撒網的水窪和小溪隨處可見。小叔對著水面用力地拋網，那個樣子眞的很瀟灑。

那個網我們家鄉話叫做天勒網，網在空中張成一個大圓，然後撲向水面，逐漸沉入水中。網的周邊按一定間隔吊著重物，水裏的魚一落網，小叔就拉起繩子，網就會收縮把魚撈上。把那些活蹦亂跳的魚裝入簍子裏時，我眞是欣喜若狂。偶爾倒楣遇到網掛在水中的樹樁子上時，小叔沒辦法得要下水把劃破的網費力弄上來。不過有時候還會撈到鰻魚。

這種叫鰻魚的傢伙力氣非常大，拼命掙扎著，根本沒辦法把它放到簍子裏。有一次，小叔撈到很大的鰻魚，還發狂似的蹦跳，小叔就把這傢伙用力地摔在岩石上，然後用石頭使勁敲它的腦袋，眞可謂是殊死搏鬥。

只要一撈到鰻魚，小叔就說那是屬於我的，他會收起網趕忙回家，只爲了趕緊料理鰻魚，撒點鹽烤給我吃。天氣一天天地變熱，可是廚房裏總是有火盆。火盆上面放個烤架，把呼呼撒上粗鹽的鰻魚烤好，那個味道可香了。油光的鰻魚還能烤出火花來。堂弟妹都圍上來，可是小叔只想給我一個人吃。因爲那時我正好因浸潤性肺炎在鄉下調養。雖然從小就聽人們說我有股韌勁，但我因爲經常無精打采地，所以根本不認爲自己健康。

那年我在朴籍村度過的春天和夏天可以說是人生中最快樂的日子，讓我盡情地享受到健康帶來的喜悅，彷彿春天的樹木生機盎然，偏偏卻在那時被視爲患者，這種感覺眞是很奇妙。但我不想因爲病好了就奮而投入正常的生活，不想重新走進學校。把我視爲患者有可能緣於媽媽的漠不關心，媽媽只管把我送回朴籍村調養，自己爲了哥哥的婚事忙得不可開交。獨生子娶媳婦是天大的喜事，媽媽自然要全力以赴把婚事辦得體體面面。但更重要的是未來兒媳婦的健康讓媽媽心裡放不下，所以才會沒有別的心思。

「很想做點什麼，但心裏總是沒個譜。出去買東西也是頭昏腦脹的都忘了要買什麼，感覺越來越心事重重，眞不知道應不應該結這個婚。」

看著媽媽向嬸娘這樣訴苦、歎息，我也茫然地陷入不祥的預感之中。看來嬸娘也一樣。

「嫂子，實在不行就退婚吧。現在還來得及。即使退婚，男人也礙不了事。是男方先追求有什麼大不了的，您怎麼就那麼輕易地答應了這門親事呢。」

「如果我能拆散他們，一開始我就拚命阻攔了。我也會看人，早看出來她會比我兒子短命。都是命中註定啊。我的兒子偏偏看上那樣的病號也是他的命。誰知道啊，或許老天有可能把我們家的災難落到別人家頭上呢。」

媽媽的這番話簡直不可思議，愛子心切竟然使媽媽變得如此殘酷自私！眞是讓我瞠目結舌。在醫院初次看到未來嫂子時，對她的好感和模糊的憧憬就一直深藏在我的心裏。不過媽媽有可能只是嘴上那麼說說，心裡也跟我想的一樣。因爲媽媽向來都是只要子女喜歡的她都喜歡，所以肯定對未來嫂子也是除了她身子虛以外都很滿意。可是正因爲如此，媽媽就更擔心未來嫂子的身體。至於我呢，媽媽幾乎把我忘了。結婚的日子越來越近了。由於這次婚事辦得太急忙，女方家裡也捎信來，說交給木匠定做的衣櫃很難如期做出來，所以要是晚幾天也懇請原諒。

哥哥決定在漢城舉行新式的結婚儀式，然後再回朴籍村舉行傳統的結婚典禮。正所謂被愛情沖昏了頭腦，哥哥完全不像他平時的樣子，他想把新娘打扮得最漂亮，而且希望結婚儀式也能夠面面俱到。我以療養爲藉口沒去漢城，只在鄉下目睹了隆重的籌備情景。

那是一九四五年初夏。雖然是解放前兩個多月的艱難時期，哥哥還是特意請了開城最有名的盛裝婆婆幫新娘梳妝打扮，重現了開城地方特色的傳統新娘裝。頭戴花冠的嫂子美麗得讓人窒息。些微蒼白的膚色和薔薇色的臉頰與雙唇使耀眼的花冠遜色不少，哥哥幸福得都合不攏嘴了。可能在賓客面前因爲新娘而得意，而在新娘和送親人面前則因開城的風俗而自豪。

那時頭戴花冠的嫂子美麗而耀眼的印象讓我久久難以忘卻，我在後來的小說《未忘》裏，描寫女主角的婚典場面時還借用過。婚禮結束了、歸寧也回了，新婚夫婦就定居在南山洞的家。嫂子眞的只帶衣服包袱來，沒帶來衣櫃什麼的，那是運輸和諸多情況極度艱難的時期。管它世道如何，哥哥和嫂子沉浸在新婚的甜蜜幸福裏，不知歲月流逝。媽媽還在擔心兒媳婦的健康，爲了能讓她過得更舒服些，所以更多時候她是住在朴籍村。

有那麼一天，在我的記憶裏那是一個漫長而安靜的夏日。奶奶不知去哪兒了，只有媽媽和兩位嬸娘難得都聚在朴籍村家裏。午飯剛剛吃過，吃的是蕎麥麵片湯。妯娌三人在一起，你一言我一語邊聊天邊做著器皿，大的有木盆那麼大，小的有小銅盆那麼小。

那時在我們鄉下實行用紙做器皿。書也好、拆下來的窗戶紙也好，只要是韓紙❸都可以作爲材料。不知是清水還是鹼水，總之先把破韓紙泡到發白，然後把它擰乾後再與稠稠的漿糊一

❸用楮樹皮製作的韓國傳統紙。

起放入石臼裏搗碎。最後變成黏土狀，就用大木盆或小銅盆等一些碗做模子，把搗碎得粘粘的東西按照均勻的厚度抹在模子上就可以了。有時也不用模子，任憑想像隨便揉捏後再曬乾。把它染成梔子色，再用黃豆粉塗抹，就會變成既堅固又精美的器皿。根據每個人的手藝，有時還會出現驚人的作品，既富創意又實用。大家互相炫耀著自己的手藝做出來的器皿，可用來裝乾的穀子和種子，還有江米條之類的東西。

有一天，二嬸娘突然有了好主意，她把後屋裏爺爺的書全部拿出來泡在水裏。多虧爺爺留下一整屋的線裝書，讓我們成爲村子裏可以自製器皿，並且擁有最多器皿的有錢人。有人羨慕，我們就分給她們。總之可以看出妯娌三人都沉浸在製作器皿的幸福裡。還是小嬸娘有眼力，拿一直留有劃痕的木盆做模子開始抹，可能是希望自己的作品重現那劃痕。二嬸娘是用小笸籮做模子。媽媽不使用模子，只憑想像隨便揉捏，結果頻頻失敗，所以也沒做出什麼，應該說她只顧著誇誇其談。

妯娌三人竟把爺爺的書弄成這個樣子，所以她們的話題主要都是有關爺爺的。雖然都是些揭短的話，可滲透著對公公的思念和情誼，所以一點也不刺耳。一大清早，天還沒亮就發出威嚴的咳嗽聲和木鞋聲走進後院，讓新媳婦受到驚嚇的新婚故事、因爲寵愛兒媳婦，所以飯桌上一有肉湯，就把掉落鬍鬚的湯留給媳婦吃，弄得媳婦吃也不是，不吃也不是。難道這些陳年往事就那麼有意思？讓妯娌三人一直捧腹大笑，也不用心做器皿。

是因爲體體面面辦完婚事後的釋然和空虛？還是在那未知的緊張局勢下難能體會的平靜之心？要不然就是從公公的權勢中擺脫而生出的爽然的解放感？雖然我只是旁觀者，但那情景至今記憶猶新，而且一直牽動著我的心緒。

很久以後，如果有媒體報導在哪個鄉下儒士家裏發現了重要的資料或具有國寶價值的文獻，媽媽就會難爲情地笑著說，那時我們眞是做了愚昧無知的事情啊。有可能媽媽在後悔，是否那些書中也有國寶，但我卻不那麼想。這並不是因爲我小看爺爺的藏書，其文獻價值固然很重要，但是我認爲兒媳婦享受到的解放感也同樣重要。

我只要一回想起那時候就會幸福地微笑，這是因爲她們那天眞的孩子般無拘無束，相親相愛的神態。上了年紀的人還想留給人天眞無邪的印象恐怕很難。如今，線裝書沒有了，器皿也沒有了。但是我想，消除壓抑後的清爽和愉悅會永遠留在她們的心裏。可是那是在朴籍村家最後的寧靜與和平。每次媽媽去一趟開城回來就擔心地說：

「親家母怎麼到現在還沒有送來衣櫃，卻整天送補藥來。那新房天天散發著中藥味，這眞是……」

「嫂子，您可眞是稱職的婆婆呀。好不容易去一回就安安穩穩地坐著享受一下子女的孝心嘛。還到處聞什麼藥味呢？」

雖然嬸娘認爲媽媽過於敏感，但我茫然地感覺到，嫂子身上有瞞不過媽媽的變化。那時正是炎熱的暑假。我非常焦躁不安，因爲身體太健康了，過了這個暑假實在不好意思說不上學。我覺得應該爲自己的將來做出抉擇，可這不是件容易的事情。

但是還沒等到開學，日本就投降了，我們也解放了。朴籍村是在八月十五日後的三四天才知道這消息。十六日那天，同往常一樣上班的二叔連續幾天都沒有回家，但那是習以爲常的事情，並不足爲奇。當時，據說二叔在面所在地的附近養了小老婆，但他本人矢口否認，經常以差事繁忙爲由不回家。當時是基層官吏最忙的時候，再加上二叔的話也有道理，不過最重要的是，理應最敏感的二嬸娘卻安然處之，所以誰也沒有擔心會發生什麼事情。

被摔棄的門牌

他們就像是鬼魂附體一樣地士氣沖天，
哢嚓哢嚓砸碎了結實的大門，
其中一個青年還把門牌狠狠地摔在地上。
門牌上刻著爺爺的名字，
是我從小看著長大的。

突然間，有一群年輕人拿著木棍衝進我家大門，我們這才知道日本戰敗了。他們趾高氣揚，哢嚓哢嚓地開始砸起我們的家具和門扇。其中好像有兩個人是我們村裡的，而大部分則是陌生的臉孔。

可是在村裏土生土長的二嬸娘好像都認識他們。儘管二嬸娘也嚇得直哆嗦，但還是義正詞嚴地呵斥道：難道你們瘋了嗎？這到底是怎麼回事啊？至少讓我們知道知道理由啊。不敢站在前面而往後靠的一個朴籍村青年勸我們最好迴避，並告訴我們日本已經戰敗，朝鮮解放了。換句話說，在朴籍村，我們家被看作是親日派，所以自然成了他們的出氣筒。

聽說這群人已經轉了好幾個村子。他們就這樣囂張地竄來竄去，每到一個村子衝進親日派家亂砸的時候，該村的青年就站在後邊只看著不動手。畢竟大家幾十年來喝著同一口井水，共同經歷了紅白喜喪事，所以這也算是講了點義氣。眞是不巧，就在這時哥哥從開城回到了朴籍村。世道完全變了，但家裏也沒捎來個消息，哥哥一來是擔心，二來是想跟家人分享一下解放的喜悅才匆匆趕回來的。正在砸東西的青年當中，居然還有人高興地向哥哥打招呼呢。但是這點面子卻遠遠不能阻止事態的發展。他們就像是鬼魂附體一樣地士氣沖天，嘩嚓嘩嚓砸碎了結實的大門，其中一個青年還把門牌狠狠地摔在地上。門牌上刻著爺爺的名字，是我從小看著長大的。爺爺去世以後，門牌也一直掛在門上，叔叔和哥哥都沒有在那旁邊或下面再加上新的門牌。

我拼命地喊叫著撲向那個青年。我曾經看到嬸娘用爺爺的線裝書來製作器皿，我那時可開心著，但不知道怎麼卻無法忍受刻有爺爺名字的門牌被摔棄。儘管這是我有生以來第一次看到暴力場面，但我卻完全沒有害怕的感覺，只想豁出去跟他們拼命。如果不是哥哥拉住，我想我會狠狠地咬住他們，然後再暈過去。在更小的時候，我也曾有過好多次因爲控制不了自己的情緒而暈倒。

哥哥幾乎是拖著我繞過房屋上了後山。家裡嬸娘和奶奶正在失聲痛哭，大多數青年也驚慌失措地勸她們要保持平靜，看來他們不像會害我們。最讓人生氣、最傻的是哥哥，居然還向那些青年鄭重地拜託，請他們保障長輩的安全。我一邊被拖著上山，一邊向哥哥大喊大叫。我們家怎麼會是親日派？我們家也沒創氏改名，不是嗎？簡直太過分了。德山啦、新井啦、木村啦、創氏改名的是他們耶，他們憑什麼自以爲是？還敢到我們潘南朴氏家撒野？我說的大概就是這些內容。

直到憤怒的青年自己罷手爲止，哥哥只是束手無策地看著自己的家遭到破壞，而且還輕輕地拍著我的肩膀，一個勁兒地想要說服我那樣想是不對的。我固執己見，根本聽不進去哥哥的話。那天哥哥說了很多話，詳細的我已經記不起來了，但是依稀記得哥哥說，德山、新井、木村他們都遭受到了迫害、蒙受了苦難和恥辱，而相比之下，那段時間我們卻過了舒適的日子。哥哥還說這一點一直讓他羞愧地抬不起頭來，那些青年來家裏亂砸，倒讓他自己多少好受一些。

過了一會兒，我也平靜下來了，心裏感覺異常的悲哀。並不是因爲被哥哥說服了，而是因爲毫無意義的憤怒帶來的虛脫感，也是因爲我家已經變得滿目瘡痍。那可是我們深愛著的家啊！哥哥似乎也看出了我的心思，說等我痛痛快快地哭夠了再回家。

那天，我們家的遭遇與其說是怨恨所導致的組織性的暴力，不如說是突然獲得釋放的發洩行爲。他們繼續轉了幾個村子就自然平息下來。在村裏人的安慰和幫助下，我們修復了門扇，並把家具也收拾了起來。當時還沒有青年團和自衛隊，左派和右派的政治色彩也沒有影響到人們。

傳聞裡待在姨太太家裏靜觀變化的二叔，回來看到家裏變成這般天地，就歎息道，若不是自己當了勞務部長，就不會發生這樣的事情。身爲勞務部長掠奪糧食也是身不由己的，但當時確實無可奈何。二叔拿一些無法挽回的事情來後悔和自責，相比之下，幫我們修門、釘釘的村裏人給我們帶來了更大的安慰。曾經靠筆桿子過日子的二叔完全成了無能爲力的人。

朴籍村家裏彌漫著不祥之兆。俗話說禍不單行，嫂子吐了血。哥哥領著嫂子去了漢城。因爲不能讓南山洞家空著，再加上還要準備搬到漢城，所以媽媽和我急急忙忙回到開城。臨時租屋住的小叔也毫無牽掛地去了漢城。小叔認爲這年頭生意好做，所以心裡充滿了賺大錢的希望。

媽媽整理著哥哥和嫂子急匆匆離去後的南山洞房子，不住地歎氣和流淚。新娘的衣櫃那時還沒有送過來，所以也看不出美滿的新婚景象。整個屋子就像是逃難人臨時的藏身所，亂糟糟得沒有一點秩序，完全能從屋裏情景體會到倆人的急切心情。在屋裏到處還能發現一包包的中草藥。超過十幾公分長的蜈蚣已經夠讓人噁心，何況又長出了幼蟲。媽媽的臉色都變了，手指也發抖。

「難道我就是爲了看這副景象，才養活兒子的嗎？」

看著媽媽歎息的樣子，我也不能理解哥哥。哥哥比誰都瞭解嫂子的病情，但爲什麼不先治好病再結婚，反而迫不及待地要舉行婚禮呢？對那種病，結婚不是百害無益的嗎！媽媽和我百思不得其解。而在這個世界上，對那突如其來的姻緣及青春的狂熱癡情，又有誰能夠理解呢？我想哥哥並非是有意隱瞞，而是他本人也無法用言語來表達而已。

一開始進駐開城的外國軍隊是美軍。美軍進駐的那天，看著他們自由奔放的隊伍，眞是不免讓人大吃一驚。有的大口大口地嚼著口香糖，有的對著姑娘們眨著眼睛，也有人一把抱起路邊的孩子。看起來這個部隊好像沒有一點紀律。正是從這時起，路邊和牆壁上開始出現了各種海報。海報上寫著自由、民主、人民等從未看過的可敬的字眼。一些口號說要打倒親日派賣國奴，還有絕對支持某某某，而誓死反對某某某等標語。

嫂子住進了漢城的賽福蘭斯❶醫院。哥哥捎來信，叫我們趕緊賣掉房子到漢城。媽媽去了一趟漢城後，我們就急忙準備起來。媽媽說不忍心看著年老的親家母來照料，既然嫂嫂已經是我們家的人，應該由我們來照顧。哥哥成天在嫂子身邊乾著急也加重了媽媽的不安。當我們正爲嫂子煞費苦心的時候，小叔似乎在混亂的漢城盡情地施展手段。他也催促我們趕快處理南山洞的房子搬到漢城去。小叔已經弄到了日本人的房子，還說能幫助我們買房子。這是我們要賣掉南山洞的房子的時候。

據說是劃錯了三十八度線，美軍如同潮起潮落般撤出，接下來是蘇聯軍隊來安營紮寨。早在美軍進駐以前就有很多人繞著三十八度線議論紛紛。說開城正好位於分界線上，爲此互相猜測到底會有哪個部隊進駐開城，還爭論著哪國部隊進駐比較有利。但是在人們看來，三十八度線只是抽象的存在，誰也不曾料到它會在現實中具有什麼約束力。美軍悄無聲息地撤出，蘇軍

❶現在的延世大學醫院。於一九〇四年，由美國的賽福蘭斯捐款建立。

進駐了開城，世道突然變得人心惶惶。

一下子流行起一句話，叫「大壞」❷。市場大壞了、自留地的蔬菜也大壞了、連女人也被大壞了，走到哪裡都聽到可怕的傳聞。據說那些外國人只看我們國家婦女的臉無法分清老幼，所以連老太太也不放過。還說他們只要見到手錶就搶，所以有的軍人從手腕到手臂共戴著十多個呢。

媽媽也許是煩惱太多而沒有心情，居然對眼前的恐怖氣氛完全無動於衷，還說是大家過於恐慌和浮躁。我們家離鐵路很近，所以能看到沿著鐵路由北向南的行人越來越多。當時三十八度線還能自由的通過，因此還看不到有人爲了自由而偷偷南下。大部分都是因爲征工和貧困而流落到滿洲等地的同胞踏上了回鄉的路。蘇軍進駐以後，由開城發到南邊的火車不知爲什麼停駛了，所以人們只能步行，從北南下到開城，碰上運氣好的時候才能坐車，否則人們都是走著，所以他們看起來又饑又渴、心神疲倦。

鐵路情況十分糟糕。想去漢城必須先走到峰洞站，然後再坐火車。沿途經常能夠看到因丈夫或兒子被徵調而離散的家屬一整天都在鐵路邊上，拉住路人問這問那的情景。南下的人潮中

❷俄語音譯。表示掠奪、剝削的意思。

還有不少日本人。一旦跟人搭話而被發現是日本人，肯定會被當場破口大罵或者吐口水。但是，獲得解放而回國的同胞所經歷的千辛萬苦絕對不亞於戰敗逃亡的日本人。一切都陷入極其混亂的狀態，讓人根本摸不清頭緒。

就在這個時候，我第一次讀了韓文小說。對哥哥房間裏的韓文小說，也是第一次產生了好奇心。那時我的同輩們幾乎不識韓字，所以都忙著加緊學習。可是我卻看得懂各種海報和傳單，因而感到無比的快樂和自豪。其實認識本民族的文字是理所當然的事，而由此感到的驕傲也第一次引發了我對文學的興趣。

受題目吸引，我讀了李光洙❸的《愛情》，也讀過他的《端宗哀史》。讀了朴花城的《白花》和崔曙海的《脫身記》。我還讀過姜敬愛的小說，可是書名已經記不清了。其中，《端宗哀史》和姜敬愛的小說給我的影響頗深。讀完《端宗哀史》，我整夜都難以入眠。而看完姜敬愛的小說，我不僅在精神上受到了強烈的震撼，而且好幾天都沒有食欲。有一段小說內容是給頭上長瘡的孩子擦藥，所謂的擦藥其實就是抓一隻老鼠剝了皮，像扣帽子一樣把老鼠皮扣在頭上，最後頭

❸李光洙（一九〇二—一九五〇）、樸花城（一九〇四—一九八八）、崔曙海（一九〇一—一九三二）、姜敬愛（一九〇七—一九四三）均爲韓國文學史上有名的小說家。

上全是蛆蟲。我生長的那個環境也一樣，如果被燙傷就會抹上醬料，但是看了小說還是覺得特別噁心，直想吐。

如果說過去的讀書經驗只是讓我飄飄然地沉浸於無邊無盡的空想之中，那麼這次的體驗卻讓我開始正視了活生生的現實。《端宗哀史》雖然是小說，我卻以爲全部屬實，以至於還想更有系統地瞭解我國的歷史。

後來我也在學校裡正式學到了本國歷史。成人之後，更是根據自己喜好而接觸到作者和觀點各不相同的歷史書。但全都是基於興趣讀的書，所以只獲得了零亂而沒有體系的知識，像是亂糟糟的抽屜般毫無用處。但是我對世宗到世祖朝代的這段歷史卻蠻有自信，這種錯覺有可能緣於我曾經讀過《端宗哀史》吧。

因爲是在多愁善感、記憶力旺盛的時候學到的東西，所以對個人的精神歷程有著決定性的作用。我一想到這點就覺得非常委屈，因爲我當時所處的文化環境，無論是個人還是整個社會都相當惡劣。但自從我讀過姜敬愛的小說之後，就特別感激媽媽，就是因爲媽媽，我們才能在貧困的環境中在愛心和理性之間取得和諧。

夏天很快就過去了，已經到了早晚都需要蓋薄被的季節。我和媽媽終於可以離開開城了。開城依然進駐著蘇聯軍隊，所以沒有開往漢城的火車。有人說要去漢城的話，必須走到峰洞站才有車坐，也有人說應該到長湍坐火車。反正這些都是道聽塗說，唯一明確的事實就是，開城站確實沒有開往南邊的火車。到峰洞是二十里路，到長湍則需要走五十里路。我和媽媽儘管只拿急需的東西，還是覺得有三頭六臂都不夠，況且又要走上幾十里路，沒辦法只好把一些東西先留下。幸好購買我家房子的人家沒有幾口人，便答應暫時替我們保管物品。要到峰洞站，需要先過駱駝橋。

駱駝橋的名稱起源於高麗鼎盛時期，當時爲了貿易，遠道而來的阿拉伯商人經常在這裏拴上駱駝，故此取名爲駱駝橋。在開城人的心目中，駱駝橋也是他們感覺最親切的橋。在開城土生土長的人們幾乎從小聽慣了駱駝橋，大人常常拿駱駝橋開玩笑或者責備孩子。我也不例外。可能是因爲我從小愛哭，大人經常說這丫頭肯定是駱駝橋下撿來的。我們走到駱駝橋時人潮湧動，除了我們，還有許多人在趕路。本來這個地方往來漢城的人就很多，再加上交通中斷顯得更擁擠了。駱駝橋有一邊是蘇聯軍隊在站哨，另一邊是美軍在站崗。

可是軍人並沒有禁止行人通行或者嚴格盤查。由於駭人聽聞的風聲，一些年輕婦女用髒兮兮的毛巾遮掩著臉低頭走過。但是棕髮黃眼睛的蘇軍和美軍只是以頑皮的表情看著她們而已。那駱駝橋上也看不到所謂的三十八度線，連用條草繩做標記也沒有。

當時我雖然還不知道三十八度線的恐怖，只是因爲日本帝國主義時期遺留下來的心理作用，所以我見到軍人就覺得恐懼。雖然沒有犯罪還是緊張得繃著臉，忐忑不安地從兩國軍人前面經過。我沒有看到任何告示，只見到很多人都集中在峰洞站，所以我們也決定不往長端站走，就在峰洞站耐心地等了下去。售票口也不見了，我們直接到站臺上等著。

火車終於從南邊開過來，大家都爭先恐後地蜂擁而上。不走車門直接爬窗的人更多，要是窗戶關著，他們就將玻璃砸碎，已經有很多玻璃都被砸碎了。媽媽把我從窗戶裏推進去，車廂內有人幫忙拉了一下。我也拚命地拽著媽媽，把她拉上來。不僅是玻璃，座席也被破壞的體無完膚，包著座席的座墊也被鋒利的刀刃劃破，露出污穢不堪的內裡和座架。實在是讓人難以理解，難道這就是所謂的解放嗎？混亂中還有人這樣地大聲感慨。

火車不管到哪一站都停，結果我們花了好長時間才到漢城。過了新村還沒到漢城站，別人就開始下車，我們也趕緊跟在後面。可能是擔心會在漢城站剪票，所以大家都急著要提前下車吧。

我們先到漢江路的小叔家放下行李。欣慰的是嫂子的病情有好轉，醫院方面說只要調理好就行，所以嫂子也就出院回到了天安的娘家。爲了嫂子，我們也要儘快地決定買房子。小叔住在我曾經一直憧憬的二層樓裏，可是住在小叔家，我總覺得坐立不安，對房子始終沒辦法產生出感情。小叔家本來是日本人住過的房子，而當時的新聞社論和軍政廳的警告文都明確地提到，日本人的東西和房屋即將收歸國有，不准個人私自買賣或者據爲己有。因爲這些宣傳內容隨處可見，所以住在小叔家裏覺得好像是在犯法一樣，讓我感到羞愧和厭惡，哥哥更是如此，這也是我們跟小叔的不同之處。

但是日本人的房子大都被眼明手快的人佔領，因此漢城的房價這時候也最便宜。我們用賣掉開城房子的錢和小叔資助的一些錢，在漢城以房價最高出名的光化門附近的新門路買了房子。這使媽媽終於如願以償做了城裏人。新家不僅地理位置好，而且是新蓋的油亮大瓦房，裏面還有浴室，這在當時可是非常罕見的。雖然對我們有點奢侈，可是哥哥依然憧憬著要跟嫂子幸福的生活，多多少少是帶著新郎的虛榮心買下的。

媽媽精心地佈置了新房，盼著兒媳婦能早日回來。我也重新去淑明女高上學。點名冊上依然有我的名字，這段時間好像跟平常的缺席沒有什麼兩樣。因爲解放是在暑假期間發生的，所以還有很多家住北邊的同學沒來，她們的座位就一直空著。這段期間，由於經歷了太多的事，加上社會發生了翻天覆地的變化，我甚至都難以置信自己才過了一個學期就回到學校了。

學校看起來一點變化都沒有。看不到日本校長和老師是理所當然的，但我不能理解曾經教日語的國語老師竟然還留在學校，而且搖身變成教韓文的國語老師。我們入學的時候，所謂的高中其實就是現在的中學。不管怎麼說，我們都是高二的學生了，居然要從母音輔音開始學習韓文。儘管會被老師責罵，但是進行比較難的對話時，學生還是自然而然地冒出日語來。除了教科書以外，能閱讀的東西也只有日本小說或是日語翻譯的書籍而已。

我在新門路家裏第一次擁有了自己的文學全集。日本新潮社出版的三十八卷世界文學全集是我向來夢寐以求的。有一天哥哥突然買來給我，當然是日本人丟下的舊書。那時，地攤上全是日本人廉價處理的書籍和日用雜貨。即使是到處可見的二手書籍，但是能擁有自己的文學全集感覺還是像在做夢一樣。我當時不知從哪冒出來的一股蠻勁兒，發誓一定要把它讀完，所以也感到了不小的壓力。《你往何處去?》❹和《基督山恩仇記》我是讀得津津有味，可是《神曲》和《浮士德》太深奧了，要不是因爲使命感盲目作祟，我絕對讀不完。但是讀得這麼勉強，自己覺得也不好。不管能不能理解，反正只要讀過一遍就算完成了任務，以後也沒再細讀過。因此每當有人誇讚那些作品時，我就不免半信半疑地搖頭。

有了世界文學全集之後，我又得到了托爾斯泰全集。同樣是哥哥從舊書店買來的，褐色的封面顯得非常莊重，本來讓我望而生畏的，但是《安娜卡列尼娜》、《戰爭與和平》、《復活》等托爾斯泰的主要著作，我花了很長的時間讀了好幾遍，而且受到了很大的影響。本來我讀書的態度是不管有不有趣，既然已經讀過了就沒有耐心再讀一遍。但只有托爾斯泰的作品例外，可能是因爲剛開始讀的時候像霧裏看花，久而久之卻越看越入迷。特別是小說裡人物的性格描寫妙趣橫生，我完全被迷住了。再者也是因爲家裏的氣氛變得很沉悶，是這種環境促使我專心讀

❹《你往何處去》（*Quo Vadis*）是波蘭作家享力克・顯克維姿的作品，曾拍成著名電影《暴君焚城錄》。

書的。

雖然媽媽和哥哥竭盡全力做好了迎接嫂子的準備，可是新娘子卻在新門路家裏住了不到一個月。嫂子的娘家也遲遲沒有把衣櫃送來。媽媽雖然覺得面子上有點過不去，可是並沒有表露出來。後來聽媽媽說，當時已有不祥的預感，所以一直都忍著沒有提出來。媽媽還爲自己的做法感到慶幸，因爲親家那邊有可能早就清楚嫂子的病情嚴重而擔心會發生萬一，才不願意留下太多的遺物在我家。果然，嫂子又住進了賽福蘭斯醫院，之後就再也沒能回家。

有一天凌晨，我被痛哭聲給驚醒了。因爲媽媽和親家母在醫院裏不敢放聲大哭，所以一進家門就開始痛哭失聲。親家母也是爲了找地方痛哭一場才跟著到我家的。那撕心裂肺的哭聲何必用語言來形容呢？我也大致猜到發生什麼事了，感覺心如刀絞。那麼靑嫩的年紀，怎麼能夭折呢？我感到了一種恐懼，覺得曾經充滿愛的世界正向無底的深淵沉下去。

那時他們結婚還不到一年，正是解放之後第二年的春天。哥哥和媽媽向來都做了盡心盡力的努力。親戚們又是指責，又是擔心。擔心的是哥哥的身體，指責的是媽媽的做法，他們認爲爲了哥哥的健康本來就該拆散他們，而不是母子倆整天都泡在病房裏。每當這時候，媽媽就會說我們既然已是一家人，就要像對待自己的骨肉一樣照顧她。據說嫂子瞑目之前也對此感激不盡。

這也是我不曾瞭解的媽媽的另一面，從此，我開始尊敬媽媽並爲她感到驕傲。但是從另一方面，或許是因爲嫂子得到那麼無微不至的關愛，以至於讓我直到懂事以後還在美化和憧憬肺結核。在美好的花季裡，我一直都在期盼著有朝一日能跟患有肺結核的男子熾熱地相愛。

暗流湧動

對我來説，哥哥不僅是靠山，
也是讓我盲目追隨的偶像。
正因為哥哥的初戀情人患有肺結核，
我還曾癡心妄想自己將來也要跟肺結核患者談戀愛呢。

男女是怎樣相愛呢？我在青春期時雖然看過哥哥沉醉在癡情的狂戀中，但是男女如何相愛還是隱藏在黑暗的角落裏，對我依舊是個謎，特別是正常而自然的性更是如此。因爲媽媽是早年守節獨自把我們拉拔帶大，所以我沒有機會目睹父母的恩愛和生弟弟的情形。尤其媽媽對我的教育有點過度純潔，如果誰在我面前說帶有性暗示的話，哪怕是一點點媽媽也會非常厭惡地當面指責人家在孩子面前不應該說那些話。

就像一家人一樣跟我們患難與共的兩位叔叔，在我們面前對待嬸娘的態度也是非常冷漠。直到成人之後，我才知道那是爲了體貼孀居的兄嫂，並且也是合乎當時風習的。可是我想，我很早就知道了生孩子要有性關係。沒有什麼特別的記憶，可能是從小經常看到牲口交配，加上周圍有早熟的小孩子，就這樣自然而然知道的吧。但我卻不想承認自己是以同樣的方式來到這世上，更不願意去想像叔叔也有那種生活。

最近我經常想，我的運動神經特別遲鈍而且五音不全，可能跟媽媽以此爲榮的心理有關。不知是否因爲同樣的理由，我對青春期的性幻想及自己已經知道孩子是怎樣出生的這些事感到非常羞恥而經常自責，這也是由於媽媽希望我在性方面天眞幼稚而導致的。

二叔有了小老婆的傳聞，在解放以後終於浮出檯面，據說是比二叔年長十歲的寡婦。寡婦住在面事務所和朴籍村之間的一個偏僻村子裏，還有一個女兒。他們倆是怎樣開始親近很容易想像得出來。在日帝侵佔時期的鄉下，面事務所的總務部長或勞務部長可是不小的職務，足以讓一個寡婦萌生依靠的念頭，因此大家都在猜想著肯定是那寡婦先誘惑了叔叔，二嬸娘更是高抬貴手，甚至對那個寡婦表示了同情，然而問題並不是那麼簡單。

解放以後，二叔當然去不了面事務所，所以就失了業。但他也不可能回鄉務農，因爲鄉人曾經把我們家視爲親日派，代代相傳的房子也因此遭到破壞，這件事給二叔帶來了沉重的精神打擊。在那以後，二嬸娘托那些砸壞我們家的村人修理房子，藉此而協調了鄰里之間的關係，但是二叔心情還是沒有恢復，總是離開村子在外漂流。在鄉下大家彼此都很熟悉，他也不見得是去寡婦家。二叔也沒有什麼財產，加上過去的飯碗也丟掉了，那寡婦眼看也沒有理由再親近二叔了。二叔沒有了飯碗，二嬸娘心裏雖然也難過，但是一想到外遇的問題自然而然就解決，二嬸娘又何嘗沒有幸災樂禍呢。

可是有錢有地的寡婦離開了流言蜚語不斷的村子在開城買房置家，公然成了叔叔的姨太太。當人們以爲她是想依靠男人才做姨太太時都表現出了極大的寬容。可是得知她寧願養男人也心甘情願時，大家都非常驚愕、憤慨，還咒罵起她。家裏就像捅了馬蜂窩一般喧嘩混亂。我聽著大人對那寡婦吐出的赤裸裸的咒罵和各種難聽的猜測，我開始想入非非，爲此禁不住打了個寒噤。

那個女子不願意再躲躲藏藏地過日子，勇敢地公開自己姨太太的處境，並且一天比一天張狂起來，讓自己的地位越來越鞏固。二叔成天泡在她家裏，誰想見二叔就不得不上她家。那個寡婦基於一己的目的百般盛情地款待人們，開始拉攏人心。這樣過了沒多久，像奶奶壽辰這樣的日子裏，那個女子居然也到朴籍村爲奶奶祝壽。不僅備厚禮孝敬奶奶，還不遺餘力盡心伺候，連明媒正娶的兒媳婦都比不上她。這樣，她逐漸得到了奶奶的歡心。俗話說得好，嬌滴滴的小妾更受寵，這句話在我們家變成現實。這樣一來，二嬸娘和奶奶之間也開始有點不合。

儘管朴籍村老家如此衰敗，每到放假我還是不忘回鄉。解放以後，開城被美軍和蘇軍折騰了一段時間，終於被劃分爲是三十八度線以南，交通往來也自由了。因爲奶奶還健在，而且整個假期我也不願意一直待在漢城，這時已經不用媽媽跟著我，可是臨近假期時，我仍像小時候一樣心跳不已。這是我的身心所擁有的最重要的節奏，因爲朴籍村就是我生命的泉源。

可是回鄉之旅因此多了一個很難堪的義務，那就是在開城站下車後必須先經過叔叔的姨太太家才能去朴籍村。奶奶希望我這麼做，對那個寡婦連提都不願意提的媽媽也認爲要見二叔就沒有別的辦法，甚至二嬸娘也是儼然將妒忌和義務區分開來，還不時讓小孩子去跟二叔問安。

叔叔的姨太太連是非分明的奶奶都拉攏了，可想而知對我們家人有多好。她一看到我來，來不及穿鞋只穿著布襪就跑出來迎接，好像是來了貴客一樣，並且還煮拿手菜來想討我的歡心。每當這時候，我就想起老實的二嬸娘，我暗下狠心，爲了對二嬸娘講義氣，我要對那寡婦冷眼以待。

雖然我非常厭惡那個女人，但是另一方面也按耐不住莫名其妙的好奇心。因爲二叔只要跟那個女子在一起就變成了另外一個人，和我原來熟悉的正經嚴肅的二叔截然不同。在那個女人面前，二叔不僅健談，還時不時地開起了玩笑，甚至連眼神也不一樣。總之，二叔在那個女人面前完全變成了軟骨頭，而且非常開心，絲毫沒什麼不好意思的。那個女人到底憑什麼本事竟把二叔馴調得如此溫順呢？我從小沒看過夫妻恩愛的樣子，二叔和那個女人相處的樣子反而刺激我想入非非。走出了那個家，我還是覺得很不對勁，總有一種被污染的感覺。

記不清那時是三年級還是四年級。那天火車誤點了好幾個小時。解放以後，鐵路情況變得很糟糕，過了好幾年都沒有恢復正常。火車誤點是常有的事，大冬天也不供暖氣，車窗的玻璃都碎了，乘客就坐在那只剩骨架的座席一路上凍得直發抖。那天由於火車比平時誤點得還厲害，暮色蒼茫了才到開城，我無法一個人在夜裏走二十里路回到老家。這時一想到開城有歇脚的地方就覺得心裡很踏實，但是我更企盼二叔能送我回朴籍村，所以才去了那個女人家。當然，我晚上吃到了非常豐盛的飯菜。可是二叔並沒有連夜送我回鄉的意思，那個女人自然也認爲我會住上一宿，所以我也只好將就。

她有個女兒自己住一間房，可是那個女人非要讓我睡在裏屋，她好像認爲這樣做才是對我的最高禮遇。我雖然不願意跟她的女兒一起睡，可是要在二叔和那個女人的臥室一起睡更讓我害怕。或許這是基於強烈的好奇心，而這種好奇心又讓我感到羞恥，所以我反而裝出了毫不在意的模樣。

那個女人把炕頭的位置讓給我，二叔和那個女人隔了一點距離躺在同一個被窩裏。熄燈以後，我還蒙著被子裝成熟睡的樣子，可是卻繃緊了全部的神經。我想今晚肯定能看到男女之間發生的一些事情，對此我確信不疑。雖然我也擔心自己的天眞純潔會被玷污，但還是想知道個究竟。可是他們兩個人只是閒聊而已，二叔主要是在靜聽那個女人說話。

那天晚上主要的話題是在鄉村作威作福的一戶人家沒落的經過。因爲等待而疲倦的我剛開始還聽得很無聊，但是逐漸地被吸引住了。據說那個家裏有個早年守寡的兒媳婦，而這個兒媳婦是美貌出衆、傲若冰霜。結果呢，誰都沒有料到這個兒媳婦竟然跟家裏的長工勾搭上，還生下了孩子，從而使這個家家破人亡。故事的情節雖然非常複雜，可是她津津有味，講得很詳細。「那個冷血女人是怎麼跟連糞堆都不如的蠢貨勾搭上的呢？」語音一落，她就嗤嗤地笑個不停。她把那句話說得非常肉麻，眞是讓我噁心死了。

那天晚上，那個女人和二叔父之間什麼事情也沒有發生。有時，青春期少女的想像力可能比中年男女的眞實生活還要淫穢。她和二叔入睡之後，我還一直醒著想是什麼力量把冰山美人和卑賤蠢貨的命運連成一條線的，想著想著不知不覺全身顫慄。雖然我對那些還是一無所知，但是說不定這是我第一次感覺到情欲的不可思議。我對那天晚上聽到的故事久久不能忘記，幾十年以後，在創作我的小說長篇《未忘》時還把它當爲重要的母題。

對我來說，那段時間是裏外都很艱難的時期。不僅是家庭環境，連周圍的局勢也是如此。雖然到處都氾濫著所謂的自由、民主主義等耀眼奪目的口號，可是我們其實還只是剛剛睜開眼睛而已。

學校也誕生了叫做自治會的組織。也不知這種氛圍是如何形成的，當時我們全校學生動不動就在大禮堂開會。而社會上，左派和右派的對立越來越緊張，每天都氾濫著絕對支持誰或反對誰的政治口號和示威。我們也學會跟著社會的步驟，想透過學生會來決定各種問題，比如哪些老師因爲是親日派而理應辭退、而哪些老師又應該留任等。

當時我們好像對自由和民主主義有些誤解，還以爲學生可以擁有無限大的權利呢。很多時候我們拒絕上課，全校學生都聚在大禮堂，分成兩派展開激烈的討論。解放以後，由於學校的財團大部分都留在北邊，在財政方面承受著很大的困難，而我們一點都沒有考慮這些情況。我們不懂事，只給學校造成混亂。但我還是認爲這個時期對我們的成長有很重要的作用。

在進行多數表決之前，我們通常都會展開激烈的討論。那時候就能看到既能言善辯又具有邏輯思維的高年級姐姐，她們在我的眼裏不知有多麼偉大！後來，在同年級也出現了以自己的見解對別人發生重大影響的同學。

新任校長來的時候，我們又開了學生會議。其實並沒有什麼特別的理由，但是大家一致認爲應該支持前任校長，並決定反對新任校長。但這些都是超出我們許可權的人事問題，所以新任校長還是按預定計劃就任了。新任校長就職的那天，我們都待在教室沒有去禮堂，以此來表示反抗到底的決心。

如今回想起來，當時我們的行爲就像是現在的大學生舉行示威遊行一樣。新任校長非常老練地讓學校混亂的局面煥然一新，他還聘請了幾位非常優秀的老師，讓我們聽到與日帝侵佔時期完全不同的令人入迷的講課，這些都足以證明我們原先的主張是錯誤的。

學校的混亂局面短時間內就這樣結束了。而我連一次也沒有在大會上發過言，只是站在多數的一邊鼓掌或舉手罷了。不過，我還是覺得那個時期是我成長過程裡的重要環節。因爲從這個時候起，我才開始有意識地觀察起周邊發生的事情。事實上，當時我們干涉的或許是我們無權過問的一些事，比如學校財團的問題。然而在接受美軍政廳像撒麵粉和硬糖一樣散佈自由和民主主義的過程中，我們的囂張是當時不可避免的後遺症。

那個時候，我試圖用對立的理論觀點來看待眼前的混亂，比如左翼和右翼、進步與反動。

我毫不猶豫地認爲自己應該站在左派這一邊爲他們鼓掌辯護。當時的社會情況也大概如此，動不動就說絕對支持誰或者誓死反對誰。解放以後的社會狀況極其不穩，要是不做選擇會讓人更加不安。而我之所以選擇左派肯定是受到哥哥的影響。

可是哥哥從來沒有對我進行過什麼思想教育。哥哥從小出類拔萃，不僅頭腦非常聰明，加上文質彬彬、寡言少語，而且是重情義的人。在家裏又因爲是長孫，所以全家都拿他當寶貝。對我來說，哥哥不僅是靠山，也是讓我盲目追隨的偶像。正因爲哥哥的初戀情人患有肺結核，我還曾癡心妄想自己將來也要跟肺結核患者談戀愛呢。

自從嫂子離開人世後，哥哥的話更少了，性格也變得很憂鬱。可是在我眼裏，連哥哥的這種變化看起來也很瀟灑，覺得哥哥是我們家唯一擁有深刻精神的人。我認爲叔叔他們只是庸俗之輩，我甚至還覺得只有自己才能理解哥哥的思想境界呢。我恨不得自己也能模仿哥哥的一切。當時我就看出哥哥的思想色彩。準確地講，由於哥哥購買的書籍都具有那種傾向，所以隨意抽讀幾本較易懂的書來看也足以教化我。薄薄的小冊子之類的書不僅易懂，而且具有煽動人心的巨大力量。

直到現在，我還能記住的是法國一個成爲共產主義運動家的碼頭工人的故事。

他原來是一個平凡的碼頭裝卸工人。有一天他的工作不是把麵粉卸到陸地，而是要把麵粉扔進海裏。雖然工資照拿，但是他非常苦悶，因爲還有許多貧民在忍饑挨餓。後來才知道原來是因為那一年大豐收，資本家擔心小麥價格會因此下降，於是想用那種方法減少數量以穩定價格。他看清了資本主義的眞面目，所謂的資本主義就是不顧貧民的饑餓，只是一味追求利潤。從此他就對資本家咬牙切齒而成了能幹的共產革命家。這個故事對我具有燦爛的魅力，彷彿為這個世界提供了一條出路。

世上還有比這個更簡單明瞭的眞理嗎？我很高興自己能領悟到這一點，並且想用它來衡量所有人間事。而哥哥不可能僅限於讀那些帶有煽動性的小冊子。

由於哥哥心中的傷痛，家裏人完全放任他自由。但是就在這期間，哥哥變得越來越讓人費解。有時叫來一大群陌生人到家裏唧唧咕咕地聚會，還成群結隊地也不知去什麼地方。有時候是幾個人聚在一起寫標語，內容大都是在激烈而露骨地抨擊李承晚博士或當時的首都廳長和治安局長等人物。一到深夜還偷偷地在電線杆或別人家的牆壁上貼標語。我早晨上學時，在危險傳單中就能認出哥哥的筆跡，從而在思想上還達到一種默契。但是我並不開心，因為我認為哥哥理應是一條大魚，所以想到哥哥只寫那種咒罵的標語，並且半夜三更地到處用漿糊張貼標語，就覺得很傷我的自尊。

可是沒過多久有一條大魚被捕了，哥哥也只能四處躲避。媽媽哭哭啼啼地去找小叔，請他趕緊幫忙。也不知小叔施展了什麼手段，他捎來信說哥哥可以回家睡覺了。從那以後，媽媽和哥哥之間的矛盾衝突進入了持久戰。

在這之前，媽媽什麼都依著我們，只要子女喜歡或認爲正確，媽媽也會百分之百地贊同。我在家裏無意中說學校哪個老師或朋友的好話，媽媽也會跟著喜歡，連名字都記得；相反地，我要是罵誰或討厭誰，媽媽非但不是勸我，反而是比我更憎恨她們。正因爲這樣，對哥哥所做的事情，媽媽其實多想要無條件地贊成啊。

但媽媽一貫的想法是，只要參加紅色活動就會導致家破人亡。參加紅色活動就是反對李承晚博士，這就是媽媽對左翼的初步認識，媽媽還強調，至少這一點她也能夠理解和支持。

「我也不喜歡李承晚博士。但是他畢竟一生都獻給了獨立運動，我們應該睜一隻眼閉一隻眼讓他當一回總統，是不是啊？紅黨怎麼就那樣不講情面呢？難怪會沒大沒小的，叫什麼媽媽同志、爸爸同志的。」

每當媽媽囉裏囉唆地勸解，哥哥就只是慘然一笑，沒有任何反應。媽媽甚至對哥哥歎息道，隨你怎麼叫我媽媽同志，我們能不能痛痛快快地說說話。

當時只要從事紅色活動被抓，幾乎免不了嚴刑拷問，而且十有八九會烙成殘廢。媽媽從來都沒有打過哥哥，當然怕兒子也被捕入獄，歷經嚴刑拷問弄得半死不活。媽媽整天提心吊膽，日夜都在受煎熬。媽媽最討厭一些不三不四的人往來我家，而且還把一切的不是都編派到他們身上了，媽媽相信只要跟他們斷交，哥哥就能完全清醒過來。

有一次，員警到新門路家裏來找哥哥的一個朋友，當然也是搞紅色活動的。這一下，媽媽突然決定要把房子賣掉。那時我們家已沒有哥哥的補貼，只靠小叔的接濟生活，於是就換了個小房子搬到敦岩洞。正好敦岩洞電車軌道邊上有個店面，一旁還帶有住房，小叔正眼紅著想把它買下來。在這之前，一直做仲介商的小叔一看眼下的局勢逐漸穩定了，就想改行做安穩一點的買賣。

媽媽自願把剩下的錢交給小叔，讓小叔買店面時貼補用。媽媽是想讓自己更體面地領生活費。哥哥報考國學大學的夜大並且考上了，他不去考日大還算是有自知之明。因爲沒能讓哥哥讀大學，小叔和媽媽一直都耿耿於懷，所以一直勸哥哥上全日制大學。不知是否眞有此事，小叔說已經花錢打點好一所有優良傳統的私立大學了，還一個勁兒地勸哥哥去。那時正流行上大學，我們學校也有還沒畢業就上大學的同學，所以小叔的話也不是完全不可信。小叔和媽媽對哥哥上大學如此積極，並不是爲了一張文憑。在他們看來，上大學是讓哥哥脫離左翼運動的大好機會。

可是哥哥也有自己的打算，他跟長輩的想法完全不同。解放以後，社會上掀起了學習民族傳統的熱潮，哥哥也受到這種氛圍的感染。爲了提高自身的修養，哥哥才會選擇那所學校，並不是想脫離左翼運動。事實上大學裏的左翼組織更強大，媽媽對哥哥上大學的目的還抱有一線希望是因爲過於無知。

結果我們在敦岩洞家裏也沒能穩定下來。六二五戰爭❶以前，我們幾乎是一年搬一次家。正如住在新門路家時那樣，只要覺得自己的家已成了危險分子的秘密據點，媽媽就恨得咬牙切齒，好像神經病發作一般立刻決定搬家。有時候還把家裡所有一切都丟下，半夜三更跑到小叔家去。如果哥哥按照媽媽和叔叔喜歡的方式，坦誠地寫下自己的鬥爭經歷的話，那麼，比起他在外面的鬥爭，應該是他和媽媽的各種鬥爭更爲精采。

夾在他們倆夾縫裡的我只能一邊支持聲援哥哥，一邊憐憫媽媽。那時，四年制的女高改爲六年制的女子中學。也許是因爲六年中學實在太漫長了，有人還沒有畢業就出嫁，也有人像前面所提到的那樣提前上大學。不知是過渡期的緣故還是因爲我們當初入學時定的是四年制，反正只要有本事上大學都能拿到學歷。學年末也以解放的月份爲標準，再加上模仿歐美先進國家，而改爲八月份了。

我三年級的時候知道我們學校也有民青組織。不知道我是怎樣被這個組織看上並吸收的，反正和我不是很親近的朋友勸我一起去參加讀書會。我當即聽明白了她的意思，雖然心裏有點打顫，但還是毫不猶豫地答應了。去找秘密聚會的地點等事情儘管滿足了我擁有秘密的渴望，可是在那裏讀的書或討論的主題卻遠遠不及最初吸引我的那些小冊子的知識。我雖然失望，但

❶一九五〇年六月二十五日爆發了朝鮮戰爭。在韓國，一般稱之爲六二五戰爭。

是還是因爲成爲哥哥的同志而心滿意足。

五一國際勞動節到了。左翼和右翼分別舉行紀念活動，左翼在南山，右翼則在漢城運動場。我也收到指令，叫我缺課也要去南山參加五一國際勞動節紀念活動。但是我卻猶豫了半天，難道缺席也要去嗎？不僅是因爲媽媽，而是我本來就很討厭集會、示威及喊口號，不論是左翼還是右翼的活動都一樣。每次讀書會的時候，個人主義傾向成了最嚴厲的批判標的，所以我認爲自己也應該克服這個弱點。

我終於翹課去了南山。那眞是規模龐大的集會，組織最大限度地動員了工人和學生。我一整天跟著領唱者喊激烈的口號，沒完沒了地唱人民歌謠。晚上回來的時候已是精疲力盡了。媽媽窮追不捨地問我，我沒有辦法搪塞過去，只好坦白交待。媽媽不知有多麼傷心，對我失望至極。你知不知道女孩子進拘留所會發生什麼事情？她也不知是從哪兒聽來的，媽媽用所有可怕的言語來嚇唬我，而且硬是阻止我第二天去上學，說什麼有人會打電話給校方，要我裝作從昨天開始生病，缺席幾天。我明知道這是一種膽小鬼的做法，但是也沒能拒絕媽媽的哀求。

後來我打聽到，五一國際勞動節那天缺課的同學全部被叫進教務室，接受了調查。去南山的都受到了嚴厲的斥責，連家長也被叫去挨訓。我們學校還算從輕發落，有的學校甚至把學生移交給員警。我去南山的事，誰都沒有去告密，所以隔幾天我再到學校時也沒有受到任何責問。

可是後來，我一直都在爲這件事而感到羞愧。換個立場想想看，我的做法是多麼卑怯的行爲啊！一想到這一點眞是恨死自己了。不僅老師對我毫不懷疑，班級的同學也認爲我不可能去那種地方。或許在她們看來，平時的我就是一個老實乖巧的模範學生吧。想到自己的兩面性這般天衣無縫，我眞是討厭死自己了。從那以後，我再也沒有接觸到民青組織，不知是組織被瓦解了，還是我單獨受到排擠，總之再也沒能聯繫上。

可能是因爲家庭環境不穩定，學校生活過的也馬虎。按照常理，我那個年紀最關心、而且最常成爲苦惱和快樂之源的應該是朋友關係。但是我卻對此不感興趣，現在也記不得當時是跟誰怎麼親近的。唯一能安慰我的是讀書。我的興趣從思想類書籍逐漸轉移到解放以後的本國文學，但不是自己買來看而是從哥哥的書架上抽來看，所以還是離不開哥哥的影響範圍。至於文藝刊物，哥哥也只看左翼界文學團體——文學家同盟刊行的《文學》雜誌，其他的書籍也大都側重於思想性。

那時，我讀了一本金東錫❷的書，記不清是散文集還是評論集，其中的一篇文章至今記憶猶新。文章寫得言簡意賅、引人入勝。過去我讀日本小說讀習慣了，所以這時候看韓文書不免心煩。可是這篇文章卻不然，特別是圍繞著《春香傳》的解說，和誰展開爭論的那一段非常有

❷金東錫（生卒年月不詳）：左派文學評論家。在一九四八年左右，去了北朝鮮。

意思，讓人產生共鳴。有人主張《春香傳》之所以能夠廣泛流傳是因爲烈女春香的守節。然而金東錫卻反駁道，說《春香傳》的生命力緣於李夢龍在公開自己的欽差身份之前闖入卞學道的宴會上寫下的詩句，即「金樽美酒千人血，玉盤佳餚萬人膏」。我當時特別欣賞他的這種觀點。

因爲那是哥哥的書籍，我想肯定也是從階級鬥爭的觀點而寫下的評論。金東錫這個名字在六二五戰爭以後消失得無影無蹤。最近隨著解凍期❸的到來，曾經被抹掉的名字和他們的作品幾乎都重見天日了，於是我就留心察看有沒有他的文章，但到現在也沒有發現。或許他眞的不是我當時所想像的那種了不起的評論家。

六二五戰爭前，我單單在敦岩洞地區就搬了三次家。我想哥哥最熱衷於左翼運動的時候，我們應該是住在三仙橋附近，但這只是我一個人的猜測。這時正值南朝鮮勞動黨最活躍地操縱地下運動的時期，哥哥在家完全是心不在焉的樣子，我們看起來根本不像家人。爲了以防萬一，哥哥連後路都準備好了，晚間若有人來找就逃跑。

那個房子的廚房有個後門，後門外就是一條小巷子，一條夾在鄰居圍牆之間的狹窄巷子，只能勉強容納擠一個人，巷子前頭是面向馬路的高牆，而往反方向走的話，通過幾個鄰居家的

❸一九八八年，韓國政府首次對越北的作家、詩人採取了解禁措施。

後院就可以直達對面的地區。要是走正常的道路到那地區需要很長時間。假如哥哥要逃跑的話，肯定會選擇這條路的。因此媽媽經常察看那條巷子裏有沒有什麼路障。「家裏如果沒有這條小道，可怎麼辦呀？」媽媽爲此感到特別慶幸。儘管這個房子對哥哥相當有利，可是不到一年我們又搬走了，幸好不是因爲哥哥。

那個家有四個房間，比我們家人口還多。爲了省錢，媽媽將門房租出去，招租的時候也是爲了哥哥而費盡了心思。可是挑來挑去最後卻租給了和哥哥一樣的人。那家生活看起來並不拮据，可是男的沒有職業。過一段時間我們才發現有些可疑的人經常在這裏聚會。媽媽立即明白了是怎麼回事。這期間，哥哥並沒有把家當作秘密據點來使用，可是門房卻變成了秘密場所。這一下，媽媽只能怨天尤地。雖然跟哥哥毫無關係，媽媽還是不停地唉聲歎氣，甚至埋怨起風水來了。

不過或許是同病相憐的緣故，媽媽並沒有叫他們家搬走，反而是又多擔了一份心，因爲我們住在那裡變得更不安了。沒過多久，員警包圍我們家，把那個男人抓走了。就像在鄉下蔓延瘟疫時，人們會把那全家病死的房屋燒毀一般，媽媽又發作了一次，當下離開那裏搬到了小叔家。一直到賣掉房子爲止，媽媽一直讓那個男人的家人留在那裏。那個男人也有老婆，還有兩個孩子。

和平前夜

是啊。那個季節裏吸引我的正是對自由的遐想。

中學生成為大學生，

雖然也意味著將從許多禁忌中得到解放，

但我還想從媽媽那兒獲得自由。

坐落在敦岩橋附近電車軌道邊的小叔家有店面和裏屋，而且裏屋也很寬敞。我們兩家合起來也只有五個人，所以住起來很舒服。我還可以擁有自己的房間。住在小叔家的時候，哥哥的婚事也有了眉目。在這之前，家裏認爲哥哥要是再婚就不會搞地下活動，所以就怪媽媽不趕緊籌辦這件事。媽媽何嘗沒有這種想法呢？只是媽媽太瞭解哥哥了，所以行不通的事乾脆不做而已。

連相親都不願意的哥哥，在一個遠房親戚家偶然看到了那姑娘。有人不經意地問起那姑娘怎麼樣，哥哥就有點動了心。哥哥叫我幫他先去看看，但是不要讓她察覺。這可就比較難了。我只好留意那姑娘出入的時間，藏身在她們家附近，好不容易才看到一眼。這顯然不是光明磊落的辦法，可是哥哥托我的時候，我還高興得不得了呢。我懷著使命感順利完成了任務。在我看來，那姑娘不是很漂亮，可是給人很聰慧的印象。整體上，與其說是有女人味，不如說很有落落大方的氣質。我就把自己的看法如實地向哥哥彙報，哥哥也非常滿意。後來留在三仙橋家裏的門房一家回鄉下了，房子就那麼空著，於是大家就擔心這房子賣不出去了。可是這段期間正是哥哥和那個姑娘密切交往的時期。我們再一次從小叔家裏搬出來回到三仙橋那裡去，哥哥迎娶了嫂子。

中學五年級的時候，學校分了文科、理科和家務科。因爲入學時只招了三個班，所以變成了一科一個班。我沒有想太多就選擇了文科。因爲對我來說，讀書已經習慣成自然了，只覺得文科最合適，可是並沒有想成爲詩人或小說家。當時，我們班已有大家都公認的文學種苗。按現在的學制來推算，那時約是上專科學校的時候，所以已經能看出學生的素質。可是我算不上什麼種苗。相反地，當我看到很有氣質的文學少女，就覺得自己還差得很遙遠。

文科班主任是新來的朴魯甲❶老師，據說是位小說家。雖然我之前讀了很多小說，但這還是我第一次看到小說家。正好那時候我們家訂閱的日報連載著他的小說，我心想小說家眞是與衆不同，心裏禁不住興奮的感覺。我還翻遍哥哥的書架，看到文學家同盟的刊物《文學》裏也載著他的小說。這一下猜到了老師的思想色彩，因而感到一種親近感和憐憫，這都是托了哥哥

❶朴魯甲（一九〇五—一九五一），小說家。六二五戰爭期間過世。

的福。那時候，學校也沒有進行特別的高考輔導，所以文科班還有不少文學、寫作課堂呢。朴老師不僅教我們國語，還擔任了文學、寫作課的課任老師。

那時，他的長篇小說《四十年》也出版了。我呢，只要是老師的作品，就想辦法弄來認眞讀。但是老師的作品對我的影響並不是很大，只覺得沒什麼意思，好不容易才勉強讀完而已。可是在寫作課堂上，老師對我們嚴格的要求讓我第一次擁有了自信心。老師最討厭寫文章到處都氾濫著「啊啊！」、「噢噢！」之類的感歎詞。他討厭的程度也非同小可，當老師批評這類文章的時候，旁邊的人都會察覺得到他身上起了雞皮疙瘩呢。當然，他也厭惡借用別人的感覺或文筆的美辭麗句。事實上在當時只要適當地運用傷感的詞句都會被認爲具有文學素質，那樣的人就被稱爲文學少女。所以在當時，朴魯甲老師的寫作指導方式可說是打破了常規。

從此，我就克服了對文學少女的自卑感，也發現了自己的素質。另外，我第一次擁有自己喜歡的老師。老師看起來很嚴格，有著明亮的大眼睛，可是只要一笑，他的嚴肅勁馬上就沒有了，那表情看來就像天眞無邪的小孩子。他在冬天的時候主要是穿長袍，但不是什麼好布料，只是用很簡樸的黑色漂白布做的。老師也教漢文，有時興致勃勃地朗誦古詩給我們聽的時候，感覺與黑色長袍非常匹配。

文科班的同學裡，有人想往文學藝術方面發展，也有很多人讀書馬虎只想著玩，所以氣氛非常自由開放。座位安排是中間的座椅是兩人一桌，而靠牆壁的那兩排則是一個人坐。我的座位靠著面向運動場的窗戶，所以是一個人坐，於是自然跟前後座的同學親近了起來。其中有後來比我先步入文壇而非常出名的作家韓末淑、擔任漢城大學音樂系教授的李京淑、也寫小說但譯著更多的金鐘淑等。我們四個人在一起臭味相投，在課堂上搞了很多惡作劇。

誰要是拿來有意思的小說，我們就不聽課偷看那本小說，而教科書則用來做掩護。偶爾被老師抽問，就不知所措地答非所問，只能鬧笑話。我們還每每突發奇想就寫在小紙條上互相傳遞，都忘記了時間的流逝。韓末淑從家裏拿來了芥川全集，我們興奮不已地輪流看著，但記不得爲什麼會那麼高興。

那時金鐘淑家開了鍾路書館，也就是現在鍾路書籍的前身。我們從她那兒借閱了純文學刊物《文藝》，又借過新出版的書籍。當時的出版物不像現在這麼多，可是每次順路去書店，好像那裏的書都歸鍾淑所有似的，眞是讓我羨慕死了。每次去的時候都看到她的爺爺站在中間充當監視員，而我總是感到非常緊張。現在回想起來，我是不是一直在找偷書的機會呢？在當時，鍾路書館是漢城最大的書店，鍾家全家都動員起來從事賣書、管賬和監視，屬於家族經營體制。

我在表面上裝成是老實的模範學生，實際上卻不然。除了喜歡在討厭的課堂上做小動作以外，我經常上演的拿手好戲就是出入禁止學生進去的電影院。敦岩洞的東都劇場每次播放新片，我都絕對不會錯過地變成了他們的忠實主顧。小叔的鋪子就在東都劇場的斜對面，劇場會在鋪子的玻璃窗或牆上貼廣告，再送電影票以爲謝禮。小叔要嗎把票給我，要嗎帶我一起去看。媽媽和同學都不知此事，我謹守著這秘密。我還經常跟朋友一起出入別的劇場，在暗黑的劇場裏，校服的白色衣領特別顯眼，於是趕緊塞到衣服裡頭若無其事地坐著。誰不知道我們是學生呢？可是我們卻體會到一種刺激感，彷彿自己已經做到了神不知鬼不覺一般。

有一次，我和金鐘淑一起曠課去了和信百貨五樓的電影院。那時如果老師不來或是有事情就會事先通知我們。那天正好連著兩堂課都不用上，偏偏又聽說和信電影院播放我們想看的電影，於是兩人不謀而合決定利用這個時間去看電影。白色衣領照樣塞進衣服裏面，隱秘地藏身在電影院的黑暗之中，我們心怦怦直跳，加上曠課，更覺刺激、緊張。

可是那天偏偏遇上時不時的停電，稍微出現有趣的情節，畫面就會停掉，接著四處響起口哨聲。解放以後，從北邊的配電中斷，供電狀況變得極度惡劣。這時候，情況已稍微得到改善，但還是這般模樣。雖然停電就像家常便飯，可是那天眞是太過分了。電影院業者爲了安撫觀衆，甚至還請來歌手在點蠟燭的舞臺上演出。不論怎樣，我們倆堅持看完電影才走出了劇場。當時兩個人都沒有手錶，不知道時間是怎麼過的，可是萬萬沒有想到外邊已經天黑了。

糟了！我們急急忙忙地趕回學校。儘管只有咫尺之遙，忐忑不安的心情還是讓我們喘不過氣來。回到學校一看，教室裏誰都不在。打掃得乾乾淨淨的教室裏，桌子上只留著我們的書包。黑板上還留下一行文字，是班主任老師的字跡，叫我們兩個一回來就到教務處。我們趕緊跑到教務處，可是老師也都下班了。曠課去看電影時的膽量都沒了，我們只覺得無論如何也要見到老師。如果見不著老師，回家也會睡不著覺。金鐘淑和我一樣死心眼，於是我們便去找值班老師。值班老師一聽我們迫不及待的懇求就拿出教師檔案給我們看。那裏詳細地記著老師家的地址，還畫上粗略的地圖。

那時候，我才知道朴魯甲老師住在峴低洞。心裡頭忽然熱乎乎的，感覺到無法形容的親近感。值班老師好像對峴低洞也有所瞭解，說拿著這樣粗略的地圖肯定找不到。可是我一看圖心裏就大概有數了。雖然很有自信，但是沒有跟鍾淑說實話，只對她說先去看看吧。不知爲什麼，我就是不想說出我對那個地方很熟悉。也不是因爲礙於臉面，而是心裏也擔心萬一找不到怎麼辦。這時候，那地方已經通了電車，我們很快就到了靈泉。可是果然不出所料，實在是很不好找。一來是變化很大，二來又是黑黑的夜晚，那些羊腸小徑顯得更複雜。在鍾淑面前，我裝出第一次來的樣子，又怕她取笑這個地方而忐忑不安。

終於找到了老師家。雖然時間已經很晚，可是老師還沒有回來。老師家看起來很小，有個角門虛掩著，從門外也能看到家徒四壁。我們向師母說明了來意，還忍不住對老師肅然起敬。那天晚上因爲回家太晚，我還被媽媽訓斥了一頓。第二天早晨，我們就去教務處找老師，老師對我們寬宏大量地說，就爲這麼一點事還跑到老師家啊。從此以後，我就覺得自己和老師之間好像成立了特殊的關係，而那種親近感緣於我也曾經住過峴低洞。

我終於有侄子了。也就是說哥哥有了兒子。這在我們家眞是一件大喜事。小叔好像抱了親孫子一樣高興得合不攏嘴。大家都誇嫂子是我們家的福星，這不僅僅是因爲嫂子第一胎就生了兒子，也是因爲自從嫂子過門以後，那股一直讓我們戰戰兢兢的不安幾乎都消失了。哥哥脫離了地下運動，誰都知道這是嫂子的功勞，嫂子並沒有像媽媽那樣成天囉嗦或吵鬧，而是採取了很明智的態度。

嫂子一方面站在哥哥的立場完全支援他，而另一方面又不斷地提醒哥哥不要忘了作爲家長的義務。嫂子經常漫不經心地說，沒餓過肚子怎會知道盤中飱粒粒皆辛苦，沒有靠勞動吃過飯，又怎能爲勞動者做事呢？嫂子說話的方式很特別。旁邊人聽起來也覺得眞是一針見血，可是又不會傷害哥哥的自尊，她的話不尖酸刻薄，又是非常正確。哥哥對嫂子一見鍾情可能也是憑直覺感受到了這一點。可想而知，當時的哥哥是多麼需要忠告和安慰。

哥哥不僅遠離組織，好像還加入了保導聯盟❷。哥哥還找到了工作，在經過舊把撥站，位於高陽郡神道面的高陽中學裏當國語老師。是爲了就職才加入保導聯盟的呢？還是就職以後加入的呢？這前後關係雖然不明確，但不管是現實上還是心理上，兩者是不可分離的。

❷一九四九年六月由從左翼運動轉向的人們組成，正式名稱爲「國民保導聯盟」，但是通常叫做保導聯盟。該組織的目的就是爲了吸收控制左翼分子。

這時正是南韓透過單獨選舉成立大韓民國❸之後將近一年的光景。政府對左翼的態度不僅是要鎮壓，還要斬草除根，這已經成爲新生獨立國家的基本方針。共產主義骨幹分子要嗎就過三十八度線跑到北邊，要嗎就被捕入獄。至於哥哥這種不倫不類的紅色分子，還有一條後路，就是加入保導聯盟。不知哥哥是因爲被勸誘還是遭到強迫，反正他沒有跟家裏人商量就做出了決定。這是哥哥借酒才吐出來的眞言。

那一次，哥哥雖然是在發酒瘋，但是比任何時候都幼稚難看。他不僅放聲大哭，還把所有的責任都推到媽媽身上，說都是因爲媽媽才會脫離左翼運動加入了保導聯盟。哥哥出盡了醜，最後才睡著。媽媽用悲哀的眼神望著哥哥，只說了一句：「怎麼竟然會喝酒發酒瘋來了呢？這可是從來都沒有過的事啊！」對媽媽來說，這已經是夠嚴厲的責罵了。因爲媽媽從來都沒有責備過哥哥，平常哥哥在炕上睡覺時，媽媽怕驚醒他連枕頭邊都沒有跨過呢。但是在我看來，媽媽比哥哥本人更懼怕政治轉向的後遺症。

在那以後，媽媽也是暗自爲此心煩難過。跟曾經極力勸阻哥哥的時候相比完全判若兩人，時不時還露出悔意和留戀。一邊是爲了子女的安全而懼怕法律禁止的危險思想，另一邊又想相

❸一九四八年八月十五日成立，同年得到了聯合國的承認。

信子女冒著危險做的事情肯定很偉大，恐怕這就是最像媽媽的兩面性吧？要不就是因爲連媽媽都無法左右的不祥的預感吧？

總之，媽媽的態度眞是出乎我的意料之外。我還拿著風靡當時的詞彙來逗媽媽，取笑媽媽才是裏紅外青的西瓜紅黨。可是不管怎樣，媽媽久久都不能擺脫那後遺症，兀自擔心苦惱。媽媽這種樣子，我覺得她比勸阻哥哥的時候還要受折磨。母愛如果受到理念鬥爭的影響就只能變成惡夢。我再也不想回去那骯髒醜陋的時代。

哥哥教書的中學所在的鄉村如今已歸屬到漢城市，地鐵也通了。而在四〇年代末，由於交通不便無法每天通勤。哥哥只好寄宿在學校附近，每週回一次家，週六下午騎自行車回家，週一凌晨再返回學校。那所中學雖然不是農業學校，但是還是有很多地，所以發工資的時候，和現金一起發放一個月的糧食。發工資的那一天，哥哥就很自豪地把米袋放在自行車後座帶回家。有時候還會附帶著馬鈴薯或地瓜。當時，生活費中購糧的開銷最大，所以我們的家境馬上就穩定了下來。哥哥也就變得心安理得，逐漸抹去了心中的陰影，而越來越有資格作個平凡的家長了。

哥哥每週六回到家做的第一件事就是馬上去洗澡。嫂子過門時，我們搬去的新家正好位於叫神安堂的澡堂後面。但哥哥急著去洗澡並不是因爲澡堂離家很近，而是因爲他特別疼愛孩子。哥哥從很遠的舊把撥站騎自行車回到漢城後，滿身都是灰土，他認爲不能這樣抱孩子，於是才急忙去澡堂。回來就換上一身寬大的便裝開始和孩子玩，嫂子則在廚房裏做著香噴噴的菜餚。哥哥完全被孩子給迷住了，嫂子也出神地望著父子倆。我雖然感覺有點被冷落了，但不至於吃醋。

久違的和樂氣氛又重新籠罩著我家，讓我也非常開心，簡直就像泡在怡人的溫水裏一般享受著懶洋洋的快樂。只有媽媽還是有點奇怪，理該最高興的媽媽實際上卻不然。哥哥已經完全拋開的東西，媽媽反而還留戀著，簡直就像突然發作一樣。她把哥哥領來的米倒進糧櫃裏時，還陰沈著臉歎息道，人可眞是以食爲天啊！那語氣充滿著惋惜之意，好像是在說，假如哥哥不用操心家人的話，就不會轉向似的。是哥哥的酒後吐眞言還像針扎似的刺痛著媽媽呢？還是解放以後第一次享受到的天倫之樂讓媽媽莫名的恐懼起來呢？媽媽自己也好像有所感覺，偶爾還想讓我也支持哥哥的立場。

「哎，我說呀，你哥哥最近才像個眞正的共產黨，是不是？辛辛苦苦地腦動一個月，沒讓老婆孩子餓肚子，這不就是共產黨嗎？還能有比這個更好的共產黨嗎？」

那時候，我會覺得媽媽不是在對我說話，而只是爲了替哥哥辯護。有一種陰森的視線一直都在監視著政治轉向的哥哥，媽媽好像是有意要說給他們聽，她的語氣是那麼地殷勤甚至幾近卑俗。媽媽把勞動叫做「腦動」、勞動者則是「腦動者」，發音非常獨特。雖然媽媽能講一口流利的標準語，幾乎挑不出什麼毛病，只是哥哥投身左翼運動以後，她只要一提到「勞動」，發音就會有那麼點怪怪的。顯然這種發音是故意的，並不是口音的問題。所以說到南朝鮮勞動黨的時候，還是非要說成「腦動黨」，聽起來眞是很刺耳。

然而雖然媽媽拚命干涉哥哥的思想，但那只是因爲那是違法的，並不是對共產主義或共產黨有所瞭解。媽媽對共產主義的認識雖然很單純，可是好像還有著好感呢。媽媽比哥哥本人更在乎政治轉向，也跟這種好感不無關係，所以媽媽才會覺得轉向等於叛變。媽媽不能眼睜睜地看著兒子因爲違法而被通緝，但是對於他成爲叛徒更是忌諱。媽媽每次決定要搬家是好讓組織聯繫不上哥哥，就是不願意讓哥哥留下叛徒的烙印。也就是說，搬家只不過是媽媽的雕蟲小技，但她卻不是像害怕犯法一樣厭惡共產主義。

談到叛變，我還想起一件事。從那以後過了四十年，也就是最近，媽媽去世前幾年因爲傷到腿，只能待在家裏。雖然是虔誠的佛教徒，但因腳傷又不能上寺廟，看電視和讀書也就成了她唯一的樂趣，所以待在我們家的時候還非常高興家裡有很多書。我信奉天主教以後，易懂的聖經故事或對信仰有幫助的冥想文集，她都非常願意讀，讀完之後就大加稱讚，有的還放在枕邊不離手，所以有一次我就問媽媽何不改信天主教。不僅是我，孫子、孫媳婦也早就信了天主教，而且媽媽從來都沒有反對過，所以我的這種勸告好像還遲了一步。

可是出乎我的意料之外，媽媽不但滿臉不高興還當場責備了我。她說自己雖然三十歲就開始守寡，但是從來沒有聽過人家說什麼閒話，沒有人擔心或懷疑，更沒有受到別人的同情，如今偏偏是自己的女兒惹她生氣。媽媽竟然把改變信仰和守護貞節當作一回事，這種毫不相干的比喻差一點讓我噗嗤笑出來，但我馬上忍住了，因爲情不自禁地勾起了陳年往事，從前哥哥好不容易才帶給我們天倫之樂，但時不時讓我們受折磨的元兇原來就是媽媽這種根深蒂固的貞操觀念。

從此以後，我就再也不敢讓媽媽改變信仰，媽媽在我面前也不看有關天主教的書。媽媽肯定是覺得很丟臉，信仰佛教卻看了天主教方面的書，以至於讓女兒提出改變信仰的問題。這樣的媽媽眞是讓我受夠了。可是一家人越是討厭，越是避免不了近朱者赤、近墨者黑。就像媽媽那樣小心不讓自己在孩子面前失去體面一樣，我也是爲了在媽媽面前保住自己的面子而竭盡全力。我覺得最讓我難堪的就是讓媽媽讀到我寫的書。

每次媽媽來之前，我做的第一件事就是把我的書藏到書架最頂層，而且還要把書反放倒插進去，就是不想讓媽媽看到書名。媽媽經常進我的書房找書，卻從來也不問我的書在哪兒。儘管有時候我能感覺出來，媽媽透過別的管道讀過我的書，但是在媽媽生前，我卻連一次都沒有正式敬呈給媽媽。彷彿患有暴露症那樣，我可以把自己的一切展現在世人面前，卻唯獨不想讓媽媽看見，這可能有點不像話。

但是對媽媽最不容易隱藏的是連載在報紙上的東西。這時候，我們就會不約而同地裝作不知道，母女倆可說是心照不宣。我記得在《東亞日報》的連載結束之後，有一家雜誌社想要採訪我和媽媽。再三謝絕也無濟於事，何況對那位記者也不能太絕情，所以作爲脫身之計，我就請他先徵求媽媽的同意。結果他居然說好不容易得到了媽媽的同意。那時候，我娘家在禾穀洞，我就跟記者一起去了禾穀洞。

媽媽雖然是第一次接受採訪，卻應答如流，讓我非常驕傲。結束採訪時，記者問有沒有看過女兒寫的報刊連載小說。

「我們剛好有訂那報紙。」

媽媽立刻作出高傲的姿態，先強調並不是因爲小說才看那報紙的。我心裏不免苦笑，心想眞不愧是我的媽媽。記者還問讀後感想如何，這一下，我頓時緊張得心臟都縮了起來。本來我是個鐵石心腸的人，無論評論家怎樣品頭論足，我也都不會有任何反應，但這時隨即聽到媽媽冷冰冰地回答一句：

「哎，那還算什麼小說呀？」

我的心臟又縮回來了，當場羞愧難當，無地自容。在那以後，媽媽那種苛刻的評價變成我心中的傷痕，讓我不時地陣陣隱痛。我從此就暗下決心不說傷害別人的話，以此來彌補對媽媽的懷恨心理並慰藉自己。

言歸正傳，讓我重新回到敦岩洞澡堂後面的那個家。

在我看來，媽媽偶爾發作的神經過敏根本毫無根據，根本沒有什麼好不安的。哥哥好不容易才找到了自己的路。峴低洞時期的生活可想而知在哥哥心中留下了很深刻的印象。哥哥對那裡的人們好像有一種負債感，所以還想強調自己也是峴低洞出身。正是這種天眞的正義感促使哥哥站在他們的立場而對共產主義思想產生了共鳴。然而哥哥畢竟是個軟弱的人，而且還有著奢侈的心理，因此很難付諸行動。當峴低洞的人們連豆餅都吃不飽而熬粥喝時，哥哥卻爲了祝賀妹妹升學還請客吃西餐，而且還讓患有肺病的情人住進了特等病房。

對媽媽來說，兒女就是命根子，怎麼能不盼著孩子安穩地生活呢？不管他投身的組織是如何地批判這是小市民的劣根性。就這樣，我不僅了解媽媽，連哥哥的心境產生什麼樣的變化都瞭若指掌。這是我自己的感覺。我那個年紀沒有社會經驗，只是憑著感覺自命不凡而已。哥哥從左翼轉向後是我們家風平浪靜的時期，那年我念中學六年級，也就是現在的高三。

一九五〇年，我從十九歲邁進二十歲。如黃金般的高三時期，我們當年只上了九個月。在日本侵佔時期，是三月末畢業，四月份開學。後來以解放的八月份爲標準，加上模仿歐美的制度，改爲八月份畢業，九月份開始新學期。直到一九四九年都是這樣。可是到了一九五〇年又重新調回來，於是那一年採取了過渡措施，也就是把最後一學期縮短三個月。我正好趕上這個時候，所以我是在五月份畢業的。自從我們國家引進新式教育制度學制以來，我們那一屆可能是唯一在五月份畢業的。每當看到現在的孩子在嚴寒臘月參加高考，在冬寒未消的季節畢業或舉行入學典禮，我就會覺得當年在五月份畢業是一件多麼値得慶幸的事情。

那年的五月分外妍麗。那個年代可不像現在這樣，一年四季都能看到鮮花怒放。只有到了五月份才會枝繁葉茂，那是紫丁香、牡丹、玫瑰、藤花盛開的季節。校園鳥語花香，還能聽到蜜蜂嗡嗡作響。從國民小學直到高中畢業，在這漫長的十二年裡，我還是第一次拿到優等獎。媽媽是不用說了，連哥哥、嫂子、小叔和嬸娘都來參加我的畢業典禮，向我祝賀。那時，我心裏不知有多麼洋洋得意呢！因爲我還考上了漢城大學文理學院國文學科。當時把現在的文學院和理學院並稱爲文理學院，而注重實用主義的學風是戰爭以後的產物。那個年代可能還存在著日本帝國主義的影響，非常盛行著崇尚眞學問的風氣，因而文理學院也以「精英學院」自居，氣焰十分囂張。

我不費吹灰之力就考上大學，感覺全身輕飄飄的，根本無法抑制驕傲的情緒。在當時的女子高中，報考大學的學生不多。或許因爲這樣，學校也沒有特地作考前輔導，除了幾次模擬考試以外，就放任學生好自爲之。我呢，從鍾路書館家的女兒金鐘淑那裏借來一本模擬試題集，自己學了學。除此之外也沒有做過任何準備。那本試題集還很厚，有可能是紙的質地太差才顯得那麼厚。因爲除了我，別的同學也在等著看試題集，所以我努力看了三天。就像輪流看小說一樣，大家輪著做完題目後，也記不得是賣掉了還是另外處理。總之，托了好朋友的福，我做完那本試題集後，就覺得以前學過的知識變得井然有序。那時候，我們家的情況也不至於買不起一本女兒需要的參考書，而我卻沒有讓家裏人知道。因爲我想裝作根本沒有讀書的樣子，到時候再給家人帶來意外的驚喜。其實，這就是一種幼稚的虛榮心。

入學考試是在四月末，正是文理學院附近的風景最美麗的季節。這一帶如今已變成馬羅尼埃公園，過去的小溪現在也被覆蓋了。然而在當時，從東崇洞到梨花洞，有條大學河在流淌著。那溪水的兩旁儘是耀眼的迎春花，在學校院子裏，櫻花紛紛飄落，還有含苞未放的馬羅尼埃花。當時，電車是唯一的交通工具。不論是交入學志願書還是考試，都要從文理學院正門出來過馬路，經過醫學院正門和大學醫院正門，到苑南洞乘坐電車。醫學院和大學醫院在同一條路上，我也不知怎麼的特別喜歡那條路。

是因年華二十擁有的五彩斑斕的美夢？還是因為那條路上的草木和和煦的春風深深地打動了我？總之，那條路迷人的魅力不僅僅在於美麗的自然景色。

是啊。那個季節裏吸引我的正是對自由的遐想。中學生成為大學生，雖然也意味著將從許多禁忌中得到解放，但我還想從媽媽那兒獲得自由。在那個年代，除非是出嫁，又怎能想像離開媽媽而獲得解放呢？當然不可能連做夢都沒有做過。其實我一直都在做夢，並且那是我最隱晦的欲望，而今已經變成現實展現在我眼前了。如何享受這個自由呢？無論是惡用、善用、濫用，還是克制自己，反正都具有無比的吸引力。將來一定要好好想一想！這個夢想比五月的陽光還要燦爛，比五月盛開的玫瑰、丁香、牡丹還要瑰麗！

有一天，我獨立的可能性突然臨近了。一九五〇年春天的一個週末，哥哥跟往常一樣從鄉村學校騎自行車回來，顯露出特別疲倦的樣子。那時嫂子好像又懷孕了，害喜得很厲害。看來是要隔年再生一個。無論孫子有多麼重要，老大都還沒有周歲就懷了老二，這對母子倆都不是什麼好事。哥哥做了鄉村中學的老師，讓一家人都浸淫在幸福中，但這彷彿已成爲昨天的事。因爲除了期待家裡人口增加，我們很快又覺得生活變得枯燥無味。那天晚上，哥哥在飯桌前隨口說了一句：

「學校的住宅好像能空出來一個。房子比我們家寬敞，還有一塊地可使用。」

哥哥說得模稜兩可，而媽媽立刻就追問：

「那個住宅還是官舍呀，如果我們想入住就可以入住吧？」

哥哥說的明明是學校住宅，媽媽偏要用上「官舍」，我在旁邊聽著覺得眞好笑。但是也沒想到會有實現的可能性。

「是啊。快要空出來了，卻沒有人申請。校長今天問了我的想法，所以我就隨口說一說。算了吧。」

「我們搬去吧。」

「什麼？」

媽媽竟然如此斬釘截鐵地當機立斷，大家都不免停住筷子注視著媽媽。

「俗話說，吃三年寄宿飯連骨髓都保不住，你哥哥才過了半年就變得這麼憔悴，我心裏正擔心著呢。你們小倆口也是，這麼年輕平時卻要分開住，這怎麼行啊？」

「可是媽媽，婉緒怎麼辦？」

哥哥用下巴對我指了指。

「考上大學了就讓她寄宿在小叔家。他們兩邊都會高興的。」

正如媽媽不用跟小叔商量就能斷定我們都會高興一樣，小叔和嬸娘對我視爲己出、百般疼愛。我也非常喜歡他們。沒有生育過兒女的小叔曾有一段時期還想領養鄉下二叔家的女兒。二叔有一男三女。小叔把一個侄女帶到漢城，費盡心血地好好待她，但是一年多的努力終歸泡影。那侄女始終對親媽和鄉下生活放不下，無可奈何只好把她送回去。那時我看著小叔傷心極了，就下決心一定要好好孝敬小叔和嬸娘。他們從此也只認我，對我傾注了關愛。但聽到媽媽的話後感到高興，並不是因爲這種特殊的關係，而是想著終於可以離開媽媽了。對我來說，這就足夠了。

小叔家還有我的房間呢。在兩家合住的那段時間裡，他們還讓我單獨有自己的房間。可是在家裏，我到現在還跟媽媽共用一個房間。雖然還有一個空屋子，但是爲了省柴火錢就讓它空著。到了夏天，雖然我很想自己用那個房間，又怕媽媽傷心所以不敢開口。也因爲這相同的理由，我很怕露出高興神情而小心翼翼地隱藏著。也就是說，小叔和嬸娘即使對我再好，我也沒有把他們當作自家人。考上大學和獲得自由是拴在一條線上的，兩者不能分別獲得。別無選擇，考試的前幾天我都必須要保持緊張的狀態。

聽了哥哥的話，媽媽立刻就想去看那個房子。那天我也跟媽媽一起去，我們坐上電車到靈泉終點，換乘到舊把撥站的郊區公共汽車。等郊區公共汽車就花了好長時間，從舊把撥再走到高陽中學，那距離也不算近。那年春天一直乾旱著，黃土路上灰塵滿天。我看著馬上就變得土裏土氣的黑色運動鞋，對哥哥感到了無法形容的憐憫。那個房子幾乎是空著。由於生病而辭職的一位老師在那裏留下了一點東西。我對房子的印象不是很好，可是媽媽也沒有細看就走到菜園裏。

媽媽蹲在壟溝裡好一會兒一動不動，我以爲媽媽是在解手，還刻意迴避視線往別的地方看。過一會兒再回頭看，原來媽媽像個小孩子般正在揉捏著泥土。接觸到我的視線，媽媽就像馬鈴薯花一樣，寒酸而又羞澀地笑著嘀咕。

「我眞想早點搬到這裏。你看這土地多麼肥沃啊！天啊，竟然把這麼好的地荒廢著。」

春天的陽光照在大地，讓人感覺直發睏。別的菜園裏都長著青青蔬菜，唯獨這家的菜園就這麼荒廢著。我彷彿看到這裏也種著辣椒、生菜、黃瓜、南瓜、芝麻、荏子等各種蔬菜，媽媽就在那菜地裏鋤草，而我則從漢城回來奔向媽媽的懷抱。腦海裏勾勒出的場面不禁讓我心潮澎湃。正因爲有這一片菜地，回家也就能算得上是回鄉了。終於可以再次還鄉了，這種預感不下於對自由的遐想，讓我的心異常地激動。我想新的故鄉和我將來要享受的自由定能保持完美的

均衡。

就在那個時候，我們快要失去朴籍村的故鄉了。解放以後，開始在外漂流的二叔一直都不想回朴籍村，只待在開城市內的姨太太家裏。眼看著家境一天不如一天，再加上還有堂弟妹的教育問題，哥哥和小叔就想叫他們乾脆搬到漢城。趁著這個機會也好讓二叔重新振作起來。這件事已經有眉目，正在具體地落實呢。

我一考上大學，媽媽就把敦岩洞的房子租出去，然後急忙準備搬家。哥哥想在暑假裏搬家，而媽媽好像認爲，在夏天要是吃不到從地裏摘來的生菜包飯就會出什麼大事似的，匆匆忙忙地催促著，好似是個被什麼追趕著的人。每次搬家媽媽都會充滿生機，這一點還是沒變。

「媽媽就是喜歡搬家。」

已經不用再擔心被追趕了，而且穩定了一年有餘，可是媽媽還是急著搬家，我就這樣挖苦她。媽媽只想著搬家，也不顧我，就把我留在小叔家，我覺得心裏有點不平衡。每當聽到我的話，媽媽就會變得消沉，茫然地歎息道：

「自古以來都是死到臨頭才要搬家。」

顯然，媽媽直到現在還是沒有擺脫被追趕的噩夢。我們曾經爲了脫離左翼組織搬家而白費心機。而這一次則是想避開政治轉向的後患。媽媽如此戰戰兢兢，在我看來純粹是一種神經不安的症狀，所以我想這次搬家一定會使媽媽痊癒。那年五月，對媽媽和我都是充滿期望、特別美好的日子。然而偏偏就只有一九五〇年五月而已。比任何人都明智的媽媽也萬萬沒有料到，期望越大失望也就越大。不想著萬一而一味地沉浸在美夢中，是多麼地愚蠢啊！因為那年六月即在眼前。

燦爛遐想

那是一種遐想，我想著有朝一日我要寫出文章來，
是那遐想為我驅散了恐懼。
糧食只剩下一點點，我也不在乎了。
密密麻麻靠在一起的房子看起來都是糧食。
難道挨家挨户的翻找還找不出一點點麵粉、大麥嗎？
我不再擔心眼睜睜地餓死，
我已做好對人去樓空的房子下手的準備。

五月份就學年末了，所以新學年從六月初開始。可是在那年，文理學院不知發生了什麼事情，六月中旬才舉行開學典禮。課才沒上幾天就到了六月二十五日❶。這期間遇到了合適的租戶，所以我們簽了契約，連預付金都收了。小叔家將我的小屋也重新裱糊過。媽媽也簡單地修整和裱糊了一下哥哥學校的房子，就等著黃道吉日好住進去。哥哥跟往常一樣只有週末才回家，回來後和我一起將家裡的書籍按照各自所有加以分類。

我在廣播上聽到人民軍試圖越過三十八度線南侵，不過之前三十八度線一帶就經常發生武裝衝突，因爲每次國軍都能擊退人民軍，所以我也就沒有放在心上。即使爆發了全面戰爭，我

❶即朝鮮戰爭。

也沒想到在我們回鄉之前會發生什麼事情。剛經歷的二次大戰得出的經驗告訴我們，搬回鄉下還比較有利。在戰爭的年代，鄉下是很好的藏身之處，所以沒有什麼可後悔的。李承晚政府向來都宣稱說，只要戰爭一爆發就會以破竹之勢向北推進，午飯在平壤吃、晚飯就會在鴨綠江吃。對於這樣的宣傳，我們並非深信不疑，但也不能否認它的洗腦效果。在我們看來，最糟的情況也就是在三十八度線以北附近，打起難分勝負的持久戰而已。

第二天，哥哥大清早就去上班了，我也去了東崇洞的文理學院。在上學的路上，看到利用樹杈將鋼盔和軍用車僞裝得綠森森的國軍正在往彌阿崗❷方向移動。這不禁讓我感覺似乎看到了血腥的戰場，但我還是跟著別人熱烈地鼓掌，還高喊了萬歲。上午的課結束後，有人提議去偷聽樑柱東❸先生的講座。「偷聽」這個詞讓我們有了大學生的感覺，而我們更興奮的是能夠親眼目睹知名學者的風采。入學沒多久，嘉藍李秉岐❹先生的課同樣讓我心潮澎湃。這完全出自於拜見名人的自豪，並非是因爲對他們的學識和造詣有何瞭解。

❷地名，位於漢城北部。
❸樑柱東（一九〇三—一九七七），韓國現代著名的詩人、國文學者、英文學者。
❹李秉岐（一八九一—一九六八），韓國現代著名的國文學者、時調詩人。

當時的情況和現在截然不同，當時著名的學者和人物幾乎沒有在公衆面前露相的機會，可以說是被關在了象牙塔裡。但是大學生卻享受著可以看到他們的特權，這種特權足以讓大學生心醉不已。那時樑柱東先生就已威名赫赫，所以他的課堂總是無立錐之地。梁先生的侃侃而談和自由駕馭講堂的風采讓我目眩神移。有時窗外會傳來斷斷續續的炮聲，連玻璃窗都震顫著。即使是這樣，這位矮墩墩的先生仍從容自若地繼續講課。

但是，我放學的路上看來已經和早晨有些不同。軍隊仍然在向彌阿崗移動，但並不顯得勇猛，而是很悲壯，送行的市民也顯得不安和散漫。那天媽媽徹夜地喋喋不休，這樣的時候全家人應該在一起才對呀。我也同樣擔心著哥哥，所以更討厭媽媽不安的樣子，而且因自己沒有單獨的房間而不開心。

第二天早晨從彌阿崗傳來接連不斷的炮轟聲。但是緊急新聞裏還在報導著我們已殲滅了人民軍，讓國民安心上課上班。看到這新聞，我就放下心去上學了。可是在路上，我看到難民推著裝滿家具的牛車湧向開往彌阿崗的敦岩洞電車軌道。我還看到員警阻止受驚的漢城市民向難民打聽情況的場景。但還是打聽出這些人是從議政府逃難過來的。當我親眼看到了難民才猛然心跳，但我又想他們肯定不是良民，應該是事先逃跑的土豪劣紳和帶頭鎮壓左翼的員警家屬。我這樣自我安慰著，雖然不希望人民軍打過來，但看來我的一些想法還是深受左傾思想的影響。

學校也不上課了，女學生一律回家，男學生以學徒護國團❺的名義參加決心北上統一的動員大會。我在旁邊注視了一會護國團幹部宣讀決議書和領頭喊口號的情景，但絲毫得不到安慰。

回家的路時時刻刻密佈著戰雲。行人好像被絡繹不絕的炮轟聲嚇得驚慌失措。我突然擔心起哥哥就飛也似地跑回家。我希望這時候哥哥能在家，但我一眼就看到媽媽在門前踱來踱去，看來還是沒有哥哥的消息。媽媽一看到我就喃喃自語：「我們也要趕快逃難啊。」媽媽焦急得兩眼都發直了，讓我感覺很不祥。這時嫂子正在廚房裏炒大米。不滿周歲的侄子因爲媽媽肚裏的弟弟而乾瘦不已，他正瞎纏著媽媽不放。懷孕滿八個月的嫂子也不理睬孩子，只管用大木勺不停地炒著已發黃的大米。這情景使我勃然惱怒。

「嫂子，您這是在幹什麼？」

「看不出來嗎？要做乾糧米麵呢。」

嫂子似乎比我還氣惱，埋怨地回了一句。我一眼看到被拋在廊子旁邊的粗棉布大背囊，肯定是媽媽打好的。明明知道嫂子是被媽媽逼迫才炒米的，但我還是從她手中將木勺奪走。

「難道要挺著大肚子逃難嗎？」

❺由學生組織的愛國團體。

「還能怎麼辦？要是真攆我們走，我們也只能離開。不管怎樣，等你哥回來後才能決定是走是留啊。」

又傳來震耳欲聾的炮轟聲，緊接著彷彿是山崩的餘音，連玻璃窗也被震得響上半天。媽媽從大門口跑進來，撐開了布袋子，忙說要裝乾糧米麵。

「還沒磨成麵呢。」

「哪有工夫磨啊？一把把地抓著吃，不磨更好。」

我和嫂子無心炒的米麵都焦了，但媽媽看了也沒發火，只是胡亂地將米麵裝進袋子裏。看著媽媽的舉動，我們還認爲媽媽是看到哥哥回來才跑進來的呢。嫂子也想到馬上就要動身了，哭喪著臉。我就懇請媽媽讓哥哥一個人逃難。

「你急什麼呀？你哥還沒回來呢。」

媽媽可能也覺得自己剛剛的舉動有些太毛躁，就苦笑著又出去了。

那天晚上哥哥沒有回來。小叔家有電話，但也沒有哥哥的消息。小叔整天不停的和學校聯繫，但都徒勞無功。深夜，小叔和嬸娘到我們家來避難。他們認爲幽寂的居民區比通往彌阿崗的大馬路邊更安全，而且大家互相依靠在一起可以消除一些恐慌。

但是，叔伯兩家在一起，我們就更覺得哥哥的不歸帶來了太多空白。炸彈在漢城的上空不停穿梭，我們在屋子裏蒙著被子一動都不敢動。因爲在日帝末期聽說炮彈片或炸彈片不易穿透棉花，所以我們一邊蒙著被子一邊擦汗。小叔在棉被窩裏也不忘認眞地聽廣播，只要一聽到令人寬慰的新聞就馬上告訴我們。

忍受著漫長的黑夜，小叔和媽媽的態度落差非常大。無論我們說什麼，媽媽既不蒙上棉被也不回屋，只是在院子裏和大門口踱來踱去熬到天亮。後來也不是爲了等哥哥，而是想從路人和巷裏鄰居的動靜裏看出點什麼。慌慌張張避難的人現在少多了、有些人覺得無處可去又折回來了……就這樣，媽媽把察看出來的情況告訴我們。外面要是渺無人跡，她就坐在廊子邊上，根據空中飛來飛去的炮聲和命中聲，像專家一樣推測結果，然後再向我們報告，想徵得我們的同意。但媽媽的報告和小叔的報告每次都相反。

兩個人的推測都信不過，我們也沒有從中得到任何慰籍。彷彿是現實與意識形態的鬥爭，我們只覺得荒唐可笑。白天那麼慌慌張張的媽媽，到了晚上卻如此從容不迫，這讓我很不舒服。拂曉時分，戰火聲靜了下來，小叔這才鬆了口氣讓大家睡一覺。

「果然不出我所料，總統已向國民許下誓願，誓死保衛首都漢城。」

媽媽不可思議地看著伸懶腰的小叔，說：

「小叔也眞是，怎麼能相信那老爺子的話呢？」

天一亮，小叔和嬸娘就要回家，說今天可以開店了。我們看外面很安靜還誤認爲是戰火已停，也就沒有阻攔。但過一會兒，小叔氣喘吁吁地跑來告訴我們，一夜之間發生了翻天覆地的變化。媽媽嚇得臉色發白。

「怎麼辦啊？這可如何是好啊？」

媽媽像在說瘋話一樣不住地歎息，我抓住了媽媽的手，她的手在微微地顫抖。小叔似乎無法理解媽媽爲什麼這樣，還笑嘻嘻地開了個玩笑。

「咳，嫂子，您還怕什麼呀。可以動不動就毫無顧忌地罵李承晚博士，這不挺好嗎？」

然後還叫我們趕快出去瞧瞧，說好多人在歡迎人民軍呢。媽媽表情僵硬，堅決不讓我們出去。對總統堅信不疑的小叔已經開始隨風轉舵，對總統看不順眼的媽媽反而感覺新世界很陌生。我知道媽媽是因爲哥哥才那樣，但她還是過於緊張了。雖然哥哥的政治轉向爲自己的鬥爭經歷留下了污點，但我還是厚顏無恥地認爲他們會從寬處理。

我那時眞的既卑鄙又無恥。對於眼前的新世界，我不僅像小叔一樣想見風使舵，我的態度還更積極，而且也抱著希望。我想起了哥哥的鬥爭經歷，還有我已遺忘的短暫的苟同，所以我的希望也變得更爲現實。我想到的是哥哥的鬥爭經歷，而媽媽想的是哥哥的政治轉向。並且媽媽害怕的不是轉向帶來的懲罰，而是擔心受形勢所迫還可能再一次轉向。

媽媽出去確認了一下小叔所說的翻天覆地的變化，然後索性就到安岩川附近的馬路邊去等哥哥。媽媽膽戰心驚地說，人民軍已經接管警署，好像開始抓捕反動分子了。她望穿秋水地等著哥哥，而哥哥還是不回來，媽媽的眼神都發楞了。我安慰媽媽說哥哥一定會平安無事，而且從此以後還能實現抱負。其實這也是我對哥哥的希望。

「那還是人做的嗎？」

這完全是鄙夷女兒的口吻。難道又是貞節觀念作祟？我眞是拿媽媽沒辦法，就像天上的太陽和月亮，明明只有兩種意識形態，而媽媽卻爲了讓哥哥不背叛二者任一者而還要信奉別的，實在是很滑稽。可是，這還比不上哥哥出現時的景象可笑。媽媽本來打算要把哥哥直接送往小叔家或外婆家，藏得無影無蹤，所以才那麼殷切地盼著他回來。偏偏哥哥就在媽媽因爲等得疲倦而進屋的時候回來了。就像小孩子一直注視著茉莉花和喇叭花的花朵，但偏在偶不留神時花就開了一樣。

哥哥回家的模樣不自然到我一輩子都忘不了。就算他是在媽媽死守的路口跟她碰著面，事態也不會有絲毫不同。哥哥帶著近一卡車的囚犯進來了。因爲每個人都剃光頭、穿囚衣，所以我才說他們是囚犯。其實，他們比佩戴無數勳章的凱旋將軍還威風凜凜。相比之下，穿著便服的哥哥反而像是不解自己的所做所爲似的神情呆滯。他們中間有個人將站在石階下面、目瞪口呆的媽媽輕輕扶起，讓她坐穩後行了大禮，其他人也都跟著行大禮。媽媽這才認出他，抓著他的手，撫慰他這段期間所受的苦，但媽媽臉上仍然沒有血色。

向媽媽行大禮的那個人就是我們住在三仙橋時的租戶，後來在我家被抓走了。那時哥哥也參加了組織，雖然他們之間沒有橫向聯繫，但兩人心照不宣。他被捕後，我們家也沒有爲難他的妻兒。後來他從妻子那兒得知詳情後，在監獄裏也一直感謝著我們。

二十八日早晨進入漢城的人民軍首先解放了被羈押的政治犯。這些政治犯可能因爲沒有換穿的衣服，但囚衣本身已足夠做爲革命戰士的標誌，所以他們就穿著囚衣乘著卡車在大街上遊行，可能就是爲了故意誘導群衆的熱烈歡迎。

聽說哥哥學校那邊反而比較平靜，炮轟聲也不是很猛烈。是有人告訴哥哥面事務所和派出所掛上了人共旗❻，而且在漢城還展開了大規模戰鬥，哥哥才急急忙忙地趕回家，結果在路上碰到了這群人。

告訴哥哥戰況的那個人還非常熱心地替哥哥戴上繫紅絲帶的草帽，還在哥哥的自行車上綁上紅布條。哥哥說這些讓他彆扭，所以他一路上又摘又貼的，可見哥哥有多麼小心謹慎。像這樣對哪一方都沒有自信的哥哥看到卡車上的革命戰士後，既不能故作視而不見，又不能熱烈地歡呼，也只能木然地注視著他們了。哥哥感覺到卡車向他靠近，所以搖搖晃晃地試圖要避開，這時有個人伸出了手。因爲哥哥一路上都看著卡車上的人和行人熱烈地握手和擁抱，所以他想必是害羞地伸出了手。在這一瞬間，哥哥聽到那人激動的聲音，「啊！在這裏竟然還能見到同

❻指朝鮮人民共和國的國旗。

志！」然後哥哥突然就被拉上卡車。「我的自行車！」哥哥連最心愛的自行車也沒來得及惋惜一聲就已變成卡車上的人了，接下來就尷尬地捲入激動與興奮的漩渦中，最終沒辦法只好將他們帶回家。

霎時，我們家窄窄的廊子被卡車上的人塞滿了。媽媽和我，還有嫂子在廚房又做飯、又燉湯、又做煎食，還從雜貨店買來了一托盤豆腐和一箱酒。這些人大吃大喝，還不厭其煩地唱著人民歌謠。我們小小的房子都要震飛了似的，連房頂的瓦片也在抖動。在敞開的大門外，巷子裏的人都圍上來伸著脖子向屋裏看。失魂落魄的媽媽顫抖著雙腿一再地出錯，不時打破碟子、分不清鹽和糖。偶爾媽媽還緊鎖著眉頭嘮叨著：「這到底是什麼兆頭啊？」是啊，對於媽媽而言，他們既不是囚犯也不是革命戰士，只是一種徵兆而已。

即使這麼忙亂，媽媽也盡可能地自己做，不讓我和嫂子動手。每次爲他們上菜的時候，媽媽就會焦急地說：「天哪，你們家裏該多著急啊……」可能是因爲這樣，他們在深夜就散了。

第二天，本來打算租我家房子的人來要回契約金和預付款。契約一夜之間無效，對此我們沒有異議，痛快地就還給他了。媽媽到閣樓翻找了一會兒，然後拿著錢下來了，還難爲情地笑著說：「本來很想用這筆錢的，如果眞的用了可不知又要出什麼醜了。」

我突然想起媽媽在菜地裏綻開的馬鈴薯花般的笑容而忍不住心痛。儘管我們當時正準備搬家，而這事似乎已經是在很久很久以前發生的一樣。即使這個世界立即變爲樂園，我也不想用媽媽溫馨的百坪菜園夢來交換。我竟然出現這種反革命的想法。媽媽本來是想收齊賣房的款項後，把這筆錢投資在小叔的生意上賺利息，然後好好地整理菜園好省下買菜的錢。媽媽就這樣精打細算，沉浸在我們要變富有的夢想裏。

自從身著囚衣的革命家熱熱鬧鬧地在我家聚餐之後，巷子裏的人對我們簡直是另眼看待。每個人的臉上明顯地表現出有眼不識泰山的慚愧、不安和恐懼。雖然事態的發展與媽媽的擔心完全相反，但是這更讓媽媽忐忑不安。當然並不是裏裏外外都有這樣相反的變化。哥哥的那些同志三三兩兩地開始找哥哥，對於哥哥的優柔寡斷，他們委婉地指責說那是放棄向黨贖罪的機會。每當這時哥哥就會馬上抽身，他說投身於學校的工作，用革命精神培養那些工人農民的子女就是自己能爲黨所做的。

因爲那一卡車人，媽媽精心擬定的計畫都付諸東流，同時也讓媽媽彷彿踩著薄冰般戰戰兢兢地過著每一天。媽媽最擔心的就是巷子裏的人將我們看成大人物。住在同一個巷子裏，家家都敞開大門親密無間地來來往往。特別是有了孫子的老人串門子情形更是頻繁，以至於連各家的醬味都分辨得出來。背上的孩子必須帶著他經常走動才不會哭鬧，這一點無論過去還是現在，無論是我家還是別人家都一樣。大家一直以來都是這樣毫不見外地相處，但現在卻連饑荒的患難也不能一起分擔，這是非常殘忍的事情。他們以粥糊口的時候，我們也在吃粥，他們糧櫃見底的時候，我們同樣也沒有糧食。但這點，他們怎麼也不相信。巷子裏的人一起去纛島買小蘿萄時會漏掉我家。

災難不僅落到了我們家頭上，小叔家也沒能逃過一劫，他的店鋪沒過多久就關門了。小叔一直深信比起太平盛世，人心惶惶而且說變就變的世道更有利於做生意，可是這一次，他完全想錯了。面對電車軌道的店鋪因爲太大，所以有一半租出去了，而那家的情況也一樣。空蕩蕩的店鋪看上去可能像個倉庫，所以一群人民軍就想把他們滿載裝備的牛馬車拴在那裏。誰敢不聽從他們的命令呢。

聽嬸娘說，那些人還是人民軍內的保衛軍官呢。他們不僅將馬拴在那裡，連食宿也想在小叔家解決，嬸娘成了他們的廚娘。剛開始小叔家也歎息遇到的災難，但後來到處都鬧糧荒後，這才慶幸兩個人不用擔心一日三餐，不僅是飯，就連菜也不用擔心。人民軍有時抓整頭牛砍頭截肢，然後和其他的部隊共同享用，小叔家也跟著幾乎三天兩頭以肉塡飽肚子，肉都吃膩了。當時沒有冰箱，也只能那樣了。

嬸娘還說那時整個巷子裏滿是牛肉的膻味，雖然她是被指使的，但嬸娘總覺得自己犯了彌天大罪似的。宰牛的時候，爲了當作日後做買賣而藏起來的酒被那些人發現，結果被喝的一滴沒剩。小叔家主要是做酒類批發，當時的狀況根本不能盼望他們會付酒錢和做飯的酬勞，所以能跟著一天三頓都吃到白米飯已經很幸運了。

只有自己享福而不能跟別人分享，嬸娘很過意不去，還說不知所措到在巷子裏都抬不起頭。

哪怕是鍋巴也好，她眞想和鄰里分著吃，但那些人對食物看管的嚴嚴密密，沒有一點漏洞，所以根本想都不敢想。軍官對於親戚的出入倒不說什麼，可我們一旦去了，嬸娘肯定會千方百計地想弄點吃的給我們，所以我們從來都不會主動去小叔家。家裏向來都忌諱在吃的上頭搞卑鄙的名堂，所以只要一想到有可能遭受那種嫌疑就避之唯恐不及。小叔家的消息我們也只能透過嬸娘偶爾的夜訪而略知一二。一整天在廚房忙碌的嬸娘身上滿溢著飯菜味，但連一塊鍋巴都帶不出來。我們壓根兒就沒盼望什麼，嬸娘反倒覺得不好意思，一進屋就呼呼地抖動裙子，然後開始辯白。

「怕他們起疑心，我還是這樣抖摟裙子之後才出來的。」

然後她又一次地擺動裙子，幾乎連裏面的襯褲都看到了。等到我們極度挨餓的時候，嬸娘就更少來我們家了。

八月初，哥哥終於重返鄉下的中學了。哥哥失去了藏身鄉下的機會，也放棄了向黨贖罪的機會，但這個世道不允許人們過著沒有歸屬的生活。無論是青年還是壯年都被強行抓去當義勇軍。哥哥似乎還在悠閒地觀望時局，他能夠這樣是因爲已變爲人民委員會的原洞會會員，以及住在同一條巷子裏的人民班長也在觀望著哥哥是否是大人物。在這樣的狀態下，油然而生的危機意識加上左鄰右舍的排斥，讓媽媽整日呆呆地發楞，也不像往常慷慨激昂地發表自己的意見了。最初的計畫落空後，媽媽似乎對自己的判斷力失去了信心，變得意志消沉、沈默寡言。也不知她的倔強勁兒跑哪兒去了，完全像個沒有主見的人。

哥哥的一位同事來動員哥哥上班，他說即使付不出月薪，但還是會給米，這話似乎讓哥哥動了心。再過一個月嫂子就要臨盆了。媽媽爲了留幾把白米，連孫子枕頭裏的小米都拿出來摻在了菜梗心稀粥裏。那個同事第二次來的時候帶了哥哥的委任狀來，這樣可以保障他出行的安全。但是哥哥上班不過三天就被抓去當義勇軍。我們還不知道這個消息，據小叔說，他聽到深夜有人敲窗戶，出去一看是哥哥，後面還站著兩個拿槍的人民軍。

小叔家住在通往彌阿崗的電車軌道邊，所以深更半夜也能聽到軍隊和平民百姓移動的聲音。據小叔說，哥哥要被帶到北邊，他懇請領隊允許往家裡捎個信，所以才能去小叔家一趟。哥哥只說了一句話就被拉走了，小叔和嬸娘不能就這麼眼睜睜地看著侄子被抓走，所以穿著內衣跟到彌阿崗，結果領隊用槍把將小叔和嬸娘硬推走，他們這才無奈地回頭。等到退出大馬路，這才看到在黑夜裡穿梭的壯丁隊伍無邊無盡，因而多少有些安心。嬸娘一直看著那個隊伍消失在夜幕裏，然後立刻跑來報信，但我們一直難以置信地發愣。天亮後，就更覺得嬸娘是在胡言亂語。媽媽爲了弄清眞相，準備去舊把撥，還叫我跟著一起去。

在國道，炮火攻擊得更猛烈。怪不得軍隊和普通人都在晚上移動。遇到空襲，我們就跑到田地裏匍匐一會兒，然後再趕路。哥哥確實被抓走了。上部下達指示，說是要對中學教師實行再教育，每個學校都必須義務性地派幾個人參加，所以學校才會那麼熱衷於動員教師上班。在

清雲國民學校接受再教育的時候，全體學員都被強令抓去當義勇軍。不能怪任何人，據說到我家來動員哥哥的人也被抓去了，可想而知他也是被騙的，要怪只能怪鄉下人太純樸，因爲欺騙我們的是組織。

田野上，紅蜻蜓自由自在地飛著，小溪邊的白楊上，知了在刺耳地叫著。我們的菜園似乎還沒碰到主人，長滿了馬齒莧。我們母女倆透過一個老教師看守的教務室玻璃窗看到了外面的這些景象，可能是因爲極度饑餓的關係，我們覺得戰爭的恐怖頓時離我們遠去。老教師和比他還老的雜工一起去倉庫舀米給我們。我們感恩戴德的收下了米。媽媽頂著，我扛著，那天晚上我們飽飽地吃了一頓白米飯。媽媽在哥哥領到第一個月的薪水和大米時並沒有太高興，只是歎息著說過人以食爲天。媽媽爲什麼要過早地說那句話？這天晚上，媽媽反而什麼話都沒說。但這頓飯才足以證明人以食爲天。

我老早就開始上學了。我和哥哥不一樣，我對這新世界毫不猶豫地產生了共鳴。對李承晚政府的斥責喚起了我的共鳴，對工人農民的誓言也喚起了我的共鳴。過去曾透過小冊子接觸共產主義的感動與迷惑，此時重新在我的腦海裏復活。我只想爲他們的乘勝前進拍手叫好，我也因爲曾參加民青組織而感到自豪，好像自己的經歷有多了不起似的。再加上剛剛進大學，非常熱愛大學。我想融入到這個新世界，而我也只屬於這個學校。上學一看，文理學院的建築物已被人民軍佔領，我們得去蓮建洞的獸醫學院註冊報到。

大約是七月中旬。我雖然很焦急，但因爲家裏的狀況不得不晚幾天上學。連自己也左右不了的不安沉重地墜壓在媽媽的心頭，平時動不動就愛開玩笑的習慣也消失了，對我的上學問題更是不聞不問。儘管這樣，我還是自以爲勇敢地去了學校。但是學校景象一片稀落，除了民青幹部，每個系科報到的學生寥寥無幾。這些少數學生的主要任務是動員學生來上學。學校給每個學生各發幾張備置在學校的學籍卡，然後學生再根據粗略的地圖到各家各戶去勸導。我後來才知道這樣做是爲了收羅義勇軍。哥哥也是這樣被學校的老師動員的。其實，在我不知道事情的眞相時，我也沒有作這件事兒。因爲自己本來就是路痴，而且勸導大學生上學簡直不合乎情理。比起被勸導的對方，感覺自己在自尊心上更說不過去。

不僅是這件事情，還有許多不可思議的差事。抄寫文理學院反動分子的名單就是其中之一。也不知是誰擬的名單，上面都是些不認識的人，更不知爲什麼要不停地抄下來？還記得名單裏的第一號是後來就任國會議員的孫道心，當時在讀政治系。學校偶爾會安排學習時間，但幾乎看不到教授，一直到最後，眞的連教授的影子都沒看到。

在學校做主的是民青組織。在這民主學生同盟裏，最具有民主性的學習方法就是閱讀、讚美和狂呼蘇聯共產黨與金日成領袖的教導。沒有什麼比虛僞的讚美與狂呼更讓人疲倦的事了。我明顯感覺到我身上的生機每天都在蒸發消失。同樣的教導讀了又讀，而且始終都要慷慨激昂。所謂的新教導也一樣，其實都是陳腔濫調，可是我們還要爲以往的狂熱點燃新的火種。這怎麼可能呢？如果說有可能，那毋庸置疑地純粹是一種虛僞。喜歡虛僞的領袖該是多麼愚蠢啊。我就這樣漫無邊際地想入非非，要不然實在是無法忍受下去。

我向來討厭預習。讀高中的時候都是沒辦法才復習，但也從來不預習。我還經常無法集中精神。如果遇到討厭的科目就會當成耳邊風，邊聽邊看小說。即使是喜歡的科目，也常一邊遐想一邊聽課。如果聽課時遇到需要掌握的新知識，我在散漫中也會像條活魚般充滿生機，所以不想因爲事先預習而讓那個時刻變成死氣沈悶。這麼說來，似乎我所厭惡的並非是預習，而是復習。

民青組織的復習可以說是連小孩子都懂的內容的無限反覆。這就讓我感到疲憊不堪，覺得自己不僅變成了死魚，甚至好像成了標本。否則對於那些每天在一起學習、生活、還經常握手的瀟灑的男生幹部和同志，我怎會從未產生過奇妙的感覺呢？

我所指的並非是愛情。男男女女長期往來必定會產生異性間的吸引力，無論是男女、父女還是母子都一樣。這種吸引力可以說是一種生機、光潤而溫柔，總之正因爲有這樣的情感，所以男女共同做事會有一種獨有的樂趣。但不知爲什麼，當時我的這種情感似乎已經枯萎了。不，不是似乎，而是千眞萬確的事實。不只是枯萎，甚至是極度的荒瘠。

在戰爭期間，我的月經停了。後來聽說好多女人都有過同樣的經歷，人們大都以爲是戰爭期間營養不良所導致。營養不良當然是主要原因，但我想心理的中性化現象也是不容忽視的原因。與其懷疑北朝鮮到底是不是勞動階級的樂園這一問題，更讓我納悶和感興趣的是，在北朝鮮，男人和女人到底是怎樣繁衍後代。在那樣的年代，我還在尋找樂趣。自從哥哥被迫去當義勇軍，我就再也沒有去學校了。但我不想說是哥哥的緣故，我想是因爲過度的疲倦才會讓我打退堂鼓。彷彿尚未受精的果實枯死、凋落，算起來也沒有幾天，可是不管是在當時或者後來，這幾天過起來感覺比人民軍統治下的三個月還漫長。

媽媽每天晚上都要在醬缸臺上放清晨汲來的井水，然後祈求老天保佑我們全家。皓月當空或祈求時間特別長的時候，媽媽看來儼然是個巫婆。因爲哥哥成了人民軍，所以我理應希望人民軍隊戰勝的，但我只要聽到兇猛的轟炸聲和連續不斷的迫擊炮聲就會產生相反的期待。也不知是什麼割不斷的緣分，在三仙橋家被抓走的那個革命家的妻子還跑來找我們。我們從她的口中才得知，從南邊傳來的炮聲是艦炮射擊聲。

六月二十八日，那個男人在我家大張旗鼓地熱鬧一場之後就再也沒有消息了。哥哥對那個男人隻字不提，媽媽也只納悶過一兩次，那個人究竟是大人物還是只是小蝦米？這一次他的妻子來到我家，我們才知道那個男人後來就任了仁川市人民委員會副委員長。可以說是個大人物了，但是他的妻子看起來寒酸而憔悴，而且還帶著似乎受到驚嚇的一對兒女。女人說，仁川不分晝夜的被集中攻襲，已化爲一片焦土，人民軍隊不久就要放棄仁川了。所以上級下達指令，先把家屬轉移到北邊，黨的高層幹部留下來堅守戰地。

原來這女人是在轉移北上的路上路過我家的。眞有意思，我家跟你們有什麼關係？還不儘快趕你的路，來我家做什麼？我萌生了這種殘忍的念頭，忍不住火氣上升。可是媽媽對她們卻盛情款待，絲毫沒有怠慢。第二天凌晨，女人帶著兩個孩子啓程回去平壤。臨別時，媽媽還爲她們祝福，希望她們無論走到哪裡都能遇上貴人免遭困苦，能夠平平安安地走到平壤。看著送行的媽媽，我忍不住氣憤地說了一句傷感情的話：

「您以爲那個人還會捲土重新掌權嗎？不可能。」

本以爲媽媽聽了肯定會發火，可是媽媽的臉上只是浮現出穢氣纏身時的恐懼和忌諱。

「難聽死了，你這個烏鴉嘴！如果我不善待別人，怎能指望你哥哥也能遇到貴人哪？」

我一下子慚愧地不知所措。

似乎除了我們的巷子之外，所有的地方都成了火海，熊熊的火光沖向高空，炮擊聲和轟炸聲接連不斷。但偏偏在這一天的早晨，嫂子就要臨產了。嫂子的第一胎不是很順利，所以媽媽可能也害怕，叫我馬上去把嬸娘叫來。我也嚇得稀裡糊塗地跑出去了。平時十來分鐘就可以到小叔家，但那次走了一個小時也沒能走到小叔家，我就折回來了。

大街上已經杳無人跡，只有各種武器在交鋒，如山崩地裂般咆哮著，噴發出猛烈的殺氣。飛機只要看到地面上有移動物就像老鷹發現了小雞一樣，立刻往地面用機關槍掃射，所以我只能在飛簷下或樹下小心前進。就這樣，我衝破艱難險阻想去找嬸娘。可是儘管費了好長時間，還是不得不折回家，因爲實在是沒有辦法穿過電車軌道。

等我回家時，嫂子已經順利生產，正抱著孩子在無聲地流淚，媽媽則忙著產後的頭一頓湯飯。可能是因爲營養不良，紅薯般大小的嬰兒小臉上只能看到粗粗的皺紋。聽說胎兒實在太小了，所以嫂子也沒感到疼痛就生了下來。

沒過幾天再次起了翻天覆地的變化。這三個月來，我還以爲年輕人都被斬草除根了呢也不知都藏到了哪裡，現在突然湧出來互相擁抱或是拽著凱旋的國軍瘋狂地歡呼和跳躍。他們的頭髮都很長，臉色都很蒼白。這漫長的三個月他們是怎麼熬過來的呢？單靠一般的忍耐力和家人的保護是不可能的啊！我突然感覺只有我家是傻瓜。

這期間被抓走或遭迫害的人數陸續公開，龐大的數字和殘忍的程度同樣也是駭人聽聞。活下來的人都是九死一生，經歷過千鈞一髮的險境，可謂是上天保佑才得以保住一條性命。無論是誰，只要經歷過生死關頭都會變得膽大起來，而且充滿著獻身的欲望。復仇的火焰使他們殺氣沖天，況且戰爭尚未結束。同族間不是你死就是我活的互相殘殺著，這是多麼可怕和殘忍的事情。敵人不是外族，就是共產黨。我雖然很感激從死亡線上把我們拯救出來的聯合國軍隊，但是正因爲擁有獨立的政府才能得到聯合國的幫助，所以對自己的祖國更是感激不盡。愛國心使每個人熱血沸騰、振奮不已。

但是，愛國就是反共。愛國和反共就像手心跟手背是連在一起的。因爲愛國心切，所以湧出了一大批組織團體。青年團、自衛隊等愛國團體的主要任務就是打擊消滅紅色分子。政府和員警、軍人、憲兵等維持治安的機關也都返回了首都，但他們的任務同樣是搜查共產黨。全市實行戒嚴，到處大力搜查。在敵人的統治時期，只要是爲敵出過力的紅色分子，就會無條件地遭到監禁或就地處決。紅色分子的命根本不是人命，連根草還不如。曾有人在前面走著，被後面人指說是紅色分子，結果當場挨了一槍而一命嗚呼。

因爲人民軍闖下了彌天大罪，所以肯定怨聲載道。揭發、告密的風氣很猖獗。因爲害怕自己被揭發，所以有人就先告發別人。即使躲到天棚裏，如果沒有人送吃的來，那怎麼能活下來？也許是他們的妻子或媽媽更積極地參加過女性聯盟，從而更熱烈地讚揚過領袖、更高亢地歌唱過人民歌謠。

就這樣，留在漢城的人多少都被懷疑有叛國的可能性。而這些人全是純樸的良民，他們錯就錯在輕信了政府所發佈的死守漢城的誓言，可是組織對這些人的懲罰卻毫不留情。爲了證明自己問心無愧與淸白，最好的方法就是說自己曾越過漢江大橋避難回來。所以値得自豪的反共主義者內部出現了所謂渡江派的特權階級。正是這些人在避難之前大肆宣傳、欺騙市民的，還叫市民要放心地過正常生活，可是現在他們比誰都氣勢洶洶、不可一世。也許他們是自知理虧，才會更倡狂地先發制人。要不然曾經在親日派問題上聖恩浩大的政府怎會如此絕情呢？在過去，政府對親日派的處置是多麼寬容啊！

對於我們家族，難以忍受的痛苦時期終於來臨。那既是我們家的痛苦，也是我獨自一人必須要面對的嚴峻考驗。巷子裏的人還是不改變對我們家的想法，認爲我們家肯定是大有來頭。媽媽說，收復國土後，鄰里看到她無不驚恐萬狀。我們沒有轉移到北邊而留下來，對於他們來說既不可思議又掃興。不僅掃興，可能他們還覺得我們簡直像是定時炸彈般恐怖。不是因爲我們做了什麼，而是我們的存在本身就是社會的不安要素，理應清除。

我們被巷裏人揭發而遭到了搜查。他們因爲看我們家沒有越北，就誣告我們家藏有大紅黨。在當時，幾乎沒有人是自願加入義勇軍的，而且軍人和員警的兄弟也有很多被抓去當義勇軍的，所以當義勇軍並不構成大罪。

我們苦苦央求他們相信，哥哥眞的是被迫加入義勇軍的。嫂子是產婦，媽媽又年邁，所以只有我被傳喚。我受盡所有的汚辱，但是沒有被監禁。牢房都滿了，況且在所謂辨查紅色份子的行家的眼裏，我沒什麼特別的。能碰到這樣的人已很幸運了。無論在什麼事情上，外行要比內行更可怕，折磨人更是如此。

事情並非到此爲止，從那以後我就不停地被傳喚，是因爲有人接連不斷的告密，還是因爲他們要我，總之我無法瞭解實情，甚至也沒有揣測的工夫。形形色色的青年團體都把我叫去，他們叫我紅娘們。無論是男人還是女人，只要跟紅色沾上邊就已經不是人了。正因爲不是人，所以拘捕令啦、人權啦等等人民該有的權利都無從擁有。有權搜查並懲治紅色分子的機關不計其數，只要鄰里認爲我可疑，那我就成了他們的出氣筒。他們肆意地侮辱我、威脅我、嘲笑我。但跟他們的眼神比起來，這種人權侵害根本算不了什麼。

他們就像看畜牲和害蟲一樣看著我。我也由著他們，任憑他們對我肆意妄爲。我就像毛毛蟲一樣在他們面前爬行。他們就像單純的小孩拿噁心的害蟲玩樂一樣。幸虧他們太憎恨紅色分子，因而沒有拿我的軀體尋歡作樂。我甚至埋怨起自己從小在嬌慣的環境中成長。當然我說的並不是豐衣足食，而是指我從小到大沒有受過任何羞辱。

每個夜晚我都在拼命地掙扎著，試圖將那些被視爲害蟲的時刻從記憶裡抹去。但我偶爾也會想，即使我已忘記，但他們仍然還記著，那我不眞的成了害蟲嗎？一想到這裏，我心裏就產生恐懼，於是我又想自己應該拼命拒絕遺忘才對。

即使如此，我還是忘了好多事情。一些個別的事情還可以簡單地勾勒，而好多事情就只是抽象地留在了腦海裏。也許這意味著我從身體到精神都屈服了。可是又能怎樣呢？只有靠這種歪曲的精神力量才能挺到最後，讓普通人不至於發瘋。

但是，我的遭遇和小叔家的破落比起來實在不值一提。我想這要多虧媽媽每天晚上對著清晨汲來的井水祈禱，讓我遇到了貴人。小叔家一直到十月中旬都安然無事，忙著去除家裏遺留的馬糞味，爲了重新開張而忙碌著。如果說小叔有什麼牽掛，那就是我家。小叔說只要想到我家，他做什麼事都心不在焉。他不停地後悔，如果那天晚上給人民軍塞個金戒指，是否能把哥哥救出來。明明知道對人民軍賄賂是行不通的，但也不知道他是在哪兒聽到確實有人用這辦法救出家人，所以才天天懊悔著，以至於還跟嬸娘吵架。其實是小叔在無理取鬧，他說像這類的事情女人應該事先想到。

小叔家也被巷裏人揭發了。他們說小叔當了人民軍政治保衛部的走狗，吃得好穿得好，這是致命的舉報。小叔和嬸娘分別被抓走，而且據說嬸娘被當場處決了。那個巷子裏和嬸娘很要好的一個女人對我們說，她看到嬸娘和好多人一同被拉到誠信女中的後山，然後就聽到了槍聲。她的意思是要我們趕快去收屍。她還把這事告訴別人，讓他們找到了家人的屍體。有很多人都是因家人渺無音信才不得不上山去翻屍體。

但是我們不顧情義，沒有直接去後山。因爲我們家也天天遭到搜查、被傳喚，根本沒法顧及小叔家的事情。現在家裏要是再多了個被槍決的紅色分子，這事如果傳出去不知又要帶來什麼災殃。在驚慌恐懼中，我們把這個消息告訴了嬸娘的娘家。親家母發瘋似的跑到後山一一確認屍體，可是找不到嬸娘的屍體。

後來聽嬸娘說，負責處決的軍官認爲女人怎會犯下死罪，就把當時的幾個女人轉給員警署。嬸娘受到了審判，沒到一四撤退❼就以緩刑的名義釋放了。這期間都是親家母送衣服食物給獄

❼一四撤退：一九五一年一月四日，李承晚政府再次放棄漢城而撤退南下。

中的孀娘，我們沒能給與任何的幫助。

一開始就被員警直接逮捕的小叔在審判中被叛處死刑。這也是小叔拜託出獄的人帶給我們一封信後，我們才知道的，我們對獄中的小叔同樣愛莫能助。信中說道，眞不明白爲什麼判我死刑，能不能幫我找律師救救我。但我們家根本沒有掌握權勢的親戚，我從來沒有像那時那樣痛苦的感受到孤苦無助與自己的渺小。

當時，叛國的罪人實在是太多了，所以想給囚犯送件棉衣也要等上一整天。正好我們家有個親戚當看守，就拜託他行個方便，但那個人說門兒都沒有。媽媽也知道當今世道，一個九品芝麻官最忌諱和叛國者打交道，但還是覺得那人太絕情了。媽媽爲了能在大清早就排上隊，也不顧顏面跑到峴低洞比較要好的人家借住一宿，她在那裏得到了溫暖的關懷和安慰。媽媽就說窮人更有人情味。

後來，我們沒再能爲小叔做點什麼，他就被槍決了。我們甚至不知道小叔是在哪一天執行槍決的。除了小叔的那一封信，之後就沒收到任何消息了，自然也沒有叫我們去收屍的通告之類的東西。其實也沒有小叔已被處死的確鑿證據，但在那以後馬上就是一四撤退，我們再也無處查找小叔的生死與名字，所以根據當時的狀況推定，小叔肯定是被集體處刑了。紅色分子的性命還比不上一隻蒼蠅的性命，他們的家人也跟害蟲差不了多少。

當時我們顧不得監獄裏的小叔是因爲市民證。九二八收復以後頒佈了一個新政策，即使是一般人想要自由地出入，也要有能夠證明是良民的證明書才行，這證明書那時稱之爲市民證。雖然後來只要是大韓民國國民都可以拿到市民證，可在當時，市民證的目的就是爲了區別良民和潛伏的共黨分子，頒發都要經過嚴格的審查，自然不會隨便地發給每個人。但我們家在接受審查之前就出了問題。班長挨家挨戶發放市民證申請書的時候，唯獨遺漏了我們家。這爲我們帶來了比被人告密時更大的打擊。當時一般都認爲，沒有市民證就意味著叫人去死，所以拿到市民證等於是擁有做人的基本條件。這讓幾乎失魂落魄、默然承受著所有災難的媽媽也忍不住叫天歎息起來。

「天啊，怎麼能這樣？太過分了。大家一直都分吃著祭祀糕，互相幫忙、相親相愛。怎麼能這樣對我們？」

每次有新搬來的人家，人們就熬小豆粥共用，還分享祭祀糕、不分彼此的往來、不嫌棄別人家孫子的糞尿……媽媽這樣喃喃訴說著。雖然對那班長很厭惡，但我們還是跟班長請求說，能不能領到市民證是我們的事情，但是否可以給我們一張申請書？他的回答卻是，正好缺一張所以才漏了我們家，叫我們自己到洞會去請求。這個人是班長變爲人民班長，再由人民班長變爲班長的，爲人竟如此卑鄙虛僞，而我們還要受他欺負。一直到領到申請書接受預備審查爲止，我們只能對洞會職員無可奈何地低聲下氣，但最後是由不認識我們的機關來審查資格，所以媽媽和嫂子才得以順利地領到市民證。因爲我是學生，就叫我到學校去領學生登記證。

眞是屋漏偏逢連夜雨。我覺得這個大學實在不能去，更何況我曾在共產黨統治時期去過學校，那時候上學就是公然的叛國行爲。我因爲害怕受懲罰，所以後來連學校都沒敢接近。每所大學都由學徒護國團監察部來審查學生，據說有的學校還殘酷地對待學生。各機關都在忙著進行審查，在審查過程中發生了各式各樣的事情。我雖然非常害怕，但沒有市民證就是死路一條，所以無論是什麼樣的羞辱和暴力，我都要承受，我做好了這樣的心理準備才去了學校。

這一次是聯合國軍隊佔用了文理學院，大學的業務機關搬到東崇洞教授官邸辦公。我在塡表時，有人認出了我還互相交頭接耳，因爲我已經上了黑名單。在那樣的情況下，當天根本不可能領到學生登記證。經過監察部長調查訓示，過幾天後才終於拿到了登記證。

當我出示千辛萬苦才拿到的登記證後，我的市民證自然也就毫不費力地下來了。直至今天，我還對當時在文理學院受到的審查心存感激，這不僅是因爲領到了市民證，更因爲那時我第一次得到了人的待遇。嫌疑是嫌疑，人道是人道，他們把兩者儼然區分開來，對此我終身感激不盡，就是它使我最終沒有放棄對人的信賴。可能因爲我受到了這樣的嫌疑，所以體會更深，但是在肅清叛逆者的那個時候，最可怕的就是人，整個社會都人心惶惶、恐怖森嚴。

乘勝前進馬上就能推進到鴨綠江的勝利者有必要那麼殘忍嗎？有勝利的時間卻沒有寬容的時間，這好像就是理念鬥爭的特點。

突然又冒出來好多愛國團體，隨處可見他們提出的口號和聲明，激烈而又好戰地譴責了共產黨的野蠻暴行，而且呼籲要堅決搜查，全部斬草除根。有一次，我看到其中簡陋的壁報寫著「自由主義萬歲」，讓我覺得很奇怪。那時正是我身心荒廢的時候，看到這個更加洩氣。寧可蒙受羞辱和折磨也不享受北邊的榮華富貴，難道就是為了這個嗎？在承受了羞辱和折磨之後還要忍受縲絏之禍，但還是誓死不渝選擇這片國土，究竟這裏還有什麼自由？啊，對了，原來還有不用狂信國家元首的自由呢。我淒涼地自嘲著，這個自由不也是個巨大的希望嗎？

眼看北進統一的夢想就要實現，可是因為中共軍介入，我軍又被打退。這次政府沒有瞞騙事實，提前告知人民，戰略上可能會撤退。因為夏天已經有過一次驚嚇，所以有錢有勢的人早早就忙著避難，窮人也將信將疑地打理好避難的行李。每天都祈求老天的媽媽和嫂子的失望和悲歎無法形容。雖然家裏災禍不斷，但始終支撐著她們的仍是希望。

國軍以最快的速度北進的時候，有很多逃脫或故意脫隊的義勇軍趁機歸鄉。媽媽在路上見到乞丐模樣的青年就問他們是不是跑回來的義勇軍。如果是，媽媽就想帶他們到家裏款待，並且問這問那。把別人的事情當作自己的事情來高興、感歎，我們渴望自己也能有那樣的快樂，並且對此充滿希望。吃飯的時候，媽媽照樣先盛哥哥的飯、一聽到大門有聲響就閃電般地跑出去。媽媽擔心著，要是在哥哥脫身之前撤退的話，哥哥的命運將會如何。即使只是想像，媽媽也不希望兒子有什麼意外，所以一直幻想著他還是人民軍。

戰略上撤退會退得比漢城更南。寒冷襲捲大地的時候，漢城的人口已經減半。於是媽媽下了重大的決心，想要隔開女兒的命運。

「你一個人先去避難。」

其實我也這麼想，但是從媽媽嘴裏說出來頓時讓我非常悲傷。那意味著我被排除在外，而媽媽、嫂子、侄子他們則要和哥哥同生共死。我無法想像成爲人民軍的哥哥是什麼模樣，但我很清楚和身爲人民軍的哥哥同生共死意味著什麼。因爲只是戰略性後退，所以漢城肯定會有收復之日，那麼有朝一日我回家了，家裏肯定也是人去樓空。有獨自去避難的想法，但沒有永別的勇氣。可是媽媽似乎連這些都想好了，她把平時珍藏的嫁妝都拿出來，爲我準備著避難的行李，還反覆念叨著：「至少你要能過好日子啊。」

在我出發之前，哥哥回來了。啊，哥哥回來了！雖然變成了最可憐的乞丐，但是至少沒有變成人民軍，對我們來說不下於衣錦還鄉。但是哥哥的歸鄉實際是雪上加霜。我們高興的抓住哥哥哭喊著，但這喜悅只維持了很短暫的時間，哥哥的態度非常陌生，讓我們的心沉到了谷底。

眞的讓人難以置信，哥哥怎麼能以那麼孱弱的身子突破戰線，長途跋涉回到家裏。這還算不了什麼，哥哥回到家後一點高興的樣子都沒有，也不抱抱自己從未看過的小兒子。我們也不知哥哥到底在想什麼。其實哥哥跟呆若木雞又不一樣，他驚恐不已的表情始終不變。熱呼呼的飯菜和暖和的睡鋪也不能讓他安下心來。夜裏只要稍有風吹草動就讓他飽受驚嚇，好一會兒不能入睡。到底哥哥在什麼地方遇到什麼變故居然變成這樣？應該有穿過死亡線的英雄故事，但哥哥也隻字不提。甚至連那樣的痕跡都找不到。哥哥患有非常厲害的被害妄想症。

寒心的媽媽對他哭訴這段時間小叔的遭遇和我們所經歷的苦楚，哀求哥哥清醒過來。對於媽媽來說，這就是敲開哥哥封閉心靈的衝擊療法。然而卻只是適得其反地加重了哥哥的被害妄想。他急匆匆地說要準備去避難。哥哥又有了新的症狀，就是自己嚇唬自己，然後把頭隨便地埋進什麼地方直打哆嗦。

「趕快走。人民軍一來我就死定了。走，快走啊！」

對所有人都在逃難的這種急迫的情況，哥哥好像比正常人更敏感。他坐立不安。全家人都在惡夢中掙扎。

我獨自避難的計畫自然是取消了，目前好像還不是和家人分開的時候，要不然怎麼會那麼巧呢。即使哥哥不催促，我們也想去避難。但因爲哥哥回來了，我們就留在漢城，也用不著擔心到時候要依靠北邊，這是媽媽做的最壞的打算。但是一想到漢城收復後，我們不知還要受什麼折磨就令人毛骨悚然。明明說要死守漢城，可逃難回來後還理直氣壯的這些人，現在正在漢江鋪設架橋叫人們全部逃難，如果你不走留下來，肯定還會有什麼災殃臨頭。眞是恨不得立刻就走，瘋狂地只想著快點避難。

可是哥哥想要過漢江卻有很多問題。又是因爲市民證。避難的人群中怕有奸細，所以到處都查得厲害，撤退前發放市民證也是因爲這原因。被抓去當義勇軍的人一旦逃回來，雖然不至於被當成紅色分子，但是要想得到市民證必須經過苛刻審查，我想哥哥肯定承受不了。他本人也說不願意。但又纏著要我們拿出市民證。

「難道我們連個靠山都沒有嗎？連個市民證都弄不出來。」

哥哥厚顏無恥地說出了這樣的話。哥哥竟然變得這麼不要臉。當然我知道這是被害妄想症的結果，可是如此卑俗的話比被害妄想更令人厭惡。我不想看到這樣的哥哥，但又無法剪斷重新連成一條線的命運的繩索。

哥哥因為家裏沒有靠山而折騰著我們，結果嫂子再次想到鄉村學校。教師樸素的人品和村裏人對教師的尊敬心應該可以指望。嫂子先去跟他們商量了一下，他們欣然答應願意幫助我們，於是說服哥哥把他帶到了那裏，住在那裏可以領道民證。那裏的人幾乎也都避難去了，在幾個同事和村民的安慰下，再加上拿到了道民證，哥哥病情好像稍微好轉了，於是嫂子趁這功夫就先回到家裏忙起逃難的準備。

我們一直盼望著、羡慕著避難，根本沒想那將會是一段艱苦的路程。我們也要爬山涉水去避難了，這感覺就像夢一般，心裏只有快樂而已。怎樣照顧只差一歲的兩個孩子才能不讓他們凍著、該拿什麼東西而且要拿多少我們才不會挨餓，這些現實性的問題我們一點都不擔心。其實那些實際的問題理應由我承擔，可是我卻激動得心潮起伏，似乎過了漢江自然會有人替我們操心所有的一切。避難不是郊遊，行李不能像去郊遊那樣準備，但我們還是草草收拾。我們連避難的資格都沒有，因爲我們打心底都在想著很可能會走不掉。結果果然猜對了。

傳來最壞的消息。那個時候一到晚上，國道旁邊的田野就變成撤退的聯合國軍隊和國軍的野營地，大的建築物也不例外。當時還有叫做青年防衛軍的部隊，後來和國民防衛軍合併了，不知當時它跟國軍有什麼區別，他們也武裝，而且進行戰鬥和撤退。正好那個青年防衛軍進駐在學校裡，一個軍官貪圖暖和的炕頭，就跟住在值班室裏的哥哥睡在一起。早晨，他在分解槍支並檢查的時候出了差錯，結果槍支走了火，子彈穿透了哥哥的大腿。

我們得到急報趕到的時候，哥哥被擱置在舊把撥的小醫院裏，剛好醫院人員還沒逃難，那時部隊已全部轉移。雖然瞭解實情於事無補，但是哥哥不想跟我們多說一句有關事件的前因後果。哥哥因爲大量出血而臉色蒼白，反而顯得很平靜。年邁的醫生很親切，他們也準備去逃難。醫生說對生命沒有什麼影響，但要是感染的話會很麻煩，而且告訴了我們以後要持續進行的治療法，也就是最簡單、最低程度的治療法。醫生爲我們做示範，從射穿的傷口上把沾血的藥布拿出來，再塞進消毒好的藥布。我在旁邊看著，感覺傷口就像通往地獄的深淵一般，而我自己則被無情地吸進去。

治療時，哥哥連一聲呻吟都沒有，還微微帶著笑意。失去希望的平穩竟如此淒慘。醫生將包紮用的藥布、繃帶、消毒藥，和軟膏都交給我們，也跟家人一起逃難去了，整個村子空盪盪的。我們獨佔別人的醫院後，又過了三四天，最後的撤退命令下來了。這就是一四撤退。本來還以爲人們早就都走光了，可是圖僥倖觀望的人群卻突然一下子湧出來，他們急馳在國道的聲音，低空飛行的直升機用麥克風督促大家避難的聲音，全都混在一起震顫著這小小的醫院。其實比起這些建築物，我們的心搖動得更猛烈。媽媽首先開口代言了我們的心境：

「動身吧。即使要死，也要死在路上。政府那樣驅趕，我們還執意留下，到時又不知會有什麼大難了。與其遭受凌辱，還不如死了算了。」

我早就留意到醫院後院有個破舊的手推車。坐車是少數人才能夠享有的特權，那樣的人早已離開。後來在木板下面加上輪子，當作手推車放孩子或重要的東西，變成一種流行。我們用破舊而被丟棄的手推車載著哥哥。媽媽和嫂子各背了一個孩子，她們頭上頂著包裹，手上也拎著包裹，所以手推車只能由我來推。我的包袱簡直是千斤重荷。不管怎樣，我們加入最後避難的行列，但越走越脫隊，好不容易才翻過母嶽崗，我累得癱倒在地。天逐漸黑下來了。

「再走一會兒吧。嗯，再走一會兒。」

媽媽毫不留情地趕路。

「到漢江橋哪是再走一點啊?還遠著哪。」

由於心頭鬱積的憤怒，我覺得自己馬上就要爆發了。

「看來避難也要有那個命才行啊，不是什麼人都能去的。所以我們就裝裝樣子吧。前面那村子裏有我們認識的人家，我們到那裏停留一陣子，等世道變了，人們回來了，我們再裝作避難回來的樣子回家去吧。沒有別的辦法了。」

媽媽似乎一直在計畫著，心平氣和，而且有條有理。我們要去假裝避難的村子就定在峴低洞。什麼，又是峴低洞？可是很奇怪的是，這時我的心情平靜下來了、手脚也有力氣了。不走階梯上去的路要稍微繞一下，但是因爲手推車的關係我們選擇了那條路。最後一批難民如驚弓之鳥般向我們擁過來，但我們卻逆行而上，氣喘吁吁地到了新的避難處。

媽媽想到的避難處是我們送東西給監獄裏的小叔時，曾經打擾過的那一家。那戶人家也去避難了，門鎖著。但破舊房子的鎖同樣是破舊的，我們索性合力拉開了門扣。他們好像才剛剛離開，炕頭還有熱氣，炕尾還有吃剩的飯桌。蘿蔔泡菜上還留有深深的牙印。我們先翻找了可能放糧食的地方。

我們隨身帶的糧食太少了，而且世上到哪兒都要先塡飽肚子，所以我們對自己的行爲毫不內疚。沒有找到大米，只有一點粗糧和半袋麵粉。我們沒有另做晚飯就以人家吃剩的涼飯塡肚充數。晚上，我們把炕燒得熱呼呼的，進入了甜美的夢鄉。因爲都已經到了日暮窮途的境地，情況再壞也壞不到哪裡去，這反而讓人體會到了和平寧靜。

又是新的一天。哥哥伸了伸懶腰，說好久沒有睡得這麼好了。家人只想著撤退的政府收復國土的那一天，但面對眼前新的世道該如何生存，他們連想都不想。這讓我非常煩悶，覺得自己的肩上負著重擔。把哥哥從手推車上放下來並不意味著我的負擔減輕了。我爲了察看外面的

動靜，靜靜地走出了家門。

地勢很高，村子一目了然。能清清楚楚地看見釋放革命者和處死小叔的監獄。天地間悄無聲息。這讓我頓生恐懼，似乎鋒芒逼人的匕首輕輕劃過脊樑一樣。那是對於天地間渺無人煙的恐懼，也是我出生以來第一次完全不同的感受。通往獨立門的大路、巷子、家家戶戶哪裡都看不到人影。竟然沒有一家升起炊煙。哪怕是監獄揷著人共旗也多少能減少一點我的恐懼。只有我們家留在偌大的城市裏，只有我一個人感受著這巨大的空虛，也只有我們家要面對即將到來的未知局面。這怎麼承受得了呢？假如有方法能讓我們銷聲匿跡，我眞是恨不得立刻消失掉。

就在這時，我像處在窮途末路的逃亡者忽然轉身一般，思緒霎時有了轉變。只有我一個人看到這片景象，這似乎在暗示著什麼。我們走到這步田地，又有多少孽緣雪上加霜！是啊，既然只有我一個人看到，那麼我就有爲之作證的義務。這是對可憎的孽緣最好的復仇。我要作證的何止是這廣漠的空虛啊，還有自己被視爲害蟲的那段時間也要大白於天下。只有這樣，我才能證明我不是害蟲。

那是一種遐想，我想著有朝一日我要寫出文章來，是那遐想爲我驅散了恐懼。糧食只剩下一點點，我也不在乎了。密密麻麻靠在一起的房子看起來都是糧食。難道挨家挨戶的翻找還找不出一點點的麵粉、大麥嗎?我不再擔心會眼睜睜地餓死，我已做好對人去樓空的房子下手的準備。

國家圖書館出版品預行編目資料

那麼多的草葉哪裡去了？ / 朴婉緒著；
姜銓喜繪圖；安金連譯.— 初版—
臺北市：大塊文化，2005[民94]
面；　公分.— (Together ; 02)
譯自：Who ate all the Sing-Ah?
ISBN 986-7291-10-7(平裝)

862.57　　94000903

105 台北市南京東路四段25號11樓

廣　告　回　信
台灣北區郵政管理局登記證
北台字第10227號

大塊文化出版股份有限公司　收

地址：□□□ ＿＿＿＿市／縣＿＿＿＿鄉／鎮／市／區

＿＿＿＿路／街＿＿段＿＿巷＿＿弄＿＿號＿＿樓

姓名：

請沿虛線撕下後對折裝訂寄回，謝謝！

大塊 LOCUS 文化

編號：TG 02　書名：那麼多的草葉哪裡去了？

大塊文化 LOCUS 讀者回函卡

謝謝您購買這本書，爲了加強對您的服務，請您詳細填寫本卡各欄，寄回大塊出版 (免附回郵) 即可不定期收到本公司最新的出版資訊。

姓名：________________ 身分證字號：________________

住址：________________________________

聯絡電話：(O)________________(H)________________

性別：□男 □女 出生日期：________年________月________日

E-mail：________________________________

學歷：1.□高中及高中以下 2.□專科與大學 3.□研究所以上

職業：1.□學生 2.□資訊業 3.□工 4.□商 5.□服務業 6.□軍警公教
7.□自由業及專業 8.□其他

您所購買的書名：________________________________

從何處得知本書：1.□書店 2.□網路 3.□大塊電子報 4.□報紙廣告 5.□雜誌
6.□新聞報導 7.□他人推薦 8.□廣播節目 9.□其他

您以何種方式購書：1.逛書店購書 □連鎖書店 □一般書店 2.□網路購書
3.□郵局劃撥 4.□其他

您購買過我們那些書系：
1.□touch系列 2.□mark系列 3.□smile系列 4.□catch系列 5.□幾米系列
6.□from系列 7.□to系列 8.□home系列 9.□KODIKO系列 10.□ACG系列
11.□TONE系列 12.□R系列 13.□GI系列 14.□together系列 15.□其他

您對本書的評價：(請填代號 1.非常滿意 2.滿意 3.普通 4.不滿意 5.非常不滿意)
書名______ 內容______ 封面設計______ 版面編排______ 紙張質感______

讀完本書後您覺得：1.□非常喜歡 2.□喜歡 3.□普通 4.□不喜歡 5.□非常不喜歡

對我們的建議：________________________________

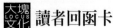

LOCUS

LOCUS

L O C U S

LOCUS